P. Howard · Ein Seemann und ein Musketier

P. Howard (Jenő Rejtő)
Ein Seemann und ein Musketier

Ein Weltabenteuer

Aus dem Ungarischen kongenial übersetzt von
Vilmos Csernohorszky jr.

Elfenbein

Die Originalausgabe erschien 1940
unter dem Titel »A három testőr Afrikában«
bei Nova, Budapest.

»P. Howard« ist ein Pseudonym von Jenő Rejtő.

Vom selben Autor erschienen bereits in
Vilmos Csernohorszkys jr. kongenialen
Übersetzungen die Romane
»Ein Seemann von Welt« (2004)
»Ein Seemann und ein Gentleman« (2008)
»Ein Seemann in der Fremdenlegion« (2012)

Erste Auflage
© 2014 Elfenbein Verlag, Berlin
Alle Rechte vorbehalten
Druck: Finidr, s.r.o.
Printed in the Czech Republic
ISBN 978 3 941184 28 2

1.

Vier Nationen waren am Tisch vertreten: ein amerikanischer Infanterist, ein französischer Gefreiter, ein englischer MG-Schütze und ein russischer Fleischsalat. Der Infanterist, der Gefreite und der MG-Schütze hatten auf der Bank Platz genommen, der Fleischsalat auf dem Tisch, in einer Schüssel.

Zeit: 7 Uhr nachmittags.

Schauplatz: Afrika, Rachmar, eine abgelegene Garnison in einer trostlosen Sahara-Oase, wo einige Dutzend vergessener Fremdenlegionäre und ein paar armselige Araber dahinvegetierten.

Personen: Identität ungeklärt.

Vorkommnisse: Keine.

Das auffälligste Charakteristikum der Oase von Rachmar bildete der Umstand, dass sie die am wenigsten auffällige und charakteristische Oase Afrikas war.

In ihrer Mitte lag ein Militärlager, umgeben von einer Lehmmauer. Das Ganze bezeichnete sich ohne jeden Grund, nur so aus Gewohnheit, als »Fort«.

Einen Begriff von der Widerstandskraft des »Forts« bot ein jüngerer Vorfall, als nämlich der betrunkene Korporal wütend gegen die Wand trat und gleich darauf schwer verletzt ins Lazarett eingeliefert wurde, nachdem ein Wachtturm über ihm eingestürzt war.

Aber man nannte es dennoch »Fort«. Und eine Nummer gab man ihm auch. Dieses Fort war die Nummer 72 in der Reihe ähnlicher Baulichkeiten in der Sahara.

Hinter der Rundmauer standen ein »Stabsquartier« (ein kleines einstöckiges Haus aus Rohziegeln) und zwei Baracken für die Besatzung. In der Baracke lebten Soldaten, und in den Soldaten eine stumpfe Lethargie – infolge der Hitze und der öden Gleichförmigkeit der Tage.

Ungefähr fünfzig Palmen umringten das Fort: Staubige, matte, magere, halbtote Bäume, in deren Wipfeln eine beklagenswerte Horde gemütskranker Affen herumlungerte. Diese behaarten Väter der altehrwürdigen Evolutionstheorie wären liebend gern in üppigere Gefilde umgezogen, wussten aber nicht, auf welchen Pfaden es sie überhaupt hierher verschlagen hatte.

Zwischen den Palmen standen acht bis neun schäbige Hütten, die man *Duar* nannte. Ihr Sinn und Daseinszweck war unbekannt, denn die eingeborenen Besitzer gingen jahraus, jahrein nicht durch die Tür. Aber sie bewegten sich auch nicht von der Türe fort. Wohin sollten sie in der heißen Oase auch gehen? Oder was sollten sie in den Hütten tun? Andererseits war es auch nicht klar, was diese Araber vor der Hütte zu suchen hatten, wo sie doch nur herumsaßen. Aber ist es denn Sinn und Zweck einer Oase, in allem den Gesetzen der Logik zu entsprechen?

Also aßen, tranken, schliefen und langweilten sich die Eingeborenen vor der Hütte. Was erwartete sie schon in der Duar? Ein eingedrückter Topf, einige zerbrochene Habseligkeiten, eine verrottete Matte und ähnliches Gerümpel lagen verstreut auf der gestampften Erde. Außerdem lebten auch einige tausend Fliegen in der Behausung. Das alles war es nicht wert, dass man es aufsuchte, und die Ziege kam auch von selber heraus, wenn ihr der Magen knurrte.

Mittelpunkt der Oase Rachmar war das »Grandhotel«. Abweichend von gleichnamigen europäischen Institutionen war das »Grandhotel Rachmar« ein mieser, kleiner Verschlag und bildete einen einsamen, pathetischen Vorposten des in Europa triumphierenden Bauhausverhaus. Der Besitzer, ein Halsabschneider, dem ein Auge fehlte und der seine zehnjährige Haftstrafe vorschriftsmäßig verbüßt hatte, war nun stolzer Betreiber dieses Speiserestaurants, gegründet mit den Erträgen aus seiner emsigen Vergangenheit. Karawanen, die nach Timbuktu zogen, und durchreisende Jagdgesellschaften bildeten seine größeren Einnahmequellen, während die beiden arabischen Gendarmen der Oase und die hundert Mann starke Garnison für den laufenden Geschäftsgang sorgten.

Das Grandhotel brachte, wie der Name schon sagte, die herrschaftliche Illusion der großen, weiten Welt in die Sahara. Zwar hatten sich Würmer aller Art durch die halbzolldicke Wand gefressen, zwar erinnerten diese Löcher in der Wand und die wackligen Bänke nur entfernt an die Wohlfühlabsteigen europäischer Parvenüs, aber war da nicht auch noch ein Radioapparat? Außerdem kamen so gut wie alle zwei Monate die neuesten Tageszeitungen, und vor allem tanzte hier Leila (die arabische Dämonin).

Diese durchaus bemerkenswerte Darbietung verlor aber etwas von ihrer Anziehungskraft durch jenes allseits bekannte Faktum, dass Leila (die arabische Dämonin) ihr fünfzigstes Lebensjahr schon vor geraumer Zeit vollendet hatte. Der Zahn des Alterns sowie das Messer eines nervösen Eingeborenen hatten auf ihrem Gesicht tiefe Spuren hinterlassen. Deshalb tanzte Leila (die arabische Dämonin) nur selten, und ihre Einlagen beschränkten sich vor allem auf das rhythmische Schlagen eines fellbezogenen Tamburins. Aber auch dies nur so lange, wie es von den Gästen geduldet wurde. Wenn sie von diesen zur Stille aufgefordert wurde, zog sie sich in eine abgelegene Ecke zurück, wo sie – in ihrer dämonischen Empfindsamkeit zutiefst gekränkt – eine traurige Pfeife rauchte. Abends aber half sie bei der Versorgung der Verwundeten.

Im Allgemeinen hielten sich nur Legionäre im Grandhotel auf. Sie würfelten, tranken oder schrieben Briefe, und manche von ihnen putzten ihre Waffen an diesem Ort, aber abends, ja abends, da schlug man sich lange und ausgiebig. Diese Nummer durfte nicht ausbleiben, so dass ein intelligenter Legionär, der in seligeren Tagen mit der Muse von Pinsel und Staffelei angebandelt hatte, ein neues Schild anfertigte:

GRANDHOTEL

Happy hour: 5 Uhr, Pastis (80 %)

Allabendlich prügelt sich das vornehme Publikum

Prima Stuhlbeine!   *Beste Erste Hilfe!*
Eintritt gratis!   *Austritt ungewiss!*

2.

Die anfangs erwähnte Tischgesellschaft aus drei Nationalitäten (den russischen Fleischsalat nicht mitgerechnet) hielt eine ernste Beratung ab. Schon seit dem frühen Nachmittag tagten sie hier, unterhielten sich sehr leise und verstummten ganz, sobald der Besitzer vorbeikam. Dieser einäugige Einbrecher, den verjährte Steckbriefe »Brigeron« nannten, hielt als stolzer Restaurantbetreiber einiges auf seine Kochkünste, so dass er auch jetzt um die drei Soldaten herumschlich, hatten sie doch Fleischsalat bestellt. Es ist nun mal so: Die Legion ist ein merkwürdiger Ort oder Zustand, wo man zuweilen auch einen Gentleman antrifft. Kein Wunder also, dass ein so feines Gericht verlangt wurde. Und Brigeron fühlte, dass er sein Bestes gegeben hatte.

Die Gäste verliehen ihrer Anerkennung lebhaften Ausdruck. Der Fleischsalat war ganz ausgezeichnet, ein Hochgenuss sogar, der durch das Emportauchen eines kaum benütz-ten Lampendochts nicht im Mindesten getrübt wurde. Der Franzose sprach dem Besitzer seine aufrichtige Dankbarkeit aus, während er den petroleumgetränkten Lumpen über-reichte. Der Wirt freute sich über das Lob und bedank-te sich für den Docht, den er schon abgeschrieben hatte. Wirklich nicht einfach in dieser Gegend, derlei Utensilien zu besorgen.

»Ihre Gerichte sind überaus fein zubereitet, Wertester«, lobte ihn der Engländer.

»Aber, Monsieur«, antwortete Brigeron, der einäugige Brigant, »die Kochkunst habe ich bei Lewin erlernt.«

Dies Letztere ließ er immer wieder verlauten und zwar mit einigem Stolz. Niemand wusste, wo sich das Restau-rant dieses berühmten Lewin befand, doch der Besitzer des »Grandhotels« sprach mit geröteten Wangen darüber und war zudem ein Mann von solchen Körperkräften, dass nie-mand es wagte, nach näheren Angaben zu fragen, musste man doch voraussetzen, dass seine berechtigte Entrüstung keine Grenzen mehr kennen und dem neugierigen Frech-dachs einen Backenstreich einbringen würde. Außerdem schämte sich jeder, Lewin nicht zu kennen, den Chef, bei dem Brigeron kochen gelernt hatte. Deshalb schlüpften alle in die Rolle des *Connaisseurs,* sobald sie die schmierige Schwelle des Lokals betraten …

Ein gewisser Korporal hatte die Kost einmal mit diesen Worten gepriesen: »Etwas so Feines hat mir bis jetzt nur Maître Lewin aufgetischt …« Es war offensichtlich eine Schande, von einem Chef, der dem genialen Ritz oder Duval ebenbürtig sein musste, nie gehört zu haben. Mit der Zeit wuchs Lewins Person zu einer Legende, über jeden Zweifel erhaben, und Brigeron wurden solche und ähnliche Worte zuteil: »Lewin hätte es auch nicht besser gemacht …«

»Nun, lieber Brigeron, möchten wir eine Flasche Rotwein. Dann lassen Sie uns bitte allein.«

»Wünschen Sie eine Landkarte? Eine detaillierte Militärkarte mit allen Garnisonen und den wechselnden Flussläufen? Für eine Flucht unverzichtbar!«, versicherte der dienstfertige Besitzer.

»Aber Wertester… Wieso denken Sie, dass wir flüchten wollen?«, fragte der, den sie Pittman nannten.

»Gäste, die Rotwein bestellen und flüstern, *Monsieur,* planen immer eine Flucht.«

»Ein anderes Geheimnis könnten wir nicht haben?«

Der Wirt wies mit einer unbeschreiblichen Grimasse zum Fenster.

»Hier? …«

Draußen brannte die Sonne nach Leibeskräften. Die völlig teilnahmslosen Palmen ließen Ihre Kronen hängen wie Sterbende ihre Köpfe, und wenn sich einer der mageren Affen langatmig in Bewegung setzte, dann rieselte Staub von ihren welken Säbelblättern… Draußen brachten die Araber Steine zum Glühen: Es war die Zeit, da sie *Kesra* für den Abend brieten. Aus der Ferne hallte der kurze, langgezogene Befehl zum Abtreten der Wache.

Die abgestandene Luft der Schenke schien von der Hitze Risse zu bekommen, und es summten nicht weniger als eine Million Fliegen. Ein wundenübersäter, skelettartiger Greis zupfte im Hanfrausch wild an seinem weißen Bart und kreischte wie ein Papagei. Im Hintergrund spielten zwei Soldaten. Ihre schwitzenden Gesichter waren gelb angelaufen. Jede Viertelstunde heulte eine runde Uhr auf der Wand heiser auf, als würde sie gleich den Viertelstundenschlag von sich geben, aber dann schwieg sie doch. Ihr rostiges Werk erinnerte sich noch an die guten, alten Zeiten, als es noch pünktlich geschlagen hatte. Der Einbrecher, der seine Kochkünste Maître Lewin verdankte, hatte er seine bittere Frage zu Recht in den fahlen Raum gestellt? Welche Geheimnisse konnte es hier schon geben?

»Bringen Sie den Wein!«, sagte der verträumte, blasse Junge namens Francis. »Wir plaudern über unsere Familien und planen keine Flucht.«

Der Wirt eilte davon und kam mit dem Wein zurück. Aber die Karte brachte er doch mit.

»Auch in Familienangelegenheiten, *Messieurs,* kann eine Karte überaus hilfreich sein. Einen Kompass haben Sie doch wohl?«

»Wozu?«

»Bei einer verzwickten Familiengeschichte kann so ein Ding schon sehr nützlich sein …«

Da wirbelte Leila (die arabische Dämonin) in die Mitte, um mit ihrem Tanz die Gäste zu unterhalten. Aber einer der Kartenspieler kläffte zähneknirschend:

»Scher dich fort, alte Hexe! Wir wollen Karten spielen, hörst du!«

Leila (die arabische Dämonin) kauerte sich entmutigt in ihre Ecke zurück.

»Wie stellst du dir das eigentlich vor, Pittman?«, fragte jetzt Francis.

»Das würde ich auch gerne wissen«, sagte Thorze, der stämmige Amerikaner.

Pittman, der Engländer, stopfte bedächtig seine Pfeife, dann vertiefte er sich in die Karte, um schließlich zufrieden zu nicken.

»Ja, es ist sonnenklar. Schaut mal her. Nach Süden, Westen, Osten kann man entwischen, im Norden aber versperrt uns die Sahara den Weg.«

»So ist es. Da führt kein Weg hindurch.«

»Wenn einem von uns die Flucht gelingen soll, dann

müssen wir heute Abend in drei verschiedene Richtungen los. Und vor Morgen früh dürfen sie die Flucht nicht entdecken.«

»Wozu sich trennen, wenn wir bis jetzt zusammen gekämpft haben?«, fragte der blasse Francis leise.

»Drück dich klar aus, du verschrobener Engländer!«, schimpfte der Dicke.

»Die Garnison zählt fünfundneunzig Mann«, sagte Pittman ungerührt, und drückte den Tabak in seiner Pfeife fest.

»Das wissen wir auch.«

»Das Fort braucht zu seinem Schutz in jedem Fall mindestens die Hälfte der Truppe innerhalb der Mauern. Dies ist der strengste Punkt im Reglement. Begreifst du jetzt?!«

»Verstehe… Ganz schön ausgefuchst«, brummte Thorze, der Amerikaner.

»Ich verstehe immer noch nicht«, beklagte sich Francis Barré.

»Eine Verfolgungstruppe muss mindestens fünfundzwanzig Mann stark sein«, erklärte ihm Pittman.

»Das weiß ich!«

»Siebenundvierzig Mann müssen im Fort bleiben. Fünfundzwanzig Männer gehen nach Osten, um einen von uns zu verfolgen, fünfundzwanzig nach Westen, dem anderen nach, so dass für den dritten im Süden keiner übrigbleibt, da sich in Rachmars Oasenfort nicht mehr als fünfundneunzig Legionäre aufhalten werden, sobald wir unseren nicht ganz vorschriftsmäßigen Abschied genommen haben.«

Thorze schlug auf den Tisch:

»Klare Sache und marsch! Wenn wir in drei verschiedene Richtungen verschwinden, dann kommt einer ungeschoren davon!«

»Genau! Und dieser eine kann sich ruhig bis zur Grenze einer belgischen oder englischen Kolonie durchschlagen!

Wer das sein wird, ist reines Glückspiel, und der Gewinner erfährt es, wenn er vierundzwanzig Stunden später immer noch keine Bluthunde jaulen hört.«

Da schwebte Leila (die arabische Dämonin) in die Mitte, um das »vornehme Publikum« mit ihrem Tanz zu beglücken.

»Verschwinde, Alte, lass uns in Ruhe!«, brüllten gleich mehrere der Gäste. »Lass uns Karten spielen und trinken!«

Die renommierte Künstlerin zog sich schmollend zurück und nahm wieder ihre Pfeife, die nach alten, französischen Kammerzofen duftete.

»Und die beiden, die man wieder einfängt?«, fragte Francis Barré.

»Die kommen vors Militärgericht. Sie werden erschossen oder zu den *travaux forcés* verurteilt. Klare Sache und marsch!«, antwortete Thorze.

»Aber einer von uns hat eine bequeme Flucht«, grinste Pittman.

Die Uhr heulte heiser auf, und es wurde still. Nur die Million Fliegen summten immer noch.

»Jeder nimmt mit, was er kann«, spann Pittman seinen Plan weiter. »Viel ist es ohnehin nicht. Ich denke, wir sollten einander als Erben einsetzen, damit die zwei Pechvögel wenigstens die Habseligkeiten des lachenden Dritten bekommen. Wozu sie dem Magazin überlassen?«

»Klare Sache und marsch!«, pflichtete ihm Thorze bei.

»Wirt!«

»*Messieurs?*«

»Füller und Tinte!«

»*Messieurs,* auf der Karte dürfen Wege, die Ihre ganz privaten Familienangelegenheiten betreffen, nur mit Bleistift eingezeichnet werden.«

Er brachte etwas zum Schreiben, und die drei Männer machten ihr düsteres Testament:

Die Unterzeichneten hinterlassen ihre gesamten Habe ihren Freunden namens .... mit denen sie die schweren Jahre ihres Afrikadienstes verbracht haben.

Rachmar, den 17. Februar 19..

»He! Zwirn, komm mal her!«

Der Kerl mit dem unschönen Namen war ein ziemlich magerer Soldat, der immerzu vor sich hin summte. Nicht aus guter Laune, sondern weil er so belämmert war.

»Wir wollen«, sagte der Amerikaner zu Brigeron und dem minderbemittelten Zwirn, »dass, wenn einer von uns in diesem Nest stirbt, die anderen seine Sachen erben.«

»Wer soll sie erben?«, stutzte der einäugige Verbrecherkönig.

»Wer überlebt.«

»Wer überlebt hier schon?«, fragte Brigeron und winkte verächtlich mit der Hand.

»Egal. Sie und Zwirn werden es bezeugen.«

Zwirn grinste so breit, dass seine Mundwinkel fast bis zu den abstehenden Ohren reichten, und wiederholte stolz:

»Der kleine Zwirn ist Zeuge!«

Wie ein Kind redete er oft in der dritten Person über sich selbst.

Die Sonne ging unter, und schlagartig wurde die Luft merklich kühler.

»Ich gehe nach Süden«, sagte Thorze.

»Und du?«, fragte Pittman höflich, die Wahl gleichsam Francis überlassend.

»Ist das nicht egal?«, erwiderte der melancholische Franzose.

Da sprang Leila (die arabische Dämonin) zur Mitte hinaus, um die Legionäre mit ihrer exotischen Grazie zu erquicken. Indessen streifte ein weggeworfenes Bajonett ihr

Gesicht um Haaresbreite, worauf sie sich gekränkt maulend auf ihren Platz zurücksetzte.

»Kann man wirklich nicht nach Norden gehen?«, fragte Francis Barré, da ihn die geringste Hoffnung am meisten verlockte.

»Im Norden liegt die Sahara«, antwortete Pittman. »Selbst eine gut ausgerüstete Expedition hätte da schlechte Aussichten.«

… Nach dem Zapfenstreich kletterten die drei Desperados die hintere Mauer des Forts hinunter, drückten einander die Hand und zogen los. Thorze nach Süden, Francis nach Westen. Und Pittman? Er hielt nach Norden zu, geradewegs auf die Sahara, wo sich seiner Ansicht nach nicht einmal eine Expedition durchschlagen konnte.

3.

Beim Morgenappell fehlten drei Männer. Der Leutnant stellte sogleich fest, dass auch drei Kamele verschwunden waren. Fahnenflucht! Innerhalb von Minuten wussten sie die Namen, und auch die Kamelspuren waren eindeutig: Einer ging nach Süden, einer nach Westen, der dritte nach Norden.

»Was ist Ihre Meinung, *mon chef*?«, fragte er den Feldwebel. »Wir können nur zwei Trupps aussenden. Schlaue Kerle sind das!«

»Ganz einfach, Herr Leutnant. Wer nach Norden ging, der kommt entweder um oder wird eingefangen.«

»Na gut. Ein Trupp geht nach Süden und einer nach Westen. Mehr Männer haben wir nicht. Wer zuerst wieder im Fort ist, der geht nach Norden und sucht den dritten Mann.«

»*Oui, mon chef!*«

… Anderntags hatten die Verfolger Thorze eingeholt.

Der Amerikaner hatte für einen Augenblick den Funken Hoffnung, sich hinter einem Hügel verschanzen und von dort aus die fünfundzwanzig Mann, die im flachen Gelände nahten, in Schach halten zu können. Aber dann entschied er sich anders. Wenn er nur einen Schuss abgab, war ihm das Todesurteil sicher. Also ergab er sich.

Bis zum Abend hatte der andere Trupp Francis Barré eingeholt. Da lag er aber schon bewusstlos im Sand. Seine Feldflasche hatte ein Loch. Anscheinend würde er den neuen Tag nicht mehr erleben. Zwischen zwei Lasttieren befestigte man eine Bahre. So brachte man ihn zurück.

Nun aber machte sich eine der Truppen eiligst nach Norden auf. Der dritte Ausreißer hatte zwei Tage Vorsprung – im aussichtslosen Gelände der Sahara. Seine Spuren waren im Sand klar zu erkennen. Am anderen Tag schlängelten sich die vielen kleinen Spuren immer noch in die Ferne hinein: die Hufe seines Kamels.

»Einen halben Tag kann er dem Durst noch trotzen. Mehr als zwei Wasserschläuche trägt kein Kamel.«

»Seine englischen Eingeweide sollte man dem Kerl herausreißen!«

Sie wussten, wie stark Pittman war. Bei fünfzig Grad stieg ein erstickender Staub über der Wüste auf. Ein kleiner Luftstrom hätte schon genügt, um die Spuren des Gejagten zu verwehen. Aber das Glück schien Pittman nicht gewogen zu sein.

»Der gemeine Taugenichts!«, krächzte der Feldwebel und schnappte nach Luft. »Er weiß genau, dass er nicht entkommen kann. Trotzdem lässt er einen durch die Wüste stapfen! Ich breche ihm alle Knochen!«

Die Kamelspuren verloren sich in den weiten Hügelwellen vor ihnen, während sich die Sonne langsam blutrot färbte, und der Himmel grau wurde …

»Da ist er!«

Einer der Soldaten zeigte mit ausgestreckter Hand in die Ferne, wo ein bunter, länglicher Fleck zu erkennen war. Ein Mann und ein Kamel, was sonst?

»Vorwärts!«

Mit zorniger Entschlossenheit hielten sie auf die Düne zu und teilten die zwei Dutzend Männer in zwei Abteilungen, um Pittman zu umzingeln. Dieser versteckte sich hinter dem Hügel. Jetzt hatten sie ihn!

Pittmans Düne erwies sich jedoch als ein Vulkan, aus der sich eine ganze Hölle ergoss: hundert Beduinen, Kampfgeschrei und einige Salven … Sie machten mit den wenigen Soldaten, die keinen Treffer abgekriegt hatten, kurzen, blutigen Prozess. Scheich Izmin steckte seinen tropfenden Krummsäbel wieder in die Scheide und sagte kampfesstolz:

»Allah ist groß. Eine Rotte mehr dieser ungläubigen Hunde, die in der Gehenna brennen.«

»Scheich!«, trat jetzt Pittman hervor. »Du hast mir bestellen lassen, dass du mich zur großen Nordbahn bringst, wenn ich dir fünfundzwanzig Gewehre beschaffe. Hier sind sie, und viele andere nützliche Dinge, die die Ungläubigen besitzen.«

Der Scheich blickte ihn eine Sekunde lang mit gerunzelter Stirn an. Es war ein gefährlicher Augenblick. Pittman wusste es wohl. Das Wort eines räuberischen Beduinenchefs war nicht die Heilige Schrift.

»Scheich«, fügte er leise hinzu, »die Soldaten werden erfahren, dass ich frei bin. Dann wird dir jeder fluchtwillige Legionär wieder in die Hände spielen, denn dein Wort wird etwas gelten.«

Der Scheich verstand. Wenn er auch das Wort »Propaganda« nicht kannte, so war ihm doch klar, welche Tragweite dem in der Wüste von Mund zu Mund fliegenden Wort zukam.

»Es sei, wie ich gesagt habe, Ungläubiger. Meine Männer begleiten dich, und du bekommst Wasser zum Trinken, so viel du willst.«

Nach einer Stunde zogen acht Kämpfer auf Kamelen mit Pittman in den Norden.

4.

Der Engländer wusste genau, dass seine Flucht trotz dieser Hilfestellung noch lange nicht vollends geglückt war. Nur der unmittelbaren Gefahr, zugrunde zu gehen, war er entronnen.

»Wie heißt die erste Oase an der Eisenbahn?«, fragte er den Kamelreiter neben ihm.

»Okbur.«

»Wie weit?«

»Zwei Tagesritte auf diesen müden Kamelen, wenn wir keine Rast machen.«

»Bist du verrückt? Keine Minute Rast! Vorwärts!«

Trotzdem ruhten sie abends eine Stunde. Danach folgte den ganzen Tag lang ein angestrengtes Traben, und am folgenden Tag wähnten sie in der Ferne so etwas wie ein in die Wüste geworfenes Kleidungsstück.

»Okbur!«

»Einer von euch könnte mir seinen Burnus geben. Ich bin wohl braungebrannt genug, um wie ein Eingeborener auszusehen.«

»Unter den Bergbewohnern gibt es viel Halbblut; die sind auch nicht brauner als du … Hier hast du meinen Burnus.«

»Einer von euch könnte in die Oase gehen.«

»Wie du willst. Ich gehe. Ihr könnt solange hier rasten.«

Über der Wüste flirrten die Sterne am kobaltdunklen Tropenhimmel. Die Eingeborenen brieten etwas auf glühenden Steinen. Pittman aß auch etwas. Dann wickelten sie sich in ihre Decken und schliefen. Nur der einsame Deserteur lag wach und meinte, die Rundfunksender zu hören, die über ihn berichteten. Aber wo keine Garnison lag, hatte er nichts zu befürchten, und ein arabischer Gendarm war für ihn ein Kinderspiel.

Gegen Mitternacht, als der leichte Staub jede Kalorie aufgesogener Hitze von sich gegeben hatte, wurde man starr vor Kälte … Im Morgengrauen bedeckte schneeweißer Reif die Wüste. Die Sonne lag schon wach und rüstete sich zu ihrem langen, beschwerlichen Weg in den Westen, als der Ausgesandte zurückkehrte.

»Nun?«

»Alles in allem nur zwei *Goumiers* in der Oase. Mit denen wirst du notfalls auch allein fertig.«

»Und die Eisenbahn?«

»Der Wärter ist ein Europäer, der nie nüchtern ist. Dem Häuptling des Araberstammes habe ich gesagt, dass du Scheich Izmins Freund bist. Auf die kannst du dich verlassen. Sie hassen die ungläubigen Hunde, und die Legion hat sich dieses Ortes noch nicht bemächtigt … Sie werden dir beistehen.«

»Danke …«

Auf den Kristallspitzen des Raureifs begannen die ersten Sonnenstrahlen in allen Farben zu funkeln wie ein geheimer Schatz unzähliger feuriger Diamanten, die ein launischer, aber wohlwollender Dschinn auf seinem nächtlichen Flug durch die mondhellen Wolken großzügig grinsend mit vollen Händen über der Wüste verstreut hatte.

Pittman erreichte einen rot bemalten Palmenstamm mit einem Schild:

OASE OKBUR

5.

In der Umgebung des Wärterhäuschens war alles ruhig, nur entlang den Schienen grasten einige verwahrloste Ziegen. Pittman öffnete die Tür und erblickte einen Tisch, an dem ein zerlumpter Mann saß. Sein Gesicht erinnerte an die Schrumpfköpfe Arizonas, die von den Indianern aus Erwachsenenschädeln so geschickt faustgroß präpariert werden, dass sich die ursprünglichen Gesichtszüge erhalten.

»Guten Morgen«, grüßte der Engländer.

»Lassen wir das«, sagte der Mumienkopf heiser. »Was wollen Sie?«

»Ich bin Karawanenführer. Der Trupp ist weiter nach Timbuktu gezogen, und ich möchte wieder nach Marrakesch.«

»Da sind Sie schön dumm … Warum sind sie nicht mit nach Timbuktu? Wo steckt bloß der Schnaps?«

Nach kurzem Suchen fand er ihn.

»Wann fährt der Zug?«, fragte Pittman, der allmählich die Geduld verlor.

Der Wärter schob sich ein Fischstück in den Mund und zuckte nur die Achseln, während er mit vollem Gesicht aß.

»Mann! Wissen Sie nicht, wann der Zug fährt?«

»Ich weiß nur, wann er ankommt.«

»Und wann kommt er an?!«

»Je nachdem …«

»Wann ist zuletzt einer angekommen?«

»Tja … Heute Morgen ist einer eingefahren, ist aber auch schon wieder fort.«

»Und wann kommt der nächste?«

»In zwei bis drei Wochen … Hängt davon ab. Nehmen Sie Platz.«

Pittman blieb verzweifelt stehen.

»Sind Sie von der Bahn?«

»Ja, schon, aber Musik habe ich auch studiert. Mein Onkel wollte nämlich einen Dirigenten aus mir machen.«

»Wie dumm von ihm!«

»Gar nicht dumm, nur dass mir die Neigung dazu fehlt. Mir ist das Zeichnen lieber. Deshalb bin ich bei der Bahn …«

Der Mann ist schwachsinnig, dachte der Deserteur. Der schrumpfköpfige Bahnwärter trank jetzt Schnaps zum Hering. Seine Augenhöhlen hatten eine rötliche Färbung, als ob er ständig weinte.

»Gibt es gar keinen Verkehr in den Norden? Fährt nur die Eisenbahn dorthin?«

»Die Vögel zum Beispiel …«

»Geben Sie anständige Antworten! Seit wann fahren von hier Züge?«

»Ich bin seit zwei Jahren hier. In der Zeit fuhren die Leute immer nur Zug.«

»Und vorher?«

»Vorher war ich Fagottist bei einem Salonorchester … Aber vom Trinken ist mir die Fähigkeit zu exaktem Blasen verlorengegangen.«

»Reden Sie klar, sonst können Sie was erleben!«

»Mein Herr, wenn das nicht klares Reden ist, was werden Sie dann in einer Stunde sagen? Jetzt haben wir sieben Uhr fünfzehn. Um acht bin ich voll wie eine Haubitze und beantworte alle Fragen mit Volksliedern.«

»Wissen Sie das so genau?«

»Bei der Eisenbahn zählt nur die Genauigkeit. Um sieben Uhr dreißig fährt eine volle Flasche ab, mit Anschluss zum Palmwein um acht Uhr zwanzig. Um neun Uhr zehn fährt eine Person ein.«

»Was für eine Person?«

»Eine arabische Person weiblichen Geschlechts. Sie bringt

eine Relaismischung aus zwei Schnapssorten. Um neun Uhr fünfundvierzig habe ich einen Tobsuchtsanfall. Deshalb staune ich darüber, dass Sie mich in dieser ruhigen Phase für nicht zurechnungsfähig halten. Um diese Zeit erkenne ich doch jeden wieder!«

Der Schrumpfkopf redete so unbeteiligt und ausdruckslos, mit einem so vernebelten Blick, und seine maskenhaften Gesichtszüge zeugten so deutlich vom Endstadium des *delirium tremens,* dass jeder weitere Versuch aussichtslos schien.

»Und ich … soll jetzt zwei Wochen hier warten?«

»Davon rate ich ab. Einen Revolver habe ich, und wenn ich herumtobe, schieße ich durch die Gegend. Aber Sie können ja im Depot für Straßenbau übernachten. Auf der großen Kiste ist gut schlafen.«

»Danke.«

»Nur müssen Sie aufpassen, wenn Sie rauchen! In der Kiste ist Dynamit. Aber Ihr Mitbewohner wird Ihnen alles erklären.«

»Was für ein Mitbewohner?«

»Ein Offizier mit seinem Burschen.«

Pittman bekam ein unangenehmes Gefühl in der Magengegend. Er blinzelte zur Depottüre hin und machte Schritte nach hinten.

»Er ist … da drin?«

»Ja, er schläft. Sie bauen eine große Station am Kongo. Er organisiert den Bau. Ich bat ihn um eine Stelle als Stationsaufseher. Muss großartig sein, wenn diese kleine Stelle hier schon so viel Schnaps bietet. Er will aber nicht. Es sagt, es gebe ohnehin schon so viele Missbräuche, obwohl es meiner Ansicht nach gar nicht genug Missbräuche beim Bau einer Kongo-Bahn geben kann.«

Er blickte auf die Uhr und trank, da es gerade sieben Uhr dreißig war, die halbe Flasche Schnaps leer.

»Gehen Sie jetzt, denn schon sehr bald werde ich singen«, warnte der zuvorkommende Trinker seinen Gast.

»Sie haben Recht … Also dann, auf Wiedersehen, Wertester … Wie war doch Ihr Name?«

»Wassilitsch. Wassilitsch Fedor Emmanuel; mütterlicherseits bin ich mit den bulgarischen Guntscheffs verwandt.«

»Und wer sind die?«

»Zwiebelhändler. Im Distrikt von Salegutsch bei Varna.«

Pittman drehte sich um und wollte zur Tür hinaus, aber plötzlich hörte er eine Stimme:

»Ihren Ausweis!«

In der Tür zum Depot stand ein strenger Oberleutnant mit seinem Burschen. Beide hielten Revolver in der Hand. Pittman befand sich mit einem Sprung bei der Tür. Ein Schuss.

»Hinterher! Das ist der Mann!«

Der Flüchtige fiel mit einem Schrei durch die Tür. Er war tot oder verwundet. Der Bursche setzte ihm nach.

»Was wollen Sie von diesem frommen Muselmanen?«, fragte Wassilitsch Fedor Emmanuel entrüstet.

»Dummer Kerl! Der ist auch nicht mehr Araber als ich!«

»Sie sind Araber? Verzeihung, aber ich habe immer gedacht, dass Eingeborene keine Offiziere der Legion sein dürfen.«

»Ich bin kein Araber, und dieser Mann da auch nicht! … Haben Sie nicht das Telegramm erhalten, dass Scheich Izmins Horden einen Trupp Legionäre massakriert haben?«

»Ach! Und der Mann da ist der Scheich!«

»Das ist ein Legionär!«

»Und den haben sie massakriert?«

»Idiot!«

»Das sah ich auch sofort, aber muss man ihn deshalb gleich abknallen?«

»Er hat seine Kameraden an den Scheich verschachert, um desertieren zu können. Sein Name ist Pittman. Denn ich wette meinen Kopf, dass er es ist ...«

Der Bursche kam zurück. In der Hand hielt er einen Geldbeutel und einige Dokumente.

»Sie können telegrafieren, Herr Oberleutnant, dass der gesuchte Pittman bei der Flucht verwundet und festgenommen wurde. Hier sind seine Dokumente ...«

»Wer hätte das gedacht«, brummte Wassilitsch, »dass dieser einfache Mann ... Pittman, der Scheich ...« Und er machte einen tiefen Zug aus der Flasche, die wegen der unerwarteten Ereignisse eine ziemliche Verspätung hatte. Dabei ist Pünktlichkeit alles bei der Eisenbahn ...

6.

Fünf Jahre sind seit diesen afrikanischen Denkwürdigkeiten vergangen, deren aufsehenerregendes Nachspiel in John Fowlers schriftstellerischem Werk aufgezeichnet worden ist. John Fowler, der für seine zahlreichen Freunde und verschwindend wenigen Verehrer nur unter dem vielsagenden Pseudonym »Keule« bekannt ist, leistet heute (also fünf Jahre nach obigen Geschehnissen) Dienst bei der Fremdenlegion und hat – zusammen mit dem vorliegenden – bereits zwei Bücher geschrieben. Ich übergebe das Wort an ihn, dessen literarischen Qualitäten unsere Geschichte viel eher entspricht. Wer den Autor nicht schätzt, der sollte wissen, was namhafte Kritiker von ihm denken: Noch in Jahrzehnten wird man von ihm sprechen; besonders diejenigen, die aus dem einen oder anderen Grund einen Kinnhaken von ihm einstecken mussten.

1.

Entgegen dem Drängen meiner Freunde habe ich beschlossen, dieses epochale Romanmachwerk (mein zweites!) zu verfassen. (Ist aus dem Leben gegriffen.) Meine Kumpel haben ebenso wort- wie muskelgewandt auf mich eingeredet, etwas, wovon ich nichts verstehe, sein zu lassen. Da haben sie sich aber getäuscht: Meine Belesenheit erhebt mich weit über den durchschnittlichen Pöbel, auch wenn der Schein dagegen sprechen mag.

Als mein erstes Werk (»Ein Seemann in der Fremdenlegion«) aus der Presse kam, erhielt ich von meinen Verehrern eine Menge Drohbriefe. Sie nannten mich einen Gauner, ein Rindvieh, einen Verräter und einen Spitzel. Aber was kann man schon heutzutage von seinen Verehrern erwarten? Sie schauen nur darauf, dass die Polizei aufgrund meiner kryptosoziologischen Elaborate Hehler, Einbrecher und andere Geschäftspartner mit Fragen belästigt, sie vergessen aber das hohe und hehre Ziel der Literatur: die Diebesgutverwerter und Tresorspechte getreu zu charakterisieren, ihr Milieu und ihr Privatleben aufzudecken und ähnliches.

Delle Hopkins, dem jene seelische Zartheit fehlt, welche der unsterbliche Autor in seinem Meisterwerk »Roccamboles Liebe« als »Filigran« bezeichnet, sprach wie folgt:

»Wenn du noch einmal solchen Schwulst über mich verzapfen tust, Keule, dann komm ich ganz aus meinem Häuschen und schlage dir mit der gut abgehangenen Löwentatze eines altdeutschen Lehnstuhls deinen dicken Seemannsschädel ein.«

Was mag man auf etwas so Niederträchtiges antworten? Einer Wildsau, der jedes Seelenfiligran abgeht...

»Ich werde da sein«, antwortete ich, »du widerliches Großmaul.«

Dieser zurückhaltenden Andeutung konnte er klar meine Meinung über ihn entnehmen. Delle Hopkins ist ein ganzer Kerl, wurde aber einmal von Jimmy Reeperbahn auf der Fifth Avenue mitten im Stoßverkehr unter Zuhilfenahme einer verchromten Lastwagenstoßstange streng zurechtgewiesen. Das verbogene Ersatzteil hat Nelson Rockefeller, ein prominenter Augenzeuge der kleinen Meinungsverschiedenheit, vom Fleck weg für ein Heidengeld erworben, und es gilt heute als eines der wertvollsten Exponate im New Yorker Museum für konkrete Kunst, mit dem exotischen Namen »Boa constrictor«. Diesem Ding hat es Jimmy zu verdanken, dass er auf dem Kunstmarkt bereits als naives Genie von der Straße gehandelt wird, was ihm jede Menge Piepen einbringt, von denen auch Delle Hopkins etwas abkriegt, ist doch seine Nase seit der Affäre rot und kümmerlich wie eine in Säureessig eingelegte Chilischote. Andererseits verfügt er über gedrungene, entsetzliche Schultern und kurze, dicke Arme, aber dennoch meine ich, mit ihm fertig zu werden.

Alfons Nobody, der in meinem Erstlingsopus als unendlich kaltblütiger und völlig unbekümmerter spanischer Beau mit blauem Blut in den Adern vorgestellt wurde, verlieh seiner Ansicht einen anderen, aber nicht minder dämlichen Ausdruck:

»Dein Buch ist sehr gut, lieber Keule«, sprach er, nachdem er das Manuskript gelesen und mit einem blasierten Gesicht weggelegt hatte. »Nur ist es hinsichtlich deiner Person nicht klar genug.«

»Ich versuche, aufrichtig über mich zu sein – wie die großen Entdecker.«

»Ja, ja, es wird schon einigermaßen deutlich, was für ein Jahrhundertholzkopf du bist, aber wir, die wir dich näher kennen, wissen sehr wohl, dass du viel dümmer zu sein pflegst. Ein Narziss wie du gehört jedenfalls aus der Mythologie gestrichen!«

Wozu sich mit so einem streiten? Keine Schöngeister die beiden. Das sagte ich ihm denn auch, aber – anders als diese Banausen – mit gewählten Worten:

»Du hast wohl einen Kurzschluss im Bewusstseinsstrom, he? Was versteht so ein Riesenkamel wie du von der feineren Inspiration? Kein Wunder, dass man dich aus sämtlichen Staaten der Welt für immer ausgewiesen hat.«

Unser Freund mit dem Spitznamen »Türkischer Sultan«, der nicht mit uns in der Legion gedient hat, aber gerne korrespondiert, schrieb mir in derselben Angelegenheit wie folgt:

Lieber Keule!

Du depperter Möchtegernpoet! Iimer schon hob i gwußt, dass. Du bist a großer Bledmann. Aber dass du ein so großer. Bist, das net. Des kanst mir scho glabn. Von miir. Du hältst di wohl für den allwissenden Erzähler. Woaßt, wos du bist? A nixwissender Trottel bist. Her uf! mit der überspannten Kritzelei. du ruhmrediger Lump! Sonst kom ii und mach di zur Minna! Aba gscheit, hostmi! Und wenn ii von dir schreib. Wos du ois gmacht hast. Dann wirst schä einglocht, du damischer Hund du. Aber davon unabhängig. Kann ii dir gaudihalber oans mit dem Dampfpickl verpassen. Was 1 gewichtiges Metallobjegt is. Des schreib ii. Aber was du schreibst. Des is a riesen Schwachsinn. A sautrübe Schmonzette ist des, bzzww. A Roman. Selbstlob stinkt! Merk dir das gefälligst! Rien ne va plus! Oder es setzt was!

Mit ausgerechneter Hochachtung:

Du Hornoxe

Selbstlob stinkt? Na ja, dann stinkt es halt ein bisschen …
Der Türkische Sultan befleißigte sich, wie man sieht, eines

ausgereiften Stils, der von Brief zu Brief wie ein schelmischer Diamant zu oszillieren schien.

Viel Feind, viel Ehr! Umso weniger kann mich dieser so taktlose Stumpfsinn meiner Freunde davon abhalten, meinen lapidar-pompös gehaltenen, gesellschaftsverändernden Schlüsselroman der sehnsüchtig danach schmachtenden, dankbaren Nachwelt zu präsentieren. Und hier ist er. Viel Vergnügen und Applaus!

2.

Exerzierplatz.

»*Gaaa-wu!*«*

Wir standen still. Sergent Potriens dünner, spitzer Schnurrbart und sein ebenfalls schmales Bärtchen bebten leicht. Was war schon wieder los?

»Meine lieben Jungen«, begann er mit einem väterlichen Lächeln, das gut zu seiner ruhigen und sonoren Stimme passte. »Ich habe einen Hosengürtel vor der Kneipe gefunden, wo gestern drei Legionäre fünfzehn mit der Karawane angekommene Händler windelweich geprügelt haben!«

Diese Legionäre können aber auch nie Ruhe geben! Plötzlich brüllte er los:

»Wo sind die Saukerle? Sie sollen hervortreten. Das ist das Gescheiteste.«

Da hatte er Recht. Wozu musste die ganze Kompanie wegen der drei streitsüchtigen Kameraden herumstehen?

Aber keiner bewegte sich.

»Also lieber nicht?«, spöttelte der Sergent mit einer verbindlichen Miene. »Wenn mich der Präsident der Republik fragt: ›Nun, lieber Potrien, wer sind die drei Soldaten, von

* *Gardez-vous (frz.: Habacht!)*

28

denen diese Karawane so schändlich behandelt wurde?‹, ja was werde ich ihm wohl antworten? Na was?«

Wir wussten es nicht.

»Ich werde ihm sagen: ›*Mon Président,* das waren sicher arabische Jungfrauen in Maskerade, denn von meinen braven Legionären hat sich keiner gemeldet ...‹«

Plötzlich ließ er einen markerschütternden Schrei erschallen wie einer, der einen Herzschuss bekommen hat. Von einem nahen Baum flüchteten einige dösende Affen Hals über Kopf ...

»Wer hat sich mit diesem Gürtel geprügelt? Wer hat damit den Karawanenführer am Mund getroffen, dass er acht Zähne verlor und kopfüber in die Kamelschwemme fiel?!«

Ein grausamer Streich muss das gewesen sein. Aber das Garnisonsleben macht ja manchen Legionär zu einer wahren Bestie ohne jeden Anstand.

»Wer hat sich mit diesem Gürtel geprügelt, was?!«

Keine Antwort.

»Korporal! Untersuchen Sie alle Hosengürtel!«

Hm ... Die Sudaninfanterie trägt Gürtel, die einen halben Zoll breiter sind, und mein Gürtel ist so einer. Wenn es ihm auffällt, bin ich dran. Am Ende wird er noch sagen, dass ich es gewesen bin, der den aufmüpfigen Karawanenführer absichtlich in die Kamelschwemme fliegen ließ. Dabei habe ich wirklich nicht wissen können, dass er so flugtüchtig ist. Wer kann schon bei Nacht das Verhältnis zwischen Gürtelschlag und Flugbahn genau berechnen? Besonders, nachdem diese elenden Krämer Delle Hopkins nicht verzeihen konnten, dass er einen Feldstecher, der später verschwand, genauer untersucht hatte. Es war wirklich nicht botmäßig gewesen, ihn zu verdächtigen, nur weil er kurz zuvor mit dem Fernglas hantiert hatte. Wir haben uns ja erst zur Wehr gesetzt, als man uns angriff, nachdem der zart besaitete Hopkins den Mülleimer mitten in ihr Lager geworfen hatte.

»Sieh mal einer an«, dröhnte der Korporal. »Da ist ja ein breiter Hosengürtel! Treten Sie vor, Sie Armleuchter!«

Ich trat vor.

»Was haben Sie da für einen Gürtel?«, herrschte mich Potrien an.

»Für die Hose.«

»Maul halten, Sie Arschnuschelscheißer! Was für einen Hosengürtel tragen Sie?«

»Einen von der Armee.«

Ich war ein wenig begriffsstutzig, wenn Potrien mit mir plauderte, und meinem inneren Monolog blieb ganz einfach die Spucke weg, wenn er mich mit solchen Phantasieprädikaten apostrophierte. Er vermutete wohl, ich sei seit meiner Geburt schwachsinnig. Wenn er draufkam, dass ich ausschließlich ihm gegenüber so reserviert war, dann saß ich in der Patsche.

»Sie hirnverbranntes, vergreistes Krokodil! Ich habe gefragt, woher Sie diesen Hosengürtel haben. Der stammt doch aus der Sudaninfanterie, oder?!«

»Jawohl.«

»Ist das hier Ihr Gürtel?«, fragte er, und ließ das herrenlose Lederzeug mit bedrohlicher Ruhe über meinem Kopf baumeln, so dass ich an meinen Schicksalgefährten, den Kommissar Damokles, denken musste.«

»*Oui, mon chef.*«

»Warum haben Sie das nicht gleich gesagt? Ich mache Sie zur Schnecke, Sie Knilch!«

»Sie haben nicht gefragt, *mon chef.*«

»Ich habe gefragt, wer sich mit diesem Gürtel geprügelt hat?«

»Der Gürtel gehört mir, aber ich habe mich nicht damit geprügelt.«

»So?! Und wenn mich der Präsident fragt: ›Sagen Sie, Potrien, wie gelangte der Gürtel eines Soldaten von selbst in die Schlägerei?‹ Nun, was werde ich dann antworten, he?!«

Ich schlug die Hacken zusammen.

»Sie werden sagen, *mon chef*: ›Hosengürtel streunen schon mal davon, *Monsieur le Président.*‹«

»*Canaille!*«, schnarrte Potrien.

Er mochte es nicht leiden, wenn ich die Fragen des Präsidenten beantwortete. Dabei ist es Soldatenpflicht, blind zu gehorchen.

»Ist das Ihr Gürtel?«

»Ja.«

»Wer war noch mit Ihnen?«

»Wo?«

»Bei der letzten Prügelei.«

»Der Herr Sergent!«

»Ich?!«, brüllte er aus vollem Hals. »Wollen Sie mich veräppeln, Sie syphilitische Springmaus? Ich warne Sie!«

»*Mais oui!* Das letzte Mal habe ich mich bei Aut-Aurir mit Arabern geschlagen, und zwar unter Herrn Sergent.«

»Sie wollen es also nicht sagen?! Dann werde ich dem ganzen *Peloton* den Ausgang streichen!«

Alfons Nobody und Delle Hopkins traten stramm hervor.

»Was ist?!«

»Herr Sergent«, meldete Hopkins stramm, »wir beide waren mit von der Partie.«

»Das hätte ich mir denken können. Ihr Galgenvögel könnt es nicht lassen! Na, mit euch werde ich schon fertig. Merkt euch das!«

Potrien war aus mancherlei Gründen nicht gut auf uns zu sprechen. Nicht ganz zu Unrecht. Vor allem deshalb, weil wir alle drei Mitglieder der Ehrenlegion waren, was der tapfere, erstklassige Unteroffizier (denn von wenigen Grillen abgesehen war der alte Potrien ein braver Soldat) nicht ertragen konnte. Schließlich kränkte ihn, dass wir berühmt und vermögend waren, weil wir beim Auffinden einer verloren geglaubten Diamantmine tatkräftig mitgewirkt hatten. Das war auch der Grund dafür, dass wir in die *Légion d'Honneur* aufgenommen wurden. Unsere Namen waren damals durch die gesamte Weltpresse gegangen, und die Honoraranteile an der Mine machten ein hübsches Vermögen aus. Trotzdem mussten wir die restliche Dienstzeit ableisten. Vor allem aber konnte uns der Sergent niemals verzeihen, dass wir für unsere damaligen zahlreichen Dienstverstöße nicht bestraft worden waren, vielmehr am Ende auch noch hoch dekoriert.

»Alle drei zum Verhör! Und weil Sie sich nicht sofort gemeldet haben, werde ich fünf Tage Arrest für Sie beantragen.«

»Das ist ungerecht. Ich habe mich gemeldet«, protestierte ich.

»*Rompez!*«

Natürlich fügte der Leutnant fünf weitere Tage hinzu, und auch der Kapitän wollte nicht kleinlich scheinen, so dass uns am Ende zwei Wochen blühten, obwohl wir unschuldig waren, hatte doch die Karawane angefangen. Diese fünfzehn Vogelscheuchen dachten, leichtes Spiel mit uns zu haben, aber jetzt war das Krankenhaus voll. Aber wozu beschuldigten sie auch Delle Hopkins, nur weil er sich kurz beim Depotwagen aufgehalten hatte? Jeder Kameltreiber hätte den Feldstecher in der gelben Ledertasche mitgehen lassen können. Lächerlich.

»Potrien ist ein netter Junge«, sagte Alfons Nobody nachdenklich. »Aber diese Unart von ihm, sich ständig mit uns zu beschäftigen, werden wir ihm schon abgewöhnen.«

»Wenn ich ihm nur in Zivil begegnen könnte«, schimpfte

Delle Hopkins. »Sagen wir, in einer dunklen Gasse an einem hübschen, kleinen, stinkenden Kanal …«

Nicht auszudenken!

»Kommt, wir gehen in die Kantine!«, schlug Nobody vor.

Traurig tranken wir den ohnehin garstigen Wein, da wir wussten, was uns erwartete: der unangenehme, dreckige Dunkelarrest. Wir unterhielten uns nicht. Alfons Nobody las, während Delle Hopkins mit dem Wirt über den Verkauf eines Feldstechers verhandelte. Die schöne, feine Tasche wollte er jedoch unbedingt für seine Zigarren behalten.

3.

Unsere Festung war das Schlüsselfort an den Osthängen des Atlasgebirges, eine kleine, aber feine Hochburg unter einem gemäßigten Klima. Zuweilen war es etwas kalt, aber Staub, Malaria oder die mörderische Hitze von fünfundvierzig Grad waren hier gänzlich unbekannt. Es galt somit als ein ausgezeichneter Posten: Nie ein Gefecht, der Dienst leicht. Eine Belohnung seitens des Regierungskommissars De Surenne dafür, was unsere Kompanie im Senegal geleistet hatte. Keinen geringen Anteil daran hatten jene drei heldenhaften Legionäre ohne Fehl und Tadel, die Potrien mit seinen ungerechten Schikanen verbitterte.

Dies schicke ich nur deshalb voraus, damit man uns nicht für rachsüchtig halte deswegen, was sich späterhin ereignete, um Potriens Aufmerksamkeit von uns abzulenken. Ein neuerliches Ereignis nämlich, das mit der alle zwei Wochen eintreffenden Post zusammenhing, verstimmte uns noch mehr. Wir meldeten uns also zum Verhör, um den Arrest anzutreten. Danach standen wir im Büro. Der Unteroffizier murmelte die Namen, und der Sergent vermerkte sie alle in einem Buch.

»Herman Thorze!«

Delle Hopkins trat hervor. Herman Thorze war nämlich sein Deckname in der Legion. Warum er überhaupt in der Legion diente und wie er zu diesem absurden Namen gekommen war, wird sogleich erläutert werden. Im Augenblick jedoch zählte lediglich der Brief. Hopkins streckte also die Hand nach seiner Post aus.

»Was lungern Sie hier noch herum, Sie aufgeblasener Sandzwerg?«, schrie Potrien. »Arrest bedeutet Postentzug!«

»Ich habe ihn noch nicht angetreten, *mon chef*«, sagte Hopkins bleich.

»Dass sie mir hier ja nicht rührselig werden, Sie sentimentaler Pavian! Scheren Sie sich fort, oder Sie kommen an den Pranger! Das gilt auch für Ihre beiden vergammelten Tierpfleger! Mir aus den Augen, Abmarsch!«

Wie begossene Pudel trotteten wir über den Hof. Afrika kennt keine härtere Strafe als den Postentzug. Wenn man den lang erwarteten Brief nicht lesen darf.

»Er nannte mich einen Pavian«, klagte Delle Hopkins zähneknirschend. »Ich scheine ihm nicht zu gefallen.«

Unser vierschrötiger Freund, der sich aus seiner Seemannszeit den schlingernden Gang bewahrt hatte, nahm sich diese Beleidigung sehr zu Herzen. Alfons Nobody, der eine vornehme Herkunft und ebensolche Gesichts- wie Charakterzüge besitzt, hatte die letzte Kränkung wie üblich mit Gleichmut zur Kenntnis genommen. Er zündete eine Zigarette an, pfiff leise, und sagte nur:

»Dem alten Potrien verordnen wir eine Entziehungskur. Er muss es sich abgewöhnen, sich unseretwegen den Schädel zu zermartern«

Inzwischen waren wir vor dem Gefängnis angekommen und meldeten uns auf der Wache. An der Mauer lehnten einige Waffen. Die Wachmannschaft saß oder lag gelangweilt auf einer langen Bank, zwei Männer spielten Mühle. Der Unteroffizier war mit Schreiben beschäftigt. Auf einem Stuhl lag seine Seitenwaffe. Wir stellten uns vor:

»Die Soldaten Nummer neun, einundzwanzig und einundsiebzig melden sich zum Arrest.«

»Na, das habt ihr ja gut gemacht«, tröstete uns der Korporal.

»Was will Potrien von euch?«, fragte der andere, während er unsere Taschen oberflächlich untersuchte. Währenddessen stieß Delle Hopkins zufällig einen Stuhl um. Die Seitenwaffe und einige Ordner fielen auf den Boden. Wir halfen, sie aufzuheben …

»Also, vorwärts!«

Missmutig folgten wir dem Wärter. In der *cellule* wartete schon der alte Lewin auf uns. Wir wussten, dass er da war, kannten ihn aber noch nicht. Er saß schon im Karzer, als wir in dieses Fort kamen. Es war sein zehntes Jahr als gemeiner Soldat. Lewin war ein guter Legionär, wurde aber manchmal wild. Dann stahl er Geld, oder wenn es gar nicht anders ging, brach er ein oder schlug jemanden auf der Straße nieder und lief mit den Moneten davon – bis zur nächsten Stadt. Dort setzte er sich in ein gutes Gasthaus und veranstaltete eine unbändige Fressorgie. Er stopfte feine Gerichte wie Braten und Kuchen in sich hinein, bestellte unter Umständen sogar Sachertorte und türkischen Honig – zwei sehr noble Desserts (ich weiß das von Derer zu Krethi und Plethi, weil ich mich früher oft in den feineren Kreisen der Hautevolee bewegt habe). Nach ausgestandener Schmauserei meldete sich Lewin auf der Wache und wartete schicksalsergeben auf die Bestrafung.

Sehr lange hatte es keinen Ärger mehr mit ihm gegeben. Dann aber machte er es wieder: Geld beschaffen, ausbüxen, schwelgen. Zuweilen sehnte er sich leidenschaftlich nach vornehmen Leckerbissen, so wie es einen Amokläufer nach Blut und Mord verlangt. Somit verbüßte er schon im zehnten Jahr seine fünf Jahre, da die Strafe nicht der Dienstzeit angerechnet wird.

Bald würde ihn ein Transport aus dem Norden nach Igori verfrachten, wo Häftlinge und Eingeborene die Schienen entlang des Kongo verlegten. Es war genau eine Woche seitdem vergangen, dass er wieder einmal der »Kuchenpest« und der »Entrecôtewut« erlegen war. Er entwendete tausend Francs aus der Garnisonskasse und aß sich in Ain-Sefra sternhagelvoll. Das heißt, diesmal wurde er in flagranti ertappt. Lewin wehrte sich verbissen, weil sein Heißhunger noch nicht vollends gestillt war. Bis zum letzten Atemzug verteidigte er die ungarische Gänseleber, und die Maroni-Crêpe mit Zimtkruste in Grand Marnier musste man ihm förmlich aus der Hand reißen.

Er bekam drei Jahre Zwangsmaloche aufgebrummt und müsste nun bald nach Igori aufbrechen, sobald der Gefangenentransport aus dem Norden eintraf. Aber das schien ihn nicht zu bekümmern. Matt, schlaff und verschleiert waren seine Augen. Die Unterlippe hing von den braunen, stumpfen Zähnen wie ein lumpiger, dicker Vorhang. In seiner frauenhaft weichen, großen Hand hielt er locker eine qualmende Zigarette. Die Haut auf seiner geschwollenen Nase zuckte nervös wie bei einem Hund, den eine Fliege belästigt.

»Haben Sie Zigaretten?«, fragte er mit einer tiefen, müden, heiseren Stimme.

»Ja.«

Glimmstengel transportierte man in der Mütze. Sofern man bei der Wache nicht aus irgendeinem Grund verhasst war, konnte man sicher sein, dass die Mütze übersehen wurde, wenn der Unteroffizier die Taschen durchsuchte. Wir gaben dem Kameraden einige *Caporals*.

»Danke. Und bitte … Bringen Sie mir doch morgen einen kleinen Fisch. Es ist Freitag, und man gibt mir hier nur Suppe«, bat er wie ein Verdurstender, der in der Wüste um einen Schluck Wasser fleht.

»Lieben Sie Fisch?«, fragte ich ihn.

»Sehr!«, antwortete er gefühlvoll. »Fisch ist die beste Speise auf der Welt. Ich esse ihn sogar hier, obwohl sie ihn mit Mehl panieren.«

»Und Mehl geht nicht?«, wunderte sich Hopkins.

Lewin lächelte mit einer spöttischen, abgrundtiefen Verachtung, als wollte er sagen: »Wozu lebt so einer!« Dann aber wurde er nachsichtig: »Natürlich nicht. Nur in Semmelbrösel. Aber nicht in diesem spießigen Schwindel von getrockneten Brotresten aus Säcken in der Kammer« – es schauderte ihn – »sondern wir nehmen frische Backware und braten sie ohne Fett über offener Flamme, um sie hernach zu zerreiben.«

»Anscheinend ein Fachmann«, verlieh Alfons Nobody seiner Anerkennung Ausdruck.

»Ich bin Lewin«, offenbarte das Wrack mit der Selbstverleugnung des Eiferers – wie einer, der sich sicher ist, dass wir bei diesem Namen erschauern. Aber keiner von uns wusste, wer Lewin in seinem bürgerlichen Leben gewesen war. Angesichts seines überwältigenden Hochmutes wagten wir gar nicht erst zu fragen. Vielleicht hätte es ihn ja gekränkt.

»Tatsächlich?«, erkundigte sich Delle Hopkins schlau, denn die so offensiv zur Schau getragene Berühmtheit seines Kameraden reizte seine proletarische Einbildungskraft. »Sie sind wirklich Lewin, der berühmte Dings …? Na …?«

Der zerlumpte Veteran nickte wie ein Held.

»Der bin ich! Der große Lewin. Und jetzt wissen Sie alles!«

Wir wussten gar nichts.

»Ich bitte Sie nur, mein Geständnis vertraulich zu behandeln.«

»Wenn ich ehrlich bin«, gestand ich später, »ich weiß nicht … wer Sie einmal waren … lieber … Lewin …«

»Verhöhnen Sie mich ruhig!«

»Glauben Sie mir doch …«

»Genug! Sie wissen sehr wohl, wer ich bin. Aber bitte! Treiben Sie ruhig Ihren Spott mit mir, wenn es Sie amüsiert!«

Und er wandte sich ab. Was konnte man da tun? Der Wärter brachte die Rindssuppe. Es war kein Fleisch darin, nur etwas Nockerln und einige Stücke Kohlrabi.

»Hört mal, lasst das Rauchen sein! Der Unteroffizier ist heute nicht zu Späßen aufgelegt«, warnte der Wärter gutmütig. »Seine Seitenwaffe ist verschwunden.«

»Wie ist das möglich?«

»Er sagt, er habe die Pistole auf dem Stuhl neben dem Schreibtisch abgelegt. Aber das ist ja nicht wahrscheinlich. Wer sollte die Seitenwaffe eines Unteroffiziers stehlen? Und warum?«

Das kann man sich wirklich schwer vorstellen.

»Sag dem Unteroffizier«, warf Delle ein, »wenn er will, finde ich seine Waffe.«

»Weißt du denn, wo sie ist? Hör zu, Thorze« – so hieß ja Hopkins in der Legion – »die Sache ist ernst. Abends gibt es ein Verhör, und wenn der arme Korporal seine Waffe nicht findet, dann wird er hart bestraft werden. Hast du sie etwa gesehen?«

»Das nicht. Aber ich war früher im Zirkus. Ich beschwor Geister, während ich durch die Manege ritt. Ich finde jeden versteckten Gegenstand, wenn ich in … in Dings falle …«

»In Trance«, half ihm Alfons Nobody.

»Ja, genau. Sag ihm das! Er kann von mir erfahren, wo

seine Pistole steckt, wenn ich in Trance falle, was ein ähnliches Gebrechen ist wie die Schwerenot, nur dass man verlorene Gegenstände wiederfindet.«

Als der Wärter hinausging, stürzten wir uns auf den vierschrötigen Komiker.

»Wieso legst du dich mit dem Unteroffizier an?!«

»Willst du, dass wir das Arabergefängnis putzen?«

Hopkins blickte uns leicht gekränkt an.

»Glaubt ihr mir nicht, dass ich im Zirkus war?«

»Wir glauben nicht, dass du je gearbeitet hast«, antwortete Alfons Nobody. Und wie Recht er hatte! Aber da kam auch schon der Korporal.

»Wo ist der Clown, der meine Seitenwaffe wiederfinden will?«

»Zur Stelle, *mon caporal.*«

»Was ist das für ein Schwachsinn, Thorze?«

»Ist kein Schwachsinn. Wenn ich guter Laune bin, finde ich eine Stecknadel auf dem Hausdach.«

»Hören sie zu! Wenn Sie Witze machen …«

Der Korporal war ganz blass. Der Verlust eines armeeeigenen Gegenstands zählt als Hauptvergehen, besonders wenn es sich um eine Waffe handelt. Er wird in die Sahara geschickt, zur Sturmtruppe, wenn seine Waffe bis zum Abend nicht auftaucht.

»Ich scherze nicht.«

»Dann finden Sie sie!«

»Wenn ich glücklich bin, dann falle ich in dieses Dingsda … was auch der Nobody kennt … Aber jetzt bin ich traurig, weil mein Brief immer noch bei der Regimentspost liegt und der Herr Sergent ihn nicht herausgibt. Wenn der Herr Korporal den Brief bringen könnte, würde ich vor Freude in alle möglichen Epilepsien fallen, und die Seitenwaffe wäre wieder da.«

»Ich soll einen Brief herausschmuggeln?«, flüsterte der Unteroffizier, der seinen Ohren nicht trauen wollte.

»Wenn ich ihn gelesen habe, kleben wir den Umschlag wieder zu, und der Herr Korporal legt ihn zurück...«

»Du... Ich warne dich! Wenn du mich reinlegst...«

»Sie können mir ja den Brief erst aushändigen, wenn Sie die Waffe wieder haben.«

»Stillgestanden!«

... Der Korporal hatte es leicht, an den Brief heranzukommen, und war bald wieder zurück. Delle Hopkins wollte ohne unsere Hilfe auf keinen Fall in Trance fallen. Also standen wir bald alle drei in der Wachstube.

»Bitte einen gepolsterten Stuhl«, verlangte der Vierschrötige.

Man brachte ihm den Stuhl. Er setzte sich, schloss die Augen und atmete tief ein wie ein Schwammsucher vor dem Tauchgang.

»Es wird nicht einfach werden«, bemerkte er niedergeschlagen und blickte hilfesuchend in die Runde. »Man reiche mir eine Zigarre.«

Später bat er auch um ein Kissen, rauchte mit bekümmertem Gesicht und seufzte hin und wieder. Der Unteroffizier war vor Nervosität dem Schlaganfall nah. Meine Hand juckte. Plötzlich sagte Delle:

»Ein Mann soll an der rechten Hofseite entlanggehen, ein anderer soll den Küchengarten hinter der Kantine inspizieren.«

»Dort bin ich gar nicht gewesen«, tobte der Korporal.

»Tun Sie, was ich sage«, verlangte Hopkins mit einer dämonisch heiseren Stimme. Dann bat er um einen Liter Rotwein und schickte Alfons Nobody aufs Hausdach.

Einen Augenblick lang schien es, dass Alfons Nobody dem Medium eine Ohrfeige gab. Dann aber ging er doch.

Inzwischen wurde der Rotwein geholt. Hopkins trank ihn auf einen Zug leer.

»Ich denke, Thorze, ich stelle Sie an den Pranger, wenn Sie mich zum Narren halten«, drohte der Unteroffizier, der bleich war wie ein Albino.

»Geduld, Herr Korporal! Schauen Sie ins Regal über ihrem Bett im Schlafsaal.«

»Da ist die Pistole ganz sicher nicht.«

»Bitte tun Sie, wie ich sage«, flehte Delle weinerlich und ungeduldig. »Sie können mich einsperren, wenn Sie Ihre Waffe nicht finden.«

Der Korporal ging. Wir blieben zu zweit: das Medium und ich.

»Ja, bist du jetzt völlig durchgeknallt, oder wie oder wat?!«, herrschte ich ihn an. »Reicht es denn nicht, dass Potrien hinter uns her ist? Willst du auch noch den Korporal gegen uns aufbringen?«

»Wieso denn, Keule? Ich will doch nur das Beste für uns«, staunte Delle.

»Und wenn die Waffe nicht auftaucht?«

»Ich verliere solche Dinge nicht«, prahlte er gelassen und zog aus den Tiefen seiner weiten Hose die Pistole des Unteroffiziers hervor. »Ich habe sie hier vom Stuhl gemopst, nachdem ich durchsucht wurde und der Stuhl umfiel.«

Mit der größten Seelenruhe schob er die Waffe unter einen Riemenbündel in der Zimmerecke.

»Und warum hast du Alfons Nobody aufs Dach geschickt?«

»Damit er ein bisschen schwitzt, wenn ihm die Arbeit schon so sehr auf dem Herzen liegt, dass er mir vorwirft, ich hätte nie geschuftet.«

So ein Kerl! Aber es kam der Unteroffizier. Hinter ihm einige hechelnde, staubige Mitglieder der Wache. Schließlich auch Alfons Nobody, das Gesicht mit einem Flor aus Spinnweben verhangen. Alle hatten sich abgemüht. Natürlich ohne Ergebnis.

»Jetzt ist aber Schluss!«, schrie der Unteroffizier. »Das werden Sie...«

»Ruhe!«, krächzte die weinselige Stimme des Mediums. »Jetzt kommt dieses Dings... Dieser komische Zustand...«

Er drückte seine Augen zu und schnaufte, weil er ein wenig beschwipst war.

»Befinden sich hier eine Menge alter Riemen?«

»Ja, schon. Aber dort bin ich nicht gewesen, und jetzt ist endgültig...«

»Ruhe!«, winkte er frech den Unteroffizier ab. »Ich spüre etwas unter den Riemen...«

Er ging hin, tastete umher... Dann warf er die ausgemusterten Riemen zur Seite...

Der Korporal schrie laut auf:

»Meine Pistole!«

Aller Augen ruhten auf dem Medium. Die meisten mit Verwunderung. Aber es gab auch einige, die argwöhnisch waren. Der Korporal zum Beispiel...

»Hm... Sie sind also Magier... Was?«

»Ja... Ich beherrsche diese Nummer auch hoch zu Ross in der Manege.«

»Und am Pranger in der Hitze, ohne Wasser, Sie abgehalfterter Telepath?! He?!«

Hopkins schloss die Augen. Der Korporal fühlte sich jedoch von einem schweren Alpdruck befreit und war so glücklich, dass er nicht böse sein konnte.

»Hier haben Sie den Brief, Sie... Sie Spiritist! Warum haben sie die zwei Männer hinter die Kantine geschickt, was?!«

»Also bitte... Dort ist eventuell das Dings...«

»Aus den Augen!«, schrie der Korporal, berührte dann

aber beruhigt seine Waffe. »Schon gut. Hauptsache, ich habe die Pistole wieder … Sagen Sie mir mal, wozu der Rotwein?«

»Ja, das ist so, Herr Korporal … Ich bin nämlich trunk-süchtig«, antwortete Hopkins. Wir entfernten uns schnell.

4.

Wie sich Delle Hopkins zum amerikanischen Staatsbür-ger Herman Thorze gemausert hatte? Der reine Wahnsinn! Zusammen mit uns beiden erhielt Hopkins eine bedeuten-de Rolle in einem weltbewegenden Kriminalfall, den ich in meinem nicht minder weltbewegenden Debütanten-roman (siehe oben) überaus mitreißend beschrieben habe. Er war damals seltsamerweise nicht der Täter, sondern der Spürhund. Anfänglich begab es sich aber so, dass Hopkins und ein degradierter Kapitän von allen Polizisten der Ko-lonie gesucht wurden. Es schien fast unmöglich, dass sie durch den undurchdringlichen Polizeiring Oran verlassen könnten.

Damals begannen Hopkins und besagter Kapitän, sich als Fremdenlegionäre auszugeben. Mit den Dienstmarken zwei-er Neulinge gelangten sie durch die Tore des »Fort Sainte-Thérèse« unter die Soldaten. Sie schlüpften in Uniformen und machten sich in der riesigen Festungsanlage wichtig, während sie die Polizei überall vermutete, nur nicht dort. Alfons Nobody und ich waren damals schon seit mehreren Wochen Soldaten, und als ein ganzes Bataillon ins Senegal aufbrach, kam Hopkins mit, zwar in Uniform, ohne aber je in die Kolonialarmee aufgenommen worden zu sein. Er schlich von einer Kompanie zur anderen. Mal war er Pionier, mal Koch (diese Darbietung erweckt noch heute in allen Beteiligten Gefühle wie aus einem Schauerroman), mal war er Sanitäter, dann wieder Panzerfahrer, ohne dass er mit der

Armee offiziell je das Mindeste zu tun gehabt hätte. Nur mit der Polizei hatte er zu tun. Als Fahndungsobjekt.

Dann aber fanden und retteten wir die große Diamantenmine am Ufer der Dämonen (siehe bzw. lies meinen Roman »Ein Seemann in der Fremdenlegion«!), und unser Erfolg machte uns alle reich. Über Nacht vermögend zu werden verschafft einem jedoch nicht das Recht, das Käppi mit dem Tennisschläger zu vertauschen. Folglich mussten wir zusammen mit dem Regiment nach Manson. Delle Hopkins hochstapelte damals gerade in der Uniform der 1. Kompanie von Meknès. Diese Uniform hatte einmal Herman Thorze gehört, ersichtlich aus der Namensliste. Dieser Thorze (und hier beginnt Delle Hopkins' Leidensweg) war ein entflohener Sträfling, der wegen Fahnenflucht aus Colomb-Béchar zur Kompanie versetzt worden war, so dass ihn hier niemand kannte. Von einem Transportfahrzeug entwendete Delle Hopkins die erstbeste Uniform – zufällig Thorzes. Als dann der Fall Thorze abgeschlossen wurde, und Hopkins nichts mehr von der Polizei zu befürchten hatte, wollte er seine »Ehrenmitgliedschaft« natürlich lieber beenden und vertraute Potrien schmunzelnd an, dass er die Uniform gestohlen hatte. Er selbst wäre nie regulärer Soldat gewesen. Potrien lachte ebenfalls und erwiderte:

»Es hat keinen Sinn, den Clown zu spielen. Ich lasse Sie in Eisen legen, wenn Sie wieder damit anfangen.«

»Ich bin normal!«, schnaubte Hopkins.

»Das mag schon sein. Aber blöd sind Sie trotzdem. Sonst würden Sie es mit einem anderen Märchen versuchen.«

»Ich bin nie Soldat gewesen! Die Uniform Nummer einundsiebzig habe ich vom Karren gestohlen.«

Der Sergent prustete vor Lachen:

»Mit derlei Unsinn hat es noch keiner versucht! Glauben Sie, ich erinnere mich nicht an Ihre hübsche Bulldoggenvisage? Jungs! Wer von euch kennt diese Schießbudenfigur?«

Aus der Truppe kannten ihn viele, aber weil sie gutmütig waren, meldeten sie sich nicht. Dafür aber hielten es die Unteroffiziere eher mit Potrien. Mehrere von ihnen erkannten Hopkins wieder. Wenn es herauskommt, dass er jener unselige Koch ist, lynchen sie ihn womöglich.

»Wir erinnern uns an Sie! Wozu diese Komödie?!«

»Aber ich hatte damals eine andere Uniform!«

»Daran erinnern wir uns nicht …«

»Führen Sie mich vor den Regierungskommissar!«, verlangte Delle.

»Dann wird seine Exzellenz sagen: ›Lieber Potrien, wenn ich die laufenden Angelegenheiten der Rekruten führen muss, stellt sich die Frage, warum die Republik so viele Offiziere bezahlt?‹«

»Ich verlange es!«, tobte Hopkins.

»Das ist etwas anderes«, erwiderte Potrien verständnisvoll. »Warum haben Sie das nicht gleich gesagt, Sie kastrierter Schrebergärtner? Los, Jungs, bindet ihn an eine Karre, damit er mitgeht, ob er will oder nicht. Es hat keinen Sinn, den Verrückten zu spielen. *En avant!* …«

So erledigt die Fremdenlegion die schwierigeren Fälle. Aus Delle Hopkins wurde Legionär Thorze, und wenn er sich dagegen sträubte, wurde er eingelocht oder verprügelt, so dass ihm immer weniger der Sinn danach stand. Wir stärkten ihm zwar den Rücken, aber der Leser (und meine Leser sind die anspruchsvollsten der Welt!) kann sich vorstellen, welchen Wert der harsche Sergent unseren Zeugenaussagen beimaß. Außerdem kann man niemanden so einfach aus der Armee entlassen. Also verfasste Hopkins eine Petition, in deren Folge die älteste Prozedur der Menschheit ihren Lauf nahm, denn Akte ist Akte.

Die Petition ging zuerst zurück nach Manson, zur Kompanie: Hatte der Unterzeichnete tatsächlich dort Dienst geleistet? (Damals erhielt Delle Hopkins zwölf Tage Arrest und vier Wochen Kantinenverbot.) Danach kam das glücklose Schriftstück wieder ins Bataillonsbüro nach Oran, aber nur für eine Verschnaufpause. Nachdem sie dort einige Wochen geruht hatte, sandte man sie zur US-Botschaft, die sie nach Washington schickte: Wie stand es mit Herman Thorzes Staatsbürgerschaft? Aus Amerika gelangte das Dokument nach fünf Wochen mit Vermerken zurück: Thorze wurde im Staate New York geboren, im Ort Virgald; sein Vater war Anton Thorze, seine Mutter Evelyne Berg (holländischer Abstammung). Nun wanderte die Akte weiter ins Pariser Kriegsministerium.

Wieder folgte eine Ruhepause. Inzwischen hatte Delle Hopkins an zwei Gefechten teilgenommen und wäre ausgezeichnet worden (bedeutet finanzielle Belohnung), wenn sein Soldatenstatus nicht einer Klärung bedurft hätte. Vor Gefechten war eine solche Klärung anscheinend unnötig…

Und der Regierungskommissar? Derselbe, der Delle Hopkins so gewogen war? Den Delle eigens angeschrieben hatte? Marquis De Surenne enttäuschte ihn nicht. Er tat, was er konnte. Einen Soldaten bekam er zwar auch nicht aus der Armee heraus, aber er schrieb sofort an die Bataillonskommandantur, damit der Fall beschleunigt behandelt wurde. Das Bataillonsbüro schrieb hinüber nach Manson: »Was ist bisher im Falle des angeblichen Rekruten Thorze (Nr. 71) geschehen?« (Damals bekam Hopkins vier Wochen Arrest mit halber Wasserration; im Anschluss daran begab er sich für mehrere Wochen zu einem vorgeschobenen Posten in der Sahara.) Die Kompanie teilte mit, dass im Fall Thorze ein Verfahren in Meknès lief.

Danach reiste das nachhaltige Dossier wieder zum Pariser Kriegsministerium – zusammen mit der Anweisung des Regierungskommissars. Dort wurde es von einem Unteroffizier mit einer Büroklammer in die bereits bestehende Mappe integriert. Auf jeden Fall bedeutete dies einen Fortschritt gegenüber den bisherigen Standpunkten, so dass sich die Akte mit einem letzten, dankbaren Seufzer ins Archiv legte. Da hatte Alfons Nobody einen genialen Einfall – nicht den ersten und nicht den letzten. Die Idee war der Türkische Sultan! Ja, unser anrüchiger Freund mit diesem orientalisch anmutenden Spitznamen sollte herangezogen werden. Dieser unverschämte Millionär vernachlässigte sein altes Gewerbe und tat gar nichts mehr, sondern verdingte sich als Tagedieb in Oran. Wir schrieben ihm, er sollte sich mit Hilfe von mehr Geld als Verstand sofort um den Fall kümmern. Er antwortete umgehend. Sein Stil war wie immer unnachahmlich:

Liebe Junks?

Sind erst zwei Tage her. Dass ich hier bin. In Oran. Mit dem Haufen Schekel, den ich von euch verehrt bekam. Aber nunmehr bin ich wieder nüchtern. Nachdem ich mich anfänglich ein wenig dem Trunke ergeben habe. Musste. Heute darf ich nichts verrichten. Ist sich Sabbat. Aber morgen. Da fange ich an zu ermitteln, zu analysieren, auf die Spur zu kommen. Will mal glucken, was man für diese Schnapsnase Hopkins tun kann. Obzwar. Was wäre denn? Wenn er seinen Dienst ableistet? Täte ihm gut.

Mit ausgekaterter Hochachtung:
Is wurscht.

So standen die Dinge, als Delle Hopkins einen besonderen Geist beschwor, den des Weines nämlich, um seine Post endlich in Händen zu halten.

Sehr geehrter Mr. Thorze!

Da Sie möglicherweise meinen unglücklichen Bruder kennen, erlaube ich mir, mich an Sie zu wenden. Das letzte Lebenszeichen von Francis erhielt ich aus dem Fort Manson, wo er als Legionär Dienst tat. Während ich nach ihm suchte, lernte ich im Militärarchiv einen Herrn kennen. Es ist ein besonderer Zufall, vielleicht aber auch der Weg der Vorsehung: Mein armer Bruder meldete sich vor sieben Jahren zusammen mit zwei Freunden zur Fremdenlegion, und einer von ihnen hieß Thorze (der andere Pittman). Durch meine zufällige Begegnung mit Herrn Boulanger kam ich auf den Gedanken, Ihnen zu schreiben. Sind Sie derselbe Mr. Thorze, mit dem Francis befreundet war? Wenn ja, dann bitte ich Sie inständig, mich über meinen Bruder zu informieren. Wegen seiner Flucht war er drei Jahre im Gefängnis von Colomb-Béchar, über ein Jahr lang schrieb er aus dem Fort Manson, aber seitdem ist er verschollen. Im Fort muss es doch Hinweise dafür geben, was aus ihm geworden ist. Bitte tun Sie, was in Ihrer Macht steht, und ich werde mich erkenntlich zeigen. Zusammen erreichen wir vielleicht mehr.
Bitte helfen Sie mir, wenn Sie können.
Auch unbekannterweise grüße ich Sie herzlich:

Yvonne Barré

Wir schwiegen eine Zeitlang. Der Brief hatte eine große Wirkung auf uns. Zum Glück machte Lewin im Hof seinen Tagesspaziergang von fünfzehn Minuten, so dass wir uns in Ruhe unterhalten konnten.

»Diese Frau könnte für dich wichtig werden, Delle«, prophezeite ich vorausschauend.

»Denkst du wirklich? Und wer ist dieser Boulanger?«, überlegte Hopkins.

»Der Türkische Sultan«, erwiderte Alfons Nobody. »Er hält seine Siesta vorzugsweise im Militärarchiv.«

»Was du nicht sagst!«

In der Tat: unerhört, was nach einer zwanzigjährigen, arglosen Winkelfreundschaft nicht alles zu Tage gefördert wird!

»Ich wusste gar nicht, dass dieses paranormale Stinktier auch einen richtigen Namen hat«, staunte Delle.

»Großes Glück für Hopkins«, erklärte Alfons Nobody. »Wenn wir Francis Barré finden, dann wäre es wohl leicht zu beweisen, dass Thorze und Delle zwei verschiedene Personen sind.«

»Wir sollten die Sache auf sich beruhen lassen«, winkte Hopkins resigniert ab, »sonst sperrt man mich wieder ein.«

»Wir lassen sie aber nicht auf sich beruhen!«, sagte Nobody ziemlich energisch. »Wir können uns der Bitte einer Dame nicht verweigern. Wir sind Soldaten!«

»Und Ehrenmänner noch dazu«, fügte ich hinzu.

»Da wäre ich nicht so sicher, Keule«, zweifelte Delle.

Inzwischen war unser Mithäftling Lewin von seinem Spaziergang zurückgekehrt.

»Ich meine«, sagte er auf der Stelle, »ein Ehrenmann ist jemand, der die Kartoffeln nicht auf denselben Teller legt wie das Fleisch, nur damit die Kartoffeln die Soße aufsaugen.«

»Das weiß ich nicht«, antwortete Hopkins. »Ich habe noch nie von einem Teller gegessen.«

»Die Frage ist jetzt«, sagte Alfons Nobody, »wohin Francis Barré von hier verschwunden ist.«

»In ein Straflager«, erklärte Lewin.

»Was reden Sie da?! Sie kennen Francis Barré?«

»Er ist mein bester Freund«, bekannte Lewin, und dieser sonst so desolat wirkende Mann schien plötzlich aufzublühen. »Er war der einzige Mann in der Kompanie, der eine Ahnung hatte, wie ein Tomatenomelette à la Tourbigo aussieht.

Er hat sie einmal als glücklicher Jüngling während seiner Sommerferien in »Les deux Escargots« zu Antibes gegessen, dem ebenso erlesenen wie gemütlichen Lokal der Gebrüder Méliès, und diese kulinarische Reminiszenz bildete die Grundlage einer unzerstörbaren Freundschaft zwischen uns.«

»Und was sagen Sie? Wo ist er jetzt?«, bestürmten wir ihn.

»Im Lager von Igori, dem künftigen Knotenpunkt der neuen Kongo-Bahn. Man hat ihn zur Strafe dorthin versetzt, weil er seelisch und körperlich völlig am Ende war. Er hatte sich mit dem *Stillen Cafard* angesteckt, der sich nur in einem Punkt von der Tobsucht unterscheidet: Man tut gar nichts mehr und überlässt sich dem Sterben.«

»Was ist das für eine komische Krankheit?«, fragte Delle angeregt, denn er besaß eine stille Ader für die Heilkunst.

»Nimm eine völlig einsam gelegene Garnison«, hob Lewin an wie zu einem Feinschmeckerrezept. »Wenn du einen Mann von weichem Charakter hineinlegst, um ihn über dem langsamen Feuer der Sahara zu braten, dann kannst du ihn bald tranchieren, weil er dem Unteroffizier nicht gehorcht. Da haben wie es. Angerichtet à la Lewin.«

»Richten Sie es so an«, sagte Delle barsch, »dass wir es auch kapieren! Sonst bekommen Sie eine schnelle Faust à la Hopkins, dass Ihre Birne in Erschütterung gerät wie eine Schweinshaxe in Sülze über heftigem Granatendruck.«

»Mmh, das klingt ja himmlisch! Darf ich das Rezept haben?«

»Zur Sache, oder …!«

»Ach ja … Na gut … Hören Sie zu! Francis Barré war mein Kamerad seit Colomb-Béchar. Vor drei Jahren hatte man ihn dorthin versetzt, weil er aus der Oase Rachmar geflohen war. Ein schwacher, melancholischer Junge, und schon seit mehreren Jahren Häftling, als ich dorthin kam. Ich war damals aus Mogador geflohen, um einige schöne Flusskrebse zu essen. Ich mag sie mit Worchester-Sauce.«

»Das interessiert kein Schwein!«

»Sie verstehen nichts davon, wenn Sie so reden! Flusskrebs ohne Worchester-Sauce ist eine völlig ungenießbare Zumutung.«

»Bleiben Sie gefälligst beim Thema.«

»Wir saßen also beide im Gefängnis. Als jedoch eine Meuterei ausbrach, halfen wir den Wärtern, so dass man uns zur Belohnung hierher versetzte. Dieser Barré war damals schon ein wenig gemütskrank. Eines Tages vergaß er, sein Lederzeug zu reinigen, ein andermal kam er zu spät zur Inspektion, und schließlich verlor er sein Gewehr. Er hatte es in der Nacht abgelegt und vergessen … Kriegsgericht … Und schließlich zwei Jahre *travaux forcés* in Igori. Er ging mit der letzten Truppe, vor bald einem Jahr. Barré läuft mir immer wieder über den Weg. Ein Junge aus gutem Hause, der die Artischocke nie und nimmer in Butter und Semmelbrösel zu sich nimmt – igittigitt, ein ganz und gar widerliches Laster volljährig gewordener Kleinbürger.«

»Und seitdem haben Sie nichts mehr von ihm gehört?«, fragte ich in leicht gereiztem Ton.

»Nein.«

»Hat er Ihnen nicht geschrieben?«, fragte Nobody.

»Aber natürlich hat er das.«

»Was denn?«

»Woher soll ich denn das wissen?«

»Haben Sie es nicht gelesen?«

»Wer sagt Ihnen, dass ich lesen kann?«

»Und Sie haben es sich nicht vorlesen lassen? Ja, interessiert es Sie gar nicht, wie es Ihrem Freund geht? Wo ist jetzt der Brief?«

»Im Militärdepot. Bevor ich hierherkam, hat man mein

Marschgepäck vorbereitet. Fünf Kilo darf man ins Straflager mitnehmen, der Rest bleibt hier, bis man wieder freikommt.«

»Und der Brief?«

»Kam mit meiner Kiste ins Magazin. Alles, was ich mitnehme, sind eine fünfhundert Gramm schwere Lammfleischkonserve, ein Glas Pflaumenmarmelade, Senf, Trockenfisch …«

»Das reicht!«, sagte Hopkins angewidert.

»Wenn Sie meinen. Aber trotzdem habe ich vom Kantinenwirt noch zwei Päckchen Suppenwürfel gekauft.«

»Diesen Brief werden wir uns schnappen!«, ergriff ich verwegen die Initiative. »Ins Lager kommen wir schon irgendwie hinein, und dann suchen wir Lewins Sachen. Reine Routine.«

»Im Sack finden Sie auch ein Buch mit meinen grandiosen Küchenrezepten«, rief Lewin mit einem fanatischen Glanz in den Augen. »Ich propagiere darin eine moderne, stromlinienförmige Gastronomie, die ultimative Vorbedingung einer neuen Weltordnung! Sie wird die verstaubte, frömmelnde Moral der Würste in Schlafrock hinwegfegen und eine freizügige, tolerante, solidarische und kämpferische Esskultur herbeiführen, in der sich die erwählten Gralsritter des Gaumens zur Tafelrunde versammeln, um das Ding an sich zu verkosten. Da ich aber selbst Analphabet bin, lasse ich das Buch hier. Sie werden es umso besser gebrauchen können. Es ist eine weit leuchtende Fackel und wird die finstere, morsche Welt von »Kinder, Küche, Kirche« radikal flambieren. Ein revolutionäres Werk mit gesellschaftspolitischem Sprengstoff!«

»Ihren Sprengstoff können Sie sich sonstwohin stecken, aber mit der Zündschnur nach außen, wenn ich bitten darf«, brüllte Hopkins entrüstet.

Wir stellten diesen durchaus konstruktiven Vorschlag anheim, streckten uns auf dem dreckigen, kalten Steinboden aus (in der *cellule* kriegt man weder eine Pritsche noch eine Decke) und hatten im Beisein zahlloser Tausendfüßler die süßesten Träume.

6.

Es war ausgemacht, dass wir ins Depot einbrechen würden. Wie eine verdurstende Karawane schleppten sich die zwei Wochen dahin. Das Leben in Haft war ein wenig unbequem und langweilig. Besonders wegen der kalten Nächte. Und dazu Lewins Gesellschaft! Nach Verbüßung unserer Strafe hätten wir spielend einen ganzen Schwertfisch gebraten (mit Bratkartoffeln à la Broudier); auf Wunsch hätte aber auch jeder von uns mariniertes Ei in Fleischbrühe zubereitet. Und wenn wir nicht zu lebensgefährlichen Drohungen gegriffen hätten, um Lewin zum Schweigen zu bringen, dann wäre es uns ein ebenso Leichtes gewesen, ein geschnetzeltes Lungensoufflé aufzutischen.

Nach Ablauf der zwei öden Wochen machten wir uns sogleich an die Vorbereitung unseres kleinen Einbruchs. In der hintersten Ecke des Kamelstalls vermoderten einige Unteroffiziersschwerter in einem Bündel. Dicker Rost hatte sie überzogen. Eines von ihnen nahm Hopkins in seine Obhut. Mit großer Mühe gelang es, das Schwert aus der verrosteten Scheide zu ziehen, während Alfons Nobody eine rätselhafte Bemerkung fallen ließ:

»Du wirst noch mal ein solches Schwert brauchen.«

»Wieso?«

»Wart's ab …«

»Würdest du es nicht genauer erklären?«

»Nein.«

Wir zerbrachen das Schwert und machten aus ihm ein erstklassiges Stemmeisen. Eine Zange und eine Feile beschaffte Hopkins aus der Kantine. Ich weiß nicht, wie. Der Wirt auch nicht.

Eine eigene Darbietung bedeutete nun, ins Depot einzudringen. Vorher musste geklärt werden, wie unser Abwesenheitsbeweis aussehen sollte. Hm ... eine schwierige Sache ...

»Seid in einer Stunde in der Kantine«, sagte Nobody. »Ich werde mich inzwischen nach einem Alibi umsehen.«

»In Ordnung.«

Nach einer Stunde kam Alfons Nobody fröhlich an unseren Tisch.

»Ich hab's!«, verkündete er siegessicher.

Unsere Unschuld würde sich aus dem Umstand ergeben, dass wir abends Ausgang hatten, weil um drei Uhr nachts ein zwölf Stunden langer Dienst begann. Außerdem brauchten wir einen vierten Mann, um uns reinzuwaschen. Nobodys Wahl fiel auf den Tischler Wurm, einen stotternden Alkoholiker.

»Wir gehen zu Selim, Wurm«, sagte Alfons Nobody mit verführerischer Miene. »Komm mit. Wir zahlen.«

Der Bacchusbruder war selig. Dabei hatte er schon einiges in der Kantine gebechert. Der greise Selim kochte Mokka, verkaufte aber auch Alkohol in seiner Bude am äußersten Ende des Bergdorfes Manson. Seine zeltförmige Lehmhütte war bei den Legionären sehr beliebt. Ein roter, vieleckiger Glasleuchter hing von der Decke, und auf dem Boden lagen einige Matten und Kissen; das war die ganze Einrichtung. Außerdem schmückte noch eine runde Wanduhr den Raum. In Europa sah man solche Uhren nur in Küchen. Diese Wanduhr sicherte uns das Alibi.

Als wir ankamen, fanden wir den weißhaarigen Selim dösend. Er konnte das den ganzen Tag lang tun, da er die neunzig überschritten hatte. Als erstes griff er nach seinem Kaffeekocher. Da wies ich ihn höflich, aber konkret zurecht:

»Wir brauchen keinen faden Muckefuck! Gib uns was Einheimisches! Palmwein zum Beispiel!«

»Und vergiss bitte auf gar keinen Fall, dass um drei Uhr nachts unser Dienst beginnt!«, schärfte ihm Alfons Nobody ein.

»Ich werde wach sein, Effendi. Und diese Maschinerie, der Stolz meines Hauses, sagt uns durch Allahs Willen jede Viertelstunde, wie viel Zeit vergangen ist.«

Der Stolz des Hauses Selim zeigte gerade neun Uhr, als das Wasser in den dickbäuchigen, rubinrot, grün und goldgelb leuchtenden Gläsern unserer Pfeifen beruhigend zu blubbern begann. Draußen lachten gierige Hyänen den Vollmond an, und die Wüstengazellen bellten wie erschrockene Schoßhunde.

»Auf euer Wohl, Jungs!«, rief ich beherzt. »Das erste Glas auf ex!«

Wir schütteten es in die ausgetrockneten Kehlen.

»Auf die Fahne!«

Auch dieses musste man auf ex leeren. So folgte denn Glas auf Glas: Ein richtiger Kerl lässt nichts stehen. Na, und richtige Kerle waren wir denn auch! Der Palmwein, der auf den schnell hinuntergegossenen roten Kantinenwein folgte, hatte eine außerordentliche Wirkung. Außerdem gelangte irgendwie auch etwas Rum in Wurms Glas, und diese Mischung wirkt sehr plötzlich. Ein Blitzrausch, sozusagen. Er lag um halb zehn auf dem Rücken, schnarchte und röchelte.

Selim war ebenfalls eingenickt. Neunzigjährige tun dies mit aufrichtiger Hingabe. Alfons Nobody ging auf Zehenspitzen zur Uhr. Nun war das Alibi an der Reihe. Er schob den Zeiger von halb zehn auf dreiviertel drei. Nach einer

Minute begann die Uhr zu schlagen. Da lagen wir schon auf dem Boden und sägten laut.

»Meine Herren«, kreischte Selim, der aus dem Schlaf geschreckt war! »Beeilt euch! Es sind gut zehn Minuten bis zum Fort … Gleich ist es drei Uhr …! Euer Dienst beginnt! Habt ihr vergessen?«

Wir sprangen auf die Beine, als wären wir eben erst aufgewacht.

»He, Wurm!«

Er lag da wie ein Toter. Aber prügeln können wir. Und wegen des Alibis war es wichtig, dass er für einige Sekunden zu sich kam.

»He, Wurm!«, rief ich und schlug ihm ein wenig auf den Kopf.

»He!«, schrie auch Hopkins und klopfte ihm ermutigend auf die Schultern. Wurm kam am folgenden Tag für eine Woche ins Lazarett, weil sich ein Knorpel von seinem Schulterblatt gelöst hatte. Er hatte keine Ahnung, wie und wann. Alfons Nobody goss einen Eimer Wasser auf ihn. Da kam er ein wenig zu sich.

»Na …?«, lallte er verwundert und öffnete die Augen.

»Mach schnell!«

Wir halfen ihm nicht, seine Ausrüstung in Ordnung zu bringen. Die perfekte Ausbildung des Legionärs versagte auch bei ihm nicht. Innerhalb von Sekunden war er marschbereit, trotz seines Rausches. Er blickte immer wieder auf die Uhr.

»Laufschritt … wäre angebracht …«, stotterte er. »Warum hat uns der alte Sack nicht schon früher geweckt?«

Selim, dieser alte Sack, hatte das Geld bereits eingesteckt und döste weiter.

»Laufschritt!«

Wir legten los. Alfons Nobody, der als letzter herauskam,

hatte noch schnell die Uhr richtig gestellt. Der Alte würde bis zum Morgen weiterschlafen. Wir aber rannten.

»Ww…wir… ss…sind ein bisschen eingenickt …«, keuchte Wurm und stolperte.

Über meinen Fuß. Er fiel der Länge nach hin und fluchte. Seine Sachen rollten auseinander. Verzweifelt stöhnte er auf dem Boden.

»Mist! Helft ihm, sein Zeug in Ordnung zu bringen …! Es ist gleich drei Uhr!«, rief Alfons Nobody.

Während wir so taten, als suchten wir in der Dunkelheit nach seiner Mütze und seinem Gewehr, schlief Wurm langsam am Straßenrand ein. Darauf hatten wir gewartet. Wir deckten ihn mit einem Umhang zu wie ein Baby. Er schnarchte schön rhythmisch. Es war gegen zehn Uhr. Jetzt aber vorwärts! Von einem Felsvorsprung gelangten wir über die Fortmauer aufs Dach des Stabsgebäudes. Hier pflegte die Truppe ihre unerlaubten Ausgänge zu beginnen. Nach fünf Minuten stiegen wir hinter dem Gebäude in die Waschküche hinunter und kletterten durch das Belüftungsfenster wieder hinauf. Wir befanden uns auf dem Flur des Wirtschaftsamts.

Das Tor des Depots leise aufbrechen – eine Kleinigkeit für drei Männer wie wir. In wenigen Augenblicken stand es offen vor uns. Alfons Nobodys feine, weiße Hand hatte die wichtigen Schrauben, die das Schloss hielten, mit magischer Geschwindigkeit ertastet. Ich montierte inzwischen die drei Stahlscharniere geräuschlos ab und hob den riesigen Flügel einfach aus ihrer Achse. Ohne falsche Bescheidenheit darf ich feststellen, dass nicht viele Schriftsteller so viel Ahnung von diesen Dingen haben wie ich, und diese Sache mit dem Tor macht mir nicht einmal Willi Tresorspecht so leicht nach. Zumindest nicht so geräuschlos.

»Vorwärts«, flüsterte Nobody, und die Taschenlampe, diese patente Freundin aller Strauchdiebe und Soziologen, leuchtete in seiner Hand auf. Entlang der Magazinmauer erstreckten sich Regale und Fächer. In der Mitte lag auf einem Tisch voller Papiere eine Art Tagebuch: Die Besitzer der Fächer in alphabetischer Reihenfolge.

Francis Barré... 242/193 ... VII.

Neben jedem Regal stand eine dicke weiße Nummer. Wo war die Nummer 242? Eine Minute... und Barrés Paket lag in unserer Hand.

242.
Colonie: Igori
travaux forcés
Infant. I. Komp. 45. peloton
Francis Barré 108. Komp.

Das Papier riss Nobody weg und reichte den Sack Hopkins.

»Nimm ihn ...«, flüsterte er. »Vorwärts. Wir treffen uns bei Wurm.«

Hopkins ging. Nun suchten wir Lewins Paket. Darin befand sich der Brief, den unser Mithäftling von Francis Barré erhalten und ungelesen weggelegt hatte. Sofort fanden wir auch dieses Fach.

»Da ist er«, sagte Nobody. »Geh schnell Hopkins nach.« Und er riss auch den zweiten Zettel ab.

»Und du?«

»Ich lege irgendwelche Säcke und diese Zettel in die leeren Fächer. Damit sie nichts merken. Dimitrovs und Rivelles Säcke müssen dran glauben. Dann sehe ich genau nach, ob wir keine Spuren hinterlassen haben. Mach schnell!«

Ich ging. Ungern, aber Alfons Nobody zu widersprechen ist schwer. Ich kehrte zu Wurm zurück... Es ging alles glatt. Delle hockte bereits neben dem schlafenden Legionär, und Punkt elf Uhr war auch Nobody dort.

In dieser Nacht haben wir, denke ich, den Weltrekord im Einbrechen aufgestellt. Es hatte nur eine Stunde gedauert: Ins

Wirtschaftsamt eindringen, das Magazin aufbrechen, zu unserer »Basis« zurückkehren, wo Wurm so laut schnarchte, dass wir ihm aus Vorsicht einen Rucksack auf den Mund legten.

Zuerst durchsuchten wir Francis Barrés Gepäck. Es war voller Sachen, die er nicht ins Straflager mitnehmen durfte. Vor allem Bücher! Ich habe ja auch schon einiges gelesen, unter anderem Brechts subversive Politpornos und Roccamboles Liebesgeschichten, die ich eingangs schon erwähnt habe, aber neben diesen populärwissenschaftlichen Werken habe ich auch die Mysterienmoritat vom trinkfesten Seemann und Schwanendandy Lohengrin immer wieder verschlungen, und ich darf stolz bekennen: Sie bildet neben Goethes Bildungsschmökern bis heute die Grundlage meiner bescheidenen Gelehrsamkeit, diesem so wichtigen Rüstzeug meiner romantisch-revolutionären Gesellschaftskritik, ohne die es keinen echten Bestseller gibt. Dieser Francis Barré musste die höhere Literatur genauso lieben wie ich. Er las viele Dichter. Einen bestimmten Dante (?) und Puschkin sowie Browning. Dieser letztere ist ja nicht nur als empfindsamer Sonnettist, sondern auch als emsiger Pistolenfabrikant in die Annalen der aufstrebenden Unterwelt eingegangen.

Sonst fanden wir nichts. Das heißt, doch: das Bildnis eines Mädchens, datiert vom vergangenen Jahr. »Yvonne!«, stand darauf mit Tinte. Die Schwester, die an Delle-Thorze geschrieben hatte. So sah sie also aus. Yvonne Barré! Eine wunderschöne, noch sehr junge Dame. Klug, vornehm, fein, ein wenig traurig; mit einem überaus lieben Gesicht. Alfons Nobody betrachtete das Bild auffallend lange.

»Wie schön«, flüsterte er bewundernd.

»Erinnert mich an eine Filmdiva, die ich kannte«, sagte ich. »Sie war so in mich verliebt, dass sie wie wahnsinnig war.«

»Bei Verstand konnte sie nicht sein, Keule, so viel ist sicher«, polemisierte Delle Hopkins, dessen Kulturlosigkeit sich durch nichts so deutlich entblößte wie durch diese pflasterderbe Bemerkung!

Alfons Nobody schob das Lichtbild in seine Jackentasche (wozu er kein Recht hatte), und dann untersuchten wir Lewins Gepäck. Jetzt wurde es richtig spannend. Vor allem kamen an die zweihundert verschiedene Speisekarten in einem vergoldeten Einband zutage. Bestimmte Gerichte waren mit einem roten Bleistift unterstrichen, neben manchen stand ein Ausrufezeichen! Danach einige mit Zierbemalung versehene Tortenkartons, eine Schachtel Zahnstocher und jede Menge Messer und Gabeln mit den Schriftzügen berühmter Speiselokale. Sodann auf rätselhafte Weise ein altmodisches Mieder aus Walknochen mit einer dicken, roten Aufschrift wie mit einem Pinsel:

pour
Maitre Lewin
SOUVENIR

Nach dem Umfang des Korsetts zu urteilen, musste die zauberhafte Dame gut über zweihundert Pfund wiegen.

»Schau her!«, rief Alfons Nobody.

Er zog ein Buch mit weichem Deckel aus dem Sack. In bunten Buchstaben stand darauf:

200 TRAUMGERICHTE DES GROSSEN LEWIN
aufgeschrieben von seinen dankbaren Schülern.

Die Zubereitungsweise von zweihundert verschiedenen Gerichten war darin enthalten, alle »à la Lewin«. Auf dem Inneneinband ein Foto vom Chef mit seinen Schülern. Nach der aufgedruckten Jahreszahl war es vor sechzehn Jahren aufgenommen worden. Lewin saß inmitten seiner zwanzig Schüler auf einem Stuhl. Alle trugen sie weiße Kochschürzen und Hauben und …? Moment mal! Unter den knielangen

Schürzen waren gestreifte Hosenbeine und ebensolche Jacken zu sehen. Kochten sie in Schlafanzügen?

Die größte Überraschung jedoch bot Lewin. Der große Lewin, der uns wie ein ungepflegter, zerlumpter, stoppeliger, vernachlässigter Landstreicher vorkam. Und hier sahen wir ihn, wie er vor sechzehn Jahren ausgesehen hatte! Es war sicher seine Glanzzeit! Welche Überraschung! Er war genauso ungepflegt und zerlumpt wie heute!

»Wer mag dieser Lewin gewesen sein?«, ventilierte Alfons Nobody, und betrachtete im Lampenschein lange das Bild.

»Irgendein Koch«, mutmaßte Delle.

»Und seine Schüler?«

»Küchenhilfen«, folgerte ich haarscharf.

»Sie wirken auf mich eher wie Straßenräuber und Zuhälter.«

In der Tat verdiente Lewins Schülerkreis nicht in allen Punkten das Prädikat des Elitären.

»Ich habe ihn gefunden!«, jubelte Nobody.

Tief aus dem Sack tauchte ein schmutziger Briefumschlag auf: Francis Barrés Brief, den Lewin ungeöffnet unter seinen Sachen aufbewahrt hatte. Ich weiß gar nicht, warum wir so aufgeregt waren. Was ging uns Barré eigentlich an? Alfons öffnete den Brief, und wir lasen über seinen Schultern mit:

Lewin!

Diesen Brief schmuggelt ein Eingeborenenmädchen zur Post. Ich kann nur wenige Zeilen schreiben, leider zu wenige für das Wesentliche, und ich bin krank. Sehr krank. Man hält mich in Igori gefangen, aber nicht unter den Sträflingen der travaux *for-cés. Hier läuft ein ganz gemeiner Schwindel ... Mein Gott, wie soll ich das alles ... beschreiben ...? Ich habe mich ihnen nicht angeschlossen. Deshalb halten sie mich gefangen. Das Wesentliche ist mir selbst unbekannt. Jeder, der dahinterkommt, wird mit märchenhaften Summen bestochen. Ich verdanke mein Leben nur Pittman... Er ist nicht tot... Ein desertierter Legionär! Ich habe hohes Fieber... Lassen Sie diesen Brief meiner Schwester zukommen. Sie wird die Militärbehörden informieren... Eine Anzeige ist unmöglich. Aber wir haben viele bedeutende Verbindungen... Mein Vater ist Offizier sehr hohen Ranges. Er soll sofort etwas unternehmen... Es geht um Frankreich. Leider bin ich sehr krank, und alles kommt mir so verworren vor... Ich flehe Sie an, tun Sie dringend alles in Ihrer Macht Stehende!*

Für Frankreich und Ihren Kameraden

Francis Barré.

»Er muss sehr hohes Fieber gehabt haben«, stellte Hopkins fest.

Alfons Nobody sagte nichts, sondern zündete sich eine Zigarette an und legte den Brief ins Kochbuch.

»Was sagst du zu der Geschichte, Alfons?«, fragte ich ihn.

»Das Mädchen ist sehr schön«, antwortete er mit einem verklärten Blick.

»Das stimmt«, gab ich ihm Recht.

»Seid ihr von allen guten Geistern verlassen?«, grollte Hopkins cholerisch. »Haben wir diese Wahnsinnstat begangen, damit ihr über ein schönes Weib plauschen könnt?«

Typisch Hopkins. In der Legion geht es selbst dem gemeinsten Kerl nicht anders: Der Soldat seufzt laut, oder er summt ein altes Lied und bekommt Schleier vor den Augen, wenn von einer Frau die Rede ist. Aber dieser Hopkins lebte nur seinem Privatvergnügen: Der interessierte sich nur für Diebestouren, Schlägereien und Schnaps.

»Vom Brief machen wir natürlich eine Abschrift, die wir an die junge Dame senden«, sagte Nobody ruhig. »Dann wäre es gut zu erfahren, was in Igori eigentlich los ist, oder?«

Und wieder holte er das Frauenbildnis hervor. Diese Yvonne Barré war wirklich eine Schönheit.

»Du redest wirr, Nobody«, tadelte ihn Hopkins. »Wenn ich einen Transport nach Igori bekäme, würde ich mich erhängen.«

Alfons Nobody blickte mit seinen großen, glänzenden Augen in die Ferne. Seine Nasenflügel bebten leicht. Er sah jetzt aus wie ein vor sich hin träumender Tiger. Ein gut aussehender Mann. Sein regelmäßiges, interessantes Gesicht verströmte eine so tödliche Kälte, dass man sich am meisten vor ihm fürchtete, wenn er lächelte.

»Ich will gar nicht mit einem Transport nach Igori, sondern mich einfach aus dem Staub machen«, erklärte er.

Delle Hopkins stand auf, klopfte sich besagten Staub ab und sagte zu mir:

»Der arme Junge hat endgültig den Grips eingebüßt … Komm …«

Auf eine solche Bodenlosigkeit konnte auch nur Alfons Nobody verfallen! Aus der Legion desertieren, um freiwillig und ohne Verurteilung eine Strafkolonie zu besuchen, wie sie entlegener und berüchtigter gar nicht sein konnte!

»Da ist es noch besser, wenn du dich verhaften lässt«, riet ich ihm. »Dann gelangst du sicherer nach Igori als allein.«

»Auch nicht dumm«, antwortete er sanft und zündete schon wieder eine Zigarette an.

»Komm, lass diesen Caprifischer seine Kette rauchen«, grollte Hopkins.

»Du hast Recht«, stimmte ich ihm weise und abgeklärt zu. »Wir wollen nichts mit dieser hirnverbrannten Idiotie zu tun haben.«

»Habe ich denn gesagt, dass ich euch brauche?«, fragte Nobody mit verächtlich aufgeworfenen Lippen.

Das war eine solche Unverschämtheit, dass wir es dabei beließen.

ZWEITES KAPITEL

I.

Nachdem wir die beiden Rucksäcke vergraben hatten, warteten wir bis drei Uhr und traten dann zusammen mit Wurm pünktlich den Dienst an. Um sieben Uhr früh lief die Untersuchung bereits auf Hochtouren. Einbruch ins Depot! Mitten im Hof saß der Kapitän an einem Tisch, vor ihm stand die ganze Garnison.

Um halb vier war der Einbruch entdeckt worden, und um neun Uhr war der Buchhalter zuletzt im Magazin gewesen. Es gab nur vier, fünf Männer, die später in den Schlafsaal gegangen waren, und deren Alibis wurden gründlich untersucht. Jeder konnte eins vorweisen. Der Kapitän war sehr aufgeregt. So etwas kam in der Kolonialarmee selten vor. Der Legionär greift zu unerlaubten Mitteln, nur um verlorene Ausrüstungsteile zu »ersetzen«, aber er stiehlt nicht. Hier aber waren die persönlichen Gegenstände eines Russen namens Dimitrov verschwunden sowie die eines zur Zwangsarbeit Verurteilten namens Rivelle.

Potrien meldete:

»Herr Kapitän! Diese drei Männer sind ganz ausgekochte Schlitzohren und für jede Gaunerei zu haben. Heute Nacht waren sie beurlaubt, weil sie einen Zwölfstundendienst hatten.«

»À moi!«

Wir traten nach vorn. Der Blick des Kapitäns blieb an unseren Jacken hängen.

»Wo sind Sie dekoriert worden?«

»Im Senegal«, antwortete Alfons.

»Wofür?«

»Wir gingen als Kundschafter zu den Schwarzen und besorgten wichtige Informationen.«

»Wo waren Sie gestern Abend zwischen zehn und drei Uhr?«

»Bei Selim. Wir tranken ein bisschen viel und sind eingeschlafen. Selim hat uns geweckt, und wir erreichten die Ablösung im Laufschritt um zwei Minuten vor drei.«

Das stimmte. Wir hatten Wurm geweckt und waren sehr böse, weil er eingeschlafen war, so dass wir noch zu spät kommen würden. Dann kamen wir im Laufschritt um Punkt drei am Tor an.

»Wurm!«, sagte der Kapitän.

»So war es, *mon commandant*. Ich bin unterwegs gestolpert, und meine Sachen lagen überall herum … Deshalb mussten wir laufen.«

Er hatte keine Ahnung, dass er inzwischen ganze fünf Stunden geschlafen hatte. Selim sagte aus, er sei um dreiviertel drei von der Uhr geweckt worden. Dann habe er uns aus dem Schlaf gerüttelt.

»Abtreten! Sergent, diese drei Männer sind gute Soldaten.«

Zornig, weil ihm die Anzeige nicht gelungen war, verdonnerte uns Potrien zum Gefängnisputz, der sonst nur üblich war, wenn keine Häftlinge zur Verfügung standen.

»Der gute alte Potrien darf nun seine Entziehungskur antreten«, sagte Alfons Nobody genüsslich.

»Was sollen wir machen?«, wandte ich ein. »Einen Sergenten verprügeln? Das bedeutet bei der Legion eine Hauptverhandlung mit ungutem Ausgang.«

»Nein, doch nicht so … Wir werden ihm die Grillen schön langsam austreiben.«

Zwei Tage später wurde für eine Offiziersdelegation auf

der Durchreise nach Agadir eine Parade abgehalten. Die Garnison von Manson empfing sie.

»Sergent!«, rief der Kapitän. Er saß steif im Sattel, weil auf der Mütze einer der Gäste sehr viele grüne Blätter prangten, was mindestens Generalsrang bedeutete. In der Delegation befanden sich aber auch ein Oberst, ein Kapitän sowie der Flügeladjutant des Gouverneurs, wie später bekannt wurde.

»*Oui, mon colonel!*«, antwortete Potrien.

»Sie kommen mit dem ersten *peloton! En avant!*«

Der Sergent trat hinaus und schrie:

»*En route!*«

Und er zog das Schwert. Das heißt, er zerrte nur daran. Potrien hatte für einen Augenblick das Gefühl, dass die Erde bebte ... Er versuchte es wieder ... Dieses verflixte Schwert ...! Der Kapitän im Sattel starrte wie ein Zombie ... So etwas war noch nie vorgekommen! Beispiellos seit Bestehen der Republik: Ein Sergent kann zum Kommando sein Schwert nicht ziehen! Potrien zerrte mit erdbeerrotem Gesicht am Griff, während die Offiziersdelegation mit dem General an ihrer Spitze immer näher kam und Potriens Bemühungen mit aufrichtigem Interesse verfolgte.

»So helfe ihm doch jemand«, befahl der General.

Im Grunde genommen habe ich ja ein weiches Herz, so dass ich mich stramm hinstellte und die Scheide packte. Potrien konzentrierte sich auf den Griff. Wir zogen in entgegengesetzte Richtungen. Jetzt aber ... Und noch mal! ... Es bewegte sich nicht! Und noch mal!

»In einem Gefecht«, bemerkte der Kapitän, »wäre diese Art des Schwertziehens eine gefährlich langgezogene Prozedur.

»Ganz meine Meinung«, nickte der General. »Ein hektischer Araber wäre noch imstande zuzuschlagen, bevor sie soweit sind.«

Der Kapitän hatte das Gefühl, jeden Augenblick aus dem Sattel zu fallen. So eine Schande! Auf Potriens Gesicht schien die alte Narbe zu lodern. Er zog mit aller Gewalt, und … Endlich erblickte das Schwert das Tageslicht! Der General tat einen lauten Ruf! Das Schwert war rostig von der Spitze bis zum Griff!

»Ich melde … gehorsamt …«, stammelte Potrien bestürzt, »im Stall … sind rostige Schwerter, und … diese Taugenichtse haben meins vertauscht …«

Aber wer hörte ihm zu? Einem Sergenten mit einem rostigen Schwert! In der Legion! Der Kapitän eilte ihm zu Hilfe.

»Der Unteroffizier ist ein alter Soldat, Herr General … Er wird eben alt.«

Potrien war dem Schlag nahe. Nach der Parade musste er zum Verhör. Was zwischen ihm und dem Kapitän gesprochen worden war, konnte man nicht erfahren, aber Potrien kam mit hochrotem Gesicht in die Kantine, wo er einen Stuhl in tausend Stücke zerbrach. Die Wirtin, die dem Sergenten sehr zugetan war, schenkte abends mit verweinten Augen aus …

Als er uns begegnete, blickte er scharf und drohend, und am nächsten Tag hatten wir die Bescherung. Potrien entzog Nobody den Ausgang, weil er dessen Mantelknopf für schmutzig befunden hatte. Ich bekam vier Tage *salle de police* für einen verfehlten Paradeschritt. Delle Hopkins wischte den Stallboden. Zweimal.

Die Soldaten im Fort spürten, das etwas in der Luft lag. Eine Art Geheimkrieg, eine unheilvolle Stille vor dem Ausbruch des Vulkans. Noch am selben Abend wurde Potrien doch tatsächlich schon wieder von einer Unannehmlichkeit ereilt. In letzter Zeit verfolgte ihn das Unglück! Am Tag davor zum Beispiel hatten bestimmte Individuen Öl auf die Stufen vor der Tür der Kantinenwirtin geschmiert. Der geräuschlos hinausschleichende Sergent tat einen solchen Sturz, dass das Fort erbebte und der Posten Alarm blasen wollte. Und nun steckte doch der arme Mann den Tagesbefehl und seinen Bericht in einen Umschlag und sandte ihn wie üblich mit einer Ordonnanz zum Kapitän. Ich unterhielt mich noch mit der Ordonnanz im Flur, und Delle Hopkins schien betrunken zu sein, denn er stieß mit dem Burschen zusammen und umarmte ihn. Die Ordonnanz ließ ihn stehen, weil er zum Kapitän eilte. Danach – und das gehört nicht mehr in die Reihe der gewohnten Tagesereignisse – eilte der Kapitän zu Potrien. Groß war der Krach, weil der Kapitän statt des Tagesbefehls einen gnadenlosen Spottvers im Umschlag vorfand.

Besagtes Gedicht gehörte schon seit längerer Zeit zum Liedgut der Legionäre. Es besang einen Kapitän, den der Feind in den Rücken traf. Leider hatte ausgerechnet unser Kapitän einmal eine entsprechende Verletzung davongetragen, als er sich auf seinem Pferd umdrehte, um Attacke zu befehlen. Sicher hatte es sich so abgespielt, aber diese Legionäre munkeln doch, was das Zeug hält, und drehen alles um. Kurz und gut: Dem Kapitän hing die alte Wunde ewig nach. Dabei hatte ihn die Kugel wirklich nicht beim Davonlaufen erwischt. Das war eine gemeine Verleumdung. Aber man kann verstehen, dass es ihn nervös machte, von Potrien dieses Pamphlet statt des Tagesbefehls zu erhalten.

Am folgenden Tag hielt Potrien eine unangekündigte Zimmerinspektion ab. Wir drei wurden wegen des Staubs auf unseren Regalen zum Putzdienst verdonnert, statt unseren wohlverdienten Ausgang zu genießen. Das war die Reaktion. Der Guerillakrieg war völlig entartet. In der Nacht darauf hatte jemand hinter dem Sergenten die Tür zugeschlossen, während er heimlich die Kantinenwirtin besuchte. Er war gezwungen, durch das Fenster zu klettern und trat dabei mitten in den Pfefferminzpudding des Kapitäns. Das wabbelige, grüne, durchsichtige Dessert, mit dem sich die Legion durch einige lose Elemente aus der Neuen Welt infiziert hatte, war von einem arglistigen Unbekannten unter dem Küchenfenster abgestellt worden. Eine bösartige Geschmacklosigkeit! Am folgenden Tag bekamen wir wegen nachlässigen Salutierens vier Tage *cellule*.

»Das wird er mir büßen«, röchelte Delle Hopkins zähneknirschend.

Alfons Nobody pfiff durch die Zähne.

»Hast du einen Plan?«, fragte ich ihn.

»Nein.«

»Bist du wahnsinnig? Wenn wir nicht zurückschlagen, dann hätten wir besser gar nicht erst angefangen.«

»Er wird selbst zurückschlagen«, sagte er unbeschwert. »Morgens putzte ich das Büro, bevor der Kapitän kam. Ich war ganz in den großen Schrank versunken, um ihn von innen auszuwischen, und vergaß darüber, wieder herauszukommen … weil mich Potriens Bericht interessierte …«

»Du hast seinem Gespräch mit dem Kapitän zugehört?«

»Ja.«

»Doch nicht etwa über uns?«

»Und ob! Er sagte, wir würden unsere Strafe im Viererarrest um halb sechs antreten. Das alte Belüftungsrohr der Zelle verlaufe durch die Wachstube, so dass man jedes Wort, das in der *cellule* geredet wird, mithören könne. Potrien empfahl dem Kapitän, mit ihm in der Wachstube zu sein, um zu hören, was wir reden. Sicher würden Geheimnisse dabei sein. Man werde wohl auch erfahren, wer den Einbruch ins Depot begangen hat. Potrien behauptete auch noch, wir hätten sein Schwert gegen rostigen Trödelkram vertauscht.«

»Der verwechselt uns wohl mit dem Karnevalsverein!«, brummte Hopkins.

»Also Hände weg vom Alten! Verlassen wir uns darauf, dass heute Abend im Arrest keine unschönen Dinge über uns herausgefunden werden. Kommt jetzt ins Treppenhaus. Ich hoffe, es gibt dort kein Belüftungsrohr...«

Wir stellten uns in eine Ecke.

»Ich bekam heute einen Brief von Yvonne«, sagte Nobody.

»Wer ist das?«

»Yvonne Barré. Vor drei Wochen habe ich ihr mit dem Postflugzeug Francis Barrés kopierten Brief abgeschickt. Ihre Antwort ist voller Dankbarkeit. Ich habe ihr im Namen von uns dreien geschrieben. Über euch weiß sie auch Bescheid.«

»Das glaube ich nicht«, bemerkte Hopkins. »Ein Mädel aus gutem Hause kann nicht besser unterrichtet sein als die Polizei von vier Erdteilen.«

Damit hatte Hopkins den Nagel auf den Punkt getroffen.

»*Sehr geehrte Herren!*«, las Alfons Nobody. »*Ich denke mit unendlicher Dankbarkeit an Sie. Inzwischen habe ich von Monsieur Boulanger erfahren, dass er den echten Thorze sucht, der mit dem Adressaten meines letzten Briefes nicht identisch ist. Er hat mir geraten, den kopierten Brief meines Bruders niemandem zu zeigen. Der Brief ist ja sehr verworren, und der arme Francis hat ihn anscheinend während einer Erkrankung geschrieben. Monsieur Boulanger hat die Kopie an sich genommen, um in der Sache vorzugehen. Das war vor zwei Wochen, und Ihr Freund hat sich seitdem nicht mehr gemeldet. Es ist mir unverständlich...*«

»Er macht schon wieder seine krummen Touren!«, brummte der Vierschrötige.

»Er hat doch keinen Grund mehr dazu«, widersprach Alfons Nobody. »Er ist nun reich.«

»Er kann nicht anders. Es liegt ihm im Blut«, nörgelte Delle Hopkins.

»*... Ich danke Ihnen und Ihren Freunden*«, las Nobody weiter. »*Sie sind sehr ritterlich! Sie riskieren Ihr Leben für eine unbekannte Frau. Einer von Ihnen ist mir schon ...*«

Hier hörte Nobody auf und knüllte den Brief schlechtgelaunt in die Tasche.

»Oho!«, rief ich. »Da ist noch etwas. Einer von uns ist ihr schon ... Was soll das heißen?!«

»Nichts, Keule ... ist unwichtig«, sagte Nobody verlegen. »Der Türkische Sultan hat über dich geplaudert. Dass du Romane schreibst ... Also lauter belangloses Zeug ...«

»Was soll das heißen: belangloses Zeug? Außerdem hast du kein Recht, mir die Gedanken meiner Leser und Verehrer vorzuenthalten!«, rief ich in gerechtem Zorn.

»Ich sage ja nur, sie hat nichts Besonderes über dich geschrieben! ... Gehen wir zur Wache. Wir müssen uns zum Arrest melden.«

Und er ging ... Na, das lasse ich nicht auf sich beruhen! Ahaaa! ... Ist er etwa eifersüchtig? Mein lieber Freund, so kannst du einen hochkarätigen Satyr wie mich nicht aus dem Sattel heben ... Gehen wir jetzt schön brav zum Arrest, aber darauf komme ich noch zurück! Von der Wache ging es zur *cellule*. Zu einer anderen als der Lewins, wo dieser auf den Abtransport wartete. In der oberen Ecke der Zelle entdeckten wir unter der Decke einen dunklen Hohlraum. Da war das Belüftungsrohr. Dreiviertel sechs! Viel später erzählte der Gefreite während einer Kneipenunterhaltung den Ablauf des Lauschangriffs. Er schnitt gerade Tabak, als der Kapitän zusammen mit dem Sergenten in der Stube erschien.

»Nehmen Sie die Karte von der Wand«, befahl Potrien dem Gefreiten.

Hinter der Karte trat eine runde Öffnung zum Vorschein.

Man musste gar nicht so sehr lauschen, um jedes im Arrest gesprochene Wort zu verstehen. Sogar ein verhaltenes Gähnen (das meinige) war durch die Öffnung deutlich zu vernehmen. Gegen Viertel nach sechs sagte Alfons Nobody:

»Welche Wohltat, dass man uns hier eingesperrt hat. So können wir in Ruhe einige aufregende Geheimnisse besprechen.«

»Ja, ich bin auch froh darüber«, bemerkte Delle.

Dann sprachen wir fünfundvierzig Minuten lang kein Wort. Ich muss hinzufügen, dass die Hitze entsetzlich war, wobei es streng verboten ist, Essen und Getränke auf die Wachstube bringen zu lassen. Nicht einmal der Kapitän ist dazu befugt. Um halb acht sagte Alfons Nobody:

»Kinder! Jetzt müssen wir geloben, unsere Geheimnisse niemandem zu verraten, was auch geschieht.«

»Wir schwören!«

Dann ruhten wir und kratzten uns dreißig Minuten lang. In der *cellule* hat es niemand eilig, über Geheimnisse zu plaudern. Später bemerkte Hopkins, dass es in Afrika ziemlich heiß sei – nicht gerade angenehm.

»Ich denke, die armen Eskimos wären über ein solches Klima froh«, entgegnete ich weltläufig.

»In welchem Land wohnen die Eskimos?«, erkundigte sich Delle.

»Bist du aber ungebildet«, entrüstete ich mich laut. »Das könntest du wirklich wissen. Es gibt einen Staat, den man nach seinem Entdecker Arktis nennt. Dort kann man elf Monate des Jahres nicht ohne Wintermantel ins Kino, und die Eisdielen sind völlig zugefroren ...«

»Ich ermahne euch noch mal«, unterbrach uns Alfons Nobody, »legt euch Schlösser auf den Mund. Es soll unser Geheimnis bleiben, dass der arme Potrien nicht normal ist.«

»Doch ist der Sergent mutig und charakterstark«, pries

ich ihn von Herzen. »Aber jetzt, da er alt wird, leidet er unter Verfolgungsängsten.«

»Dass wir ihn ärgern!«, bedauerte ihn Delle voller Mitleid. »Dabei könnte er mich sogar töten lassen, und doch wäre ich unfähig, meinem braven, alten Vorgesetzten Streiche zu spielen.«

»Deshalb zürnt er auch dem armen Kapitän«, sagte Alfons Nobody mit warmer Anteilnahme. »Er glaubt, der verfolge ihn auch.«

»Und wie er flucht, wenn der Kapitän dem Büro naht.«

»Kann sein«, überlegte Delle, »dass Potrien auf den Kapitän gar nicht böse ist. Nur weil er den Sold manipuliert, traut er den Offizieren nicht über den Weg.«

»Kinder! Das muss aber wirklich unser Geheimnis bleiben«, beschwor uns Nobody.

»Wann hast du die Sache mit dem Sold bemerkt?«, fragte ich Hopkins.

»Es kam mir komisch vor, dass der arme Bugière freitags starb und samstags wegen seines Soldes aus der Ewigkeit zurückkehrte. Denn nur so konnte er auf die Liste kommen. Aber ich mag den Potrien doch«, rief Hopkins begeistert. »Er ist Soldat vom Scheitel bis zur Sohle. Uns grollt er gar nicht. Er ist nur eifersüchtig wegen der Wirtin.«

»Und doch bleibt er ihr treu«, sagte ich mitfühlend. »Potrien drückt immer ein Auge zu.«

»Es ist uns nur von Nutzen«, meinte Nobody, »dass sie im Hinterzimmer Wein, Schnaps und Tabak an die Kasernenaufseher verkauft. Die dürfen ja nicht in die Schenke.«

So plauderten wir über alle möglichen Geheimnisse arglos vor uns hin.

»Aber das größte aller Geheimnisse ist«, sagte Alfons Nobody, »dass der arme, gute, alte Potrien ins Depot eingebrochen ist ...«

… Wie ein Ventilator: eine Art summendes, röchelndes Geräusch aus der Richtung des Rohrs. Was kann da nur sein?

»Das ist nicht wahr!«, rief Delle. »Potrien ist nicht zurechnungsfähig, aber einbrechen tut er nicht!«

»Er weiß ja selbst nichts davon. Ich habe mal zufällig gesehen, dass er mondsüchtig ist. Bei so einem kommt es schon mal vor, dass er im Trancezustand einbricht. Unser armer, braver Sergent ist Schlafwandler.«

»Was du nicht sagst!«

»Aber das bleibt unter uns. Vorgestern Nacht habe ich ihn gesehen … Mit wirrem Haar, nur in eine Decke gehüllt. Er kam barfüßig hinter der Kantine hervor und stakte entlang der Fortmauer mit ausgestreckten Armen durch die Dunkelheit. Potrien fühlt insgeheim, dass er krank und verbraucht ist. Deshalb verdächtigt er alle Leute. Nur deshalb schimpft er ständig über den Kapitän.«

»Aber er hält doch viel auf ihn und verehrt ihn! Ich war dabei, wie er unlängst zum Schreiber sagte: Ich achte und ehre den Kapitän, auch wenn er seit seiner Verwundung im Rücken unerträglich ist.«

Alfons Nobody gähnte:

»Nun gönnen wir uns aber eine Mütze voll Schlaf.«

Aber noch bevor wir hätten einschlafen können, sprang die Tür auf und Potrien stand auf der Schwelle … Wie erschöpft der Arme aussah! Der Schnurrbart stand ihm in alle Richtungen ab, seine Augen waren blutunterlaufen, durch seine geweiteten Nasenlöcher blies er die Luft in wildem Rhythmus und knirschte mit den Zähnen. Der Dienst muss ihn arg mitgenommen haben. Aber es ist ja auch keine Kleinigkeit, in einem solchen Fort Sergent zu sein. Seine heiser flüsternde Stimme war erschreckend:

»Sie wussten … ich würde lauschen?!«

»*Mon chef*«, antwortete Alfons Nobody, »so etwas würden wir nie von unserem lieben Sergent Potrien annehmen.«

Der Sergent lächelte spöttisch, aber seine Gesichtsfarbe spielte zwischen gelb und violett.

»Sie können in Igori über meine Angelegenheiten nachdenken. Ich denke, früher oder später werden sie alle drei dort landen.«

Alfons Nobody stellte sich in Habacht:

»Wir werden auch dort gerne unter Herrn Sergent dienen.«

Potrien wich einen Schritt zurück. Er verstand genau, was das bedeutete: Wenn wir dort landen, dann sorgen wir dafür, dass er nachkommt!

»Hm... So... Na gut!... Wir werden ja sehen!«

Er knallte die Tür zu, und von seinen Schritten bebte das ganze Fort.

2.

Diesen wackeren, alten Sergenten verfolgte wohl ein böser Stern. Seit einiger Zeit hatte der kommandierende Kapitän aus unerfindlichen Gründen etwas gegen ihn. Dabei war der gute Potrien der beste Soldat, den man sich denken kann. Aber wenn der Kapitän jemanden auf der Abschussliste hatte, dann konnte der Betreffende mit seinem Leben abschließen. Einmal fand er die Diensteinteilung schlampig, ein andermal bemerkte er nach dem Morgenappell spöttisch, betrunkene Pfadfinder würden sich strammer aufstellen als diese Kompanie. Mit einem Wort, er machte dem armen Potrien das Leben zur Hölle.

Überdies hegte der Kapitän einen unverständlichen Argwohn gegen die friedlichen arabischen Ziegenhirten und Schuhflicker der Umgebung. Auf Schritt und Tritt vermutete er deren unmittelbar bevorstehenden Angriff, so dass er Potrien zu vier-, fünftägigen Kundschaftergängen schickte. Oft erwartete unser Kapitän einen Überfall aus der Richtung unbewohnter Höhen und rauchender Vulkane, und da musste der missliebige Sergent mit seiner Abteilung bis zu den schneebedeckten Pässen des Atlasgebirges hinaufkriechen. Wo doch in dieser Gegend seit Menschengedenken kein Angriff mehr unternommen worden war. Eine besonders tödliche Tücke fand der Sergent in der Anordnung des Kapitäns, dass er uns drei nie auf solche Patrouillengänge mitnehmen durfte.

»Ich will nicht«, musste sich Potrien sagen lassen, »dass Sie die Soldaten Ihre persönlichen Gefühle spüren lassen.«

Bald darauf sollten acht Männer für ein halbes Jahr in eine ferne Oase abgeordert werden, um die aufsässigen Eingeborenen zur Raison zu bringen. Potrien sah nun seine Rache gekommen und teilte Alfons Nobody unter die acht Männer ein. Er wusste genau, es träfe uns hart, wenn wir getrennt würden. Traurig saßen wir in der Kantine.

»Ach was«, sagte Alfons Nobody. »Ihr könnt denken, was ihr wollt, aber ich bin doch froh, aus diesem Fort herauszukommen. Es gibt doch noch mehr im Leben, als in dieser lauen, öden Sicherheit Kartoffelsuppe zu essen.«

»Glaubst du, in der Sahara kriegst du Blasmusik zur Kartoffelsuppe?«, brummte Delle Hopkins, der sonst alles in rosaroten Farben sah. Noch nie sah ich ihn so übelgelaunt. Aber ich war auch nicht gerade zum Tanzen aufgelegt. Wir waren ja aneinander gewöhnt … durch Gefahr, Untätigkeit und harten Afrikadienst.

»Man müsste es so einrichten, dass wir zusammenbleiben«, sagte ich, während ich über eine schlaue Lösung nachdachte. »Vielleicht sollten wir den Kapitän bitten, uns zusammen zur Oase ziehen zu lassen.«

76

»Ich gehe sowieso nicht dorthin«, sagte Nobody.

»Wie meinst du das?«

»Ich gehe nach Igori.«

»Du hast wohl einen Sparren!«, brauste Delle auf. »Fängst du schon wieder damit an? Sei so nett und drücke dich klarer aus. Was soll dieser Mist bedeuten?«

»Wenn ich schon von hier fortgehe«, sagte Nobody traurig, »fort von meinen besten Freunden, dann sehe ich wenigstens nach, was dieser fieberkranke Francis Barré in Igori beobachtet hat.«

Alfons Nobody erinnerte nicht nur deshalb an einen Luchs, weil er schnell und geräuschlos war. Sein feines, kluges Gesicht, seine einschmeichelnde Art, seine Raffinesse, mit der er jeden umgarnen konnte: Das alles war der Bestie aus der Katzenfamilie ebenfalls sehr ähnlich. Diese Bemerkung über die »besten Freunde« war eine auffallende Gefühlsregung.

»Wenn du nach Igori gehst«, sagte Hopkins, »dann gibst du nicht nur deine Freunde auf, sondern auch deinen Verstand. Willst du vielleicht Gleise verlegen?! Am Kongo?«

»Du hast Recht«, nickte Nobody, »ich könnte es gar nicht mit meinem Gewissen vereinbaren, euch in solche Gefahr zu bringen.«

»Hab du mal keine Angst um mich!«, brüllte der Vierschrötige außer sich. »So etwas verbitte ich mir!«

Auf seinen krummen Beinen watschelte er im Entengang aus der Kantine und schlug die Tür zu, dass auf dem Tisch das Besteck klirrte und Marschall Pétains Bildnis mit einem lauten Knall von der Wand fiel.

»Bleibt ihr nur hier«, sagte Alfons Nobody mit ruhiger Stimme. »Ich habe Yvonne Barré versprochen, die Sache nicht auf sich beruhen zu lassen.«

»Ja, korrespondiert ihr denn?«

»Ja … so sporadisch.«

Es war ihm anscheinend peinlich. Was war denn das schon wieder für eine Geheimniskrämerei? Im Briefwechsel mit einer Frau? … Der führt doch was im Schilde. Meidet auch den Augenkontakt!

»Hat sie mich erwähnt?«, drang ich weiter auf ihn ein.

»Nur … einige Zeilen, Keule … Dieser Türkische Sultan hat ihr viel über deinen saudummen Roman erzählt …« (»Ein Seemann in der Fremdenlegion«!)

»Du hast kein Recht, es vor mir zu verheimlichen! Nimm bitte zur Kenntnis: Wenn du ihren Brief nicht vorliest, dann werde ich es Mademoiselle Barré schreiben.«

»Ja, wenn du unbedingt willst … Obwohl es meine Angelegenheit ist … und …«

»Ich fordere dich auf, den Brief vorzulesen, sonst bekommst du es mit mir zu tun.«

Ich glaube, mein männliches Auftreten machte einen tiefen Eindruck auf ihn. Zum ersten Mal in meinem Leben sah ich diesen unerschrockenen Mann den Rückzug antreten. Wortlos griff er in die Tasche und zog einen Brief hervor.

»Ich glaube nicht, dass sie das ganz ehrlich gemeint hat«, bemerkte er ruhig. Dann begann er: »*In Ihrem letzten Brief schreiben Sie nichts über Mr. Fowler …*«

»Ich … beschränkte mich … auf das Wesentliche«, stammelte Nobody verwirrt.

Ich musste über ihn lächeln. Ich wusste bereits, woher der Wind wehte. »Eifersucht ist das ureigene Gift des Hades, und sie ist nicht wählerisch bei der Wahl ihrer Mittel«, schreibt irgendwo ein großer Demagoge, dessen Name mir gerade nicht einfallen will.

»Nur zu, alter Kumpel!«, ermutigte ich Nobody.

»*Der Charakter Ihres Freundes interessiert mich sehr*«, las er weiter. »*Warum habe ich nie einen solchen Mann getrof-*

fen, der kultiviert ist, aber trotzdem vorbildliche Kinnhaken austeilen kann. Und so viel Herz und Intelligenz! Welch noble Ritterlichkeit. Einer der drei Musketiere scheint in ihm wieder erwacht zu sein. Ich habe das Gefühl, er sei dazu berufen, das Geheimnis meines Bruders aufzudecken. Ach, wenn ich daran denke, dass dieser Mann eines Tages vor mir stehen wird.«

Nobody hielt inne.

»Ja, und?!«, rief ich aufgeregt.

»Der Brief endet hier …«

»Das ist nicht wahr!«

Unwillig las er weiter:

»Wenn er dann vor mir steht, und ich seine harte, männliche Pranke drücken kann, werde ich sehr glücklich sein. Glauben Sie, dieser Mann würde mich seiner für würdig erachten?«

»Es war nicht schön von dir, mir das vorzuenthalten!«, sagte ich vorwurfsvoll.

»Warum? Beschäftigst *du* dich mit Francis Barré oder ich? Glaubst du, ich gehe nach Igori, damit du mir dieses Wunderweib wegschnappst?«

»Sie hat *mich* in ihr Herz geschlossen«, erwiderte ich.

»Sie wird denjenigen lieben, Keule, der sein Leben aufs Spiel setzt, um das Geheimnis ihres Bruders zu lüften. Ich gehe nach Igori! Ich bin dann *ihr* Musketier!«

»Was ist das für eine Geschichte … mit den drei … Musketieren?«

»Drei Leibwächter des Königs von Frankreich haben einmal unter Lebensgefahr das Kollier der Königin aus Herzog Buckinghams Festung zurückgeraubt.«

Ich wusste nichts davon … Aber lebte man denn in unserem Fort nicht wie in einem Sarg? Kein Rundfunk, keine Zeitung, kein gar nichts.

»Begreif doch, Keule«, fuhr Nobody fort. »Ich gehe nicht nach Igori, um deine heißen Kastanien aus dem Feuer zu holen! Oder willst du etwa zum Kongo? Aus der Gruft in die Hölle?«

»Das geht dich gar nichts an!«, antwortete ich erzürnt und ließ ihn stehen.

3.

Alfons Nobody schob anderntags Wache bei der Zisterne. Als er die Patrouille nahen hörte, legte er das Gewehr hin, steckte sich eine Zigarette in den Mund und nahm auf einem Kilometerstein Platz.

»Soldat! Sind Sie verrückt geworden?! Oder sind Sie betrunken?«, brüllte ihn der Patrouillenführer an.

»Betrunken.«

Ich weiß sicher, dass er keinen Schluck getrunken hatte. Aber am folgenden Tag saß er bereits in der *cellule* neben Lewin, der durch unsere Fischgerichte schon lange handzahm geworden war. Wir hatten den phlegmatischen, zerlumpten Alten ins Herz geschlossen. Wer weiß, warum? Abneigung und Sympathie sind in den meisten Fällen nicht logisch zu begründen. Mir scheint, das war ein sehr kluger Spruch.

Inzwischen war die Eskorte angekommen: vierzig Häftlinge und eine bewaffnete Begleitmannschaft von fünfundzwanzig Mann. Kurz davor hatte es sich so ergeben, dass am Zahltag der Sold vom Schreibtisch des Sergenten verschwand – zusammen mit den zwei Leinensäckchen, aus denen üblicherweise ausgezahlt wird. Die Legion ist leider ein richtiges Sammelbecken zwielichtiger Elemente. Der arme Potrien wurde zwar nicht verdächtigt, aber dennoch lastete die Verantwortung auf ihm. Der Kapitän, der – verstehe, wer kann – einen tiefen Argwohn gegen den hervorragenden Unteroffizier hegte, ergriff nun die Gelegenheit,

Potrien zu erledigen. Der Sergent war dazu ausersehen, die Begleittruppe nach Igori anzuführen.

Abends packte Alfons Nobody. Fünf Kilo waren erlaubt. Lewins Kochbuch packte er mit ein.

»Was willst du damit?«

»Lewin hat mich gebeten, es mitzunehmen. Vielleicht kann er einmal für uns kochen, und da werden wir ihm die Rezepte vorlesen.«

Für seinen Kleinkram schenkte ihm Hopkins zwei kleinere blaue Säcke. Im Allgemeinen dienten sie zur Aufbewahrung von Kleingeld.

4.

»Sieh mal, Hopkins … Dieser Alfons Nobody … Also wirklich … hm …«

»Was mümmelst du da?!«, wandte sich Delle verärgert zu mir. Der Vierschrötige hatte seit einiger Zeit Krach mit jedermann. »Dieser Hampelmann interessiert mich nicht!«

»Was weißt du denn, warum er nach Igori geht?«, erwiderte ich bedeutungsschwanger. »Die Tatkraft eines Mannes wurzelt zuweilen in den unauslotbaren Abgründen der Seele.« Das war, denke ich, wieder einmal ein extrem tiefschürfender Kalauer.

»Keule, du redest wie ein Halbidiot. Was denn nun?«

»*Cherchez la femme*«, zitierte ich einen frühen provenzalischen Bänkelsänger. »Wegen einer Frau.«

»Hier finde ich auch eine Frau, wenn ich will. Deshalb muss ich noch lange nicht nach Igori. Eine hübsche Schürzenjagd macht er sich da!«

»Vielleicht … sollte ja gar nicht er … sondern ich nach Igori gehen«, ventilierte ich mit meiner gewohnten Schwermut.

»Geht, wohin ihr wollt, ihr Mondkälber!«, brummte er und verschluckte vor Zorn beinahe den Zigarrenstummel, nachdem er vergebens daran genuckelt hatte, um die Glut neu zu entfachen.

Doch in mir war der Zweifel bis zur Entscheidung gereift. Die edle Dame soll sich nicht in mir täuschen! Abends meldete ich dem Sergenten, dass ich mein Gewehr verloren hätte. Dabei hatte ich es selbst hinter dem Fort vergraben. Am nächsten Tag betrat ich mit meinem fünf Kilo schweren Gepäck die überfüllte *cellule*.

»Ich grüße Sie, mein Herr!«, empfing mich der große Lewin. »Sie sind uns willkommen wie der Champagner dem Kaviar.«

Einige bemerkten, er sollte den Mund halten, statt die hungrigen Männer zu reizen. Diese Sträflinge aus der Ferne waren mürrisch und, von den Wüstenkämpfen erschöpft, unterwegs nach Igori, wo die Hölle auf sie wartete.

»Warum musst du mir unbedingt nachkommen?«, fragte Alfons Nobody ungehalten.

»Ich kann durch ein Sieb schauen«, antwortete ich und grinste ihm ins Gesicht. »Du wirst mir Yvonne nicht hinter meinem Rücken abspenstig machen.«

An die neun Männer waren wir, die wir auf dem klebrigen, schmutzigen, insektenübersäten Boden saßen und in der Nachtkälte bibberten. Auf dem engen Raum konnte man sich nicht rühren. Einer der Männer erzählte über Igori. Der Kongo! Entsetzliches Klima, feuchte Holzbaracken, tierisch derbe Wachen … Hopkins hatte mehr Verstand gehabt. Ein Wahnsinn, da hinzugehen.

»Schlimmer als die Hölle, die nicht endet«, hörten wir die Bass-Stimme des großköpfigen Colter, der früher einmal Kantor in Kopenhagen gewesen war.

»Aber sogar in Igori gibt es etwas Erquickliches«, erklärte

Lewin. »Nirgendwo sonst ist das Fleisch der Schildkröten so weiß. Ähnliche Zustände hinsichtlich des Wildfleisches herrschen im Norden. Ende der neunziger Jahre habe ich Rehrücken mit Gemüsehaschee und Knoblauch gebraten … Das geht so: Zuerst lasse ich ein gutes Pfund Speck am Spieß über dem Braten aus …«

Hier hatte seit Monaten niemand einen guten Happen zwischen die Zähne bekommen. Wundern wir uns daher nicht, dass die Männer nicht bei bester Laune waren. Ein stämmiger Häftling erhob sich und baute sich vor Lewin auf:

»Wenn Sie mit dieser Geschichte nicht sofort aufhören«, sagte er drohend, »dann drücke ich Ihnen mit dem Daumen ein Auge aus.«

»Das andere Auge übernehme ich«, sagte der Kantor, der infolge seiner Jahre in der Legion ein wenig verweltlicht war.

»Aber meine Herren, es war ein so wundervolles Gericht! Man darf das Fleisch nicht zu lange braten, damit sich der Geschmack erhält, und …«

Peng! Jemand hatte ihm mit einem leeren Blechnapf auf den Kopf geschlagen, aber gründlich. Ich sage ja, die Leute waren ein wenig verdrießlich … Der Schlag ließ Lewin für den Abend, ja für die ganze Nacht verstummen.

Morgens ging die Tür auf, und es trat mit fünf Kilo Gepäck Delle Hopkins ein – mit einem außerordentlich herben Gesichtsausdruck.

»Hallo! Delle!«, jubelte Alfons Nobody. »Hast du dich denn gelangweilt?«

»Die Herren interessieren mich nicht«, konterte Hopkins angewidert, setzte sich in die Mitte und drückte einige der Anwesenden gegen die Wand, dass ihnen die Puste wegblieb.

»Bist du etwa zufällig hier?«, fragte ich mit der zarten Häme des Leidensgefährten.

»Jawohl, rein zufällig, wenn du es genau wissen willst!« Er

verhielt sich schon sehr unleidig. Aber dann fuhr er fort: »Im ersten Stock ist nämlich ein Fenster zu Bruch gegangen.«

»Deshalb wird noch niemand zu den *travaux* verurteilt.«

»Aber es fiel jemand durchs Fenster. Ein alter Widersacher von mir: Korporal Marchand.«

Später stellte sich heraus, dass Delle, bevor er seinen alten Widersacher gezüchtigt hatte, jede Menge Wein in der Kantine getrunken und seinen Monatssold zum halben Preis an den Wirt veräußert hatte. Er musste demnach bereits wissen, dass er im Fort Manson keinen Sold mehr bekommen würde, weil es zu den *travaux* ging.

DRITTES KAPITEL

1.

… Alfons Nobody hatte sich getäuscht. Es war doch angenehmer gewesen, im langweiligen Fort zu verschimmeln, als tagelang die Wüste zu pflügen – mit einem Liter abgestandenen Wassers in der Feldflasche. Wovon man die Hälfte abends in den Kessel gießen musste, weil es sonst keine Suppe gab. Temperatur: fünfzig, fünfundfünfzig Grad. Der Wüstenfloh frisst sich ins Nagelbett ein, und der ganze Finger beginnt zu eitern. Staub und Schweiß reizen die Haut, bis sie rot wird, juckt und brennt …

So marschierten wir nebeneinander: zwei Soldaten und ein Zivilist. Weil Delle immer noch lediglich ehrenhalber Legionär war, der angeblich Thorze hieß, und hier in der Wüste nichts verloren hatte. Aber wenn er damit anfing, bekam er nur Ärger.

Und es kam ja auch noch Papa Potrien mit uns nach Igori! Er leitete den Transport. Fatal, was dem Armen so alles zustieß, seit die beiden Säcke mit dem Wochensold verschwunden waren. Unfassbar! Wenn er nicht ein unbescholtener, alter Soldat gewesen wäre, hätte man ihn vors Kriegsgericht gestellt. So wurde der arme Mann lediglich nach Igori versetzt.

Er marschierte an der Spitze, und wenn er die Kolonne abging, blickte er uns komisch an, als wäre er uns böse. Außer dem Gepäck von fünf Kilo hatten wir noch einige zusätzliche Verpflegung organisiert. Selim brachte alle möglichen Dinge hinterher, denn in der Wüste gab es keine Inspektion mehr. Er bekam dafür einen ganzen Sack Kleingeld, so dass er es mit Freuden tat.

Wir tigerten schon seit zwei Tagen durch die Sahara. Eine

85

Hitze wie in Beelzebubs Garküche. Natürlich redeten wir über den Fall des unglücklichen Francis Barré.

»Der Türkische Sultan gehört geviertelt«, schrie Hopkins und troff vor Schweiß, als ob er aus reinem Fett gewesen wäre. »Warum schreibt dieser kriminelle Emporkömmling keine stinkende Zeile mehr, he?!«

»Und er hat dem Mädchen die Kopie des Briefes weggenommen«, ergänzte ich.

Alfons Nobody runzelte die Brauen, als Hopkins unseren ewig verdächtigen Intimus erwähnte.

»Der Sultan wird es noch mal büßen, dass er seine eigenen Wege geht«, sagte er nachdenklich.

»Er ist immer so verdächtig!«

»Und er windet sich jedes Mal wieder heraus, dieser halbseidene Aal!«

Komische Sache, das mit dem Türken. Er machte alles allein, auf seine schlaue und hinterlistige Art, und immer machte er sich suspekt, aber am Ende, kurz bevor man ihn totschlug, wusch er sich rein, und es fand sich, dass man ihm noch Dank schuldete.

»Vor allem werde ich mich in Igori genau umsehen«, sagte Alfons Nobody. Dann schreibe ich dem Mädchen.«

»*Ich* werde schreiben«, rief ich glutentfacht.

»Stimmt«, warf Hopkins ein. »Keule ist der Schreiberling.« Und er spuckte aus.

Abends baute die Truppe ein Lager, und nach dem Abendessen legten wir uns nieder. Die Aufregung eines seltsamen Vorgefühls machte sich in uns breit. Uns schwanten besondere Ereignisse. Alte Abenteurer kennen diese Phänomene. Da war zum Beispiel diese Karawane, die in einiger Entfernung durch die Dünen zog. Es waren an die hundert Kamele. Drei von ihnen waren besonders groß und liefen in der Mitte der langen Kolonne. Auf ihnen saßen majestätische Gestalten in reich bestickten Gewändern und mit funkelnden Diademen auf den bartbekränzten Häuptern. Wir starrten wie gebannt, aber plötzlich war die Karawane wieder verschwunden …

Gegen Mitternacht weckte uns ein großer Lärm. Einige Soldaten wollten Lewin vergraben. Im Schlaf hatte er Küchenrezepte deklamiert und die ausgehungerten Männer in Unruhe versetzt.

»Aber … meine Herrn«, stammelte er, als sie ihn in den Staub drückten. »Ich träumte von einem Fischessen mit sechs Gängen. Das kann doch jedem passieren. Das ist fast schon ein Menschenrecht.«

»Träumen Sie hier nicht von gutem Essen, zum Donnerwetter noch mal!«

»Träumen Sie davon, wie schön es ist, wenn man überhaupt etwas zum Beißen bekommt!«

Es wäre ihm übel ergangen, wenn Alfons Nobody nicht dazwischengetreten wäre. Er packte den gewalttätigen Mann am Arm, es folgte ein Schmerzenschrei, und der Grobian fiel auf die Knie. Zwei andere Häftlinge wollten unseren Spanier zur Seite stoßen, woraus sich ein ausgewachsenes Handgemenge entwickelte. Hopkins und ich waren sofort zur Stelle. Es dauerte zwanzig Minuten, und am Ende waren wir die Sieger. Schließlich kamen die Soldaten dazu, auch Potrien.

»Was ist hier los?«

»Man wollte mich eingraben …«, jammerte Lewin. »Solche Dinge sind, glaube ich, nicht einmal in der Legion erlaubt.«

»Wer hat an der Schlägerei teilgenommen?«, fragte Potrien mit glänzenden Augen, da er genau wusste, dass ohne unser Engagement nichts dergleichen veranstaltet werden konnte.

»Diese drei Herren haben mich verteidigt.«

»Herren?«, wiederholte er spöttisch. »Die Eskorte führt nicht gemeine Verbrecher, sondern… Herren? Den drei Herren wird die Wasserration bis morgen um die Hälfte gekürzt.«

2.

… Diesen Potrien ließ das Unglück nicht los. Jemand hatte ihm doch glatt die Feldflasche gestohlen! Eine harte Strafe, wenn man durch die Wüste marschiert. Und wir brachen schon um fünf Uhr früh auf. In der Sahara, zumal unter lauter Sträflingen, können selbst solche Gemeinheiten vorkommen. Natürlich besteht nicht einmal beim Sergenten die Möglichkeit, vom genau eingeteilten Wasser eine Sonderration zu erhalten. Aber dieser Potrien war aus einem anderen Holz geschnitzt und dachte nicht an derlei Dinge. Er marschierte ohne Wasser bis zum Abend. In der Sahara!

Manch junger Bursche wäre gestorben. Aber unser Mann ging voran wie eine Eins, die Augen ein wenig blutunterlaufen, hin und wieder stehenbleibend – aber er stapfte weiter. Wir mussten nicht so viel leiden. Dieser praktische Hopkins hatte irgendwo eine Flasche Wasser besorgt. Eine ganze Tagesration. Mich wundert's, woher er die hatte… Aber der findige Soldat hilft sich in jeder Situation. Später sangen wir sogar:

Wir sind die Legionäre
Vom ersten Regiment.
Wir brauchen keine Schirme,
Wenn heiß die Sonne brennt.
Aber immer mit frohem Mut, tatü
Ziehn wir der Heimat zu.
Fatma, Fatma, schenk den jungen Legionären was ein,
Fatma, Fatma, schenke den Jungen was ein…

Das fidele Lied brachte Potrien ein wenig aus der Fassung. Natürlich pochte eine dicke, blitzförmige Ader auf seiner Stirn, und zuweilen schloss er mit einem tiefen Schnaufer die Augen. Aber er marschierte. An der Spitze! Der Mann war aus Eisen. Ob Freund oder Feind – Hut ab! Ich trat aus der Linie hervor.

»Was wollen Sie schon wieder, Sie trübe Tasse?«, fragte er müde.

»Wir kommen auch mit weniger Wasser aus, *mon chef.* Wir möchten dem Herrn Sergent höflichst einen Schluck anbieten ...«

Er musterte mich mit tief empfundenem Ekel.

»Also die halbe Ration hat sich vervielfacht ... hm ... Behalten sie nur Ihr Wasser. *Nom du nom...* Ich soll mir von euch Gaunern helfen lassen? Wenn mich der Präsident der Republik fragt: ›Sagen Sie, Potrien, wie sind Sie nach einer zwölfjährigen Dienstzeit durch die Wüste marschiert?‹ – dann werde ich nie und nimmer antworten: ›Das begab sich so, *mon Président,* dass sich drei Gangster meiner erbarmten.‹ Aber wenn Sie schon mal hier sind, dann bekommen Sie und Ihre beiden Saufkumpane den folgenden Befehl: Sie gehen Steine holen. Denn abends bauen wir einen meterhohen Wall. Ich erwarte für heute Nacht einen Angriff.«

So sah seine Antwort aus. Der Krieg war wieder entfacht. Es war bitter, abends nach dem Marsch Steine zu schleppen. Aber wir waren auch nicht aus Pflaumenmus. Nach anderthalb Stunden standen wir schneeweiß vom Staub, aber stramm vor ihm:

»Die Steine sind an Ort und Stelle, *mon chef.*«

Er musterte uns von Kopf bis Fuß. Er wusste genauso gut wie wir, was »Leistung« bedeutete. Wer in der Wüste nicht die Bodenhaftung verliert, der ist kein Luftikus, sondern aus Stahl.

»In Ordnung! Abtreten ... *Canaille* ...!«

Nach Mitternacht wurden wir drei vom Gefreiten geweckt. Er war schlechtgelaunt.

»Der Sergent ... befürchtet einen Angriff. Donnerwetter noch mal! Sie sollen zur Patrouille. Los geht's.«

Es war eine gnadenlose Strecke durch die eisig kalte Sahara. Unsere ächzenden Glieder schienen die Steine, die sie geschleppt hatten, noch nicht abgeworfen zu haben ... In dieser sternklaren Nacht sahen wir die geheimnisvolle Karawane zum zweiten Mal. Jedes der hundert Kamele war mit vielen farbigen Juwelen geschmückt, mit goldenen Ketten um den langen Hals und silbernen Spangen und Broschen auf ihrem Zaumzeug. Die drei übermenschlich großen Gestalten auf den riesigen Kamelen in der Mitte wandten sich nach uns um, und schwere Wolken wohl duftenden Weihrauchs wehten über der Wüste ...

Morgens, als sich das Land wieder in einen Glutofen verwandelte, hieß es weitermarschieren ohne Pause. Als die Truppe aufbrach, sangen wir erst recht:

Annemarie, wo geht die Reise hin?
Sie geht ins Städtelein,
Wo die Soldaten sein.
Ei, ei, ei, junge, junge, junge Annemarie,
Annemarie, heute woll'n wir lustig sein.
Wir wollen tanzen gehen
Und uns im Kreise drehn ...

3.

Den armen Potrien ließ das Schicksal einfach nicht aus den unbarmherzigen Klauen. Es war Mittagsrast, und wir lagerten lange, bis die entsetzliche Hitze ein wenig nachließ.

Um diese Zeit wirft man alle Kleidungstücke von sich und schläft.

Irgendein Verbrecher hatte Potriens Stiefel aus dem Zeltschatten in die Sonne gestellt. Das ist in der Legion ein dummer, derber Spaß, da die extreme Temperatur das Leder schnell austrocknet, so dass es zusammenschrumpft. Man muss die Schuhe mit Gewalt anziehen. In solchen Stiefeln zu marschieren bedeutet eine Höllenpein. Überdies waren auch noch seine Gamaschen verschwunden. Jetzt kriecht ihm der Staub ungehindert bis zu den schmerzenden, wundgescheuerten Füßen. Ein höchst gemeiner Schabernack …

Der arme Sergent marschierte zwar ohne ein Wort der Klage, aber ich denke, er wird diesen Tag nie vergessen. Wir dagegen hielten uns bestens, nachdem wir unsere Füße mit solidem Textil umwickelt hatten. Der patente Hopkins hatte nämlich irgendwo Wadenwickel aufgetrieben und nachhaltige Bandagen aus ihnen geflickt.

4.

Auf die Wüste folgte der Urwald, der uns insgesamt neun Opfer abforderte, was eine Seltenheit ist, denn es ist schon vorgekommen, dass die ganze Eskorte ausblieb, nachdem unterwegs alle umgekommen waren: an Ruhr oder Gelbfieber, oder sie hatten sich verlaufen und starben irgendwo in der Einöde.

Aus Fort Lamy führte uns ein Eingeborener nach Fort Monbras, und von dort eine militärische Verstärkung durch unsicheres Gelände bis zum Kongo. Unterwegs pfiffen uns die Pfeile der Pygmäen und Buschmänner nur so um die Ohren. Vier Männer starben am Gift der Pfeile, zwei an Insektenstichen, die anderen am Fieber. Insgesamt neun.

Aber der Großteil marschierte bei relativ guter Gesundheit durch die feuchtheiße, immer halbdunkle, nach Schimmel riechende Wildnis. Wir schnitten Lianen, brachen das Unterholz und fochten einen erbitterten Kampf gegen die hinterlistigen Tentakel, Dornen und blutrünstigen Moskitos des Dschungels, dessen morscher Untergrund von Blutegeln wimmelte. Das ist eine Kraftprobe, die den wahren Mann erweist. Manchmal prasselte der dichte Regen tagelang auf uns nieder, und sobald er aufhörte, erstickten wir fast an den schweren Dämpfen, die aus dem verrotteten Erdreich stiegen. Und die Knochen? Alle taten sie uns weh…

Am Felsenufer des Kongos entlang nach Osten marschierend erblickten wir endlich Igori, die Sträflingskolonie am Ende der Welt, »die Hölle des weißen Mannes«! Wo sich der wilde Fluss durch sein Bett kämpfte, um seine gefährlichsten Kurven zu zeichnen, da erschienen ein Abgrund und darüber ein Viadukt. Dort wimmelten viele winzige Punkte, und über Gleise wurden Muldenkipper geschoben. Das Lager selbst war von einer weißen Mauer umgeben, mit Schießscharten und Brustwehren und einem hohen Wachturm, der einen Überblick auf alle Dschungelpfade erlaubte. Sobald der Posten die nahende Truppe erblickte, erklang ein weithin schallender Hornruf:

»Zu den Waffen!«

»Das wird die Garnison sein!«, brummte Hopkins.

»Kann sein, dass du einige Kilos abnimmst. Dann bist du endlich deinen Kosenamen ›der Bulldog von Oran‹ los«, tröstete ihn Alfons Nobody. Hopkins murmelte einige recht ansehnliche Beleidigungen in sich hinein. Ich verstand seine schlechte Laune vollkommen. Wir wussten genau, wie es im Fort aussehen würde: entsetzlich abgemagerte, skelettartige, halbtote Sträflinge. Übellaunige, gelbgesichtige, zombiegleiche Wächter. Schmutz und Seuchen. Parasitenübersäte Pritschen. Das alles wäre schon für ein wildes Tier unerträglich … Ein Lager, bei dem es darauf ankam, dass man erschauerte, wenn man seinen Namen hörte: Igori! Hierher waren wir gekommen. Wegen einer Frau, die wir nicht einmal kannten. Aber wir waren da. Das Tor tat sich auf, und die Eskorte schleppte sich hindurch. Danach folgte Überraschung auf Überraschung.

Das sollte ein Sträflingslager sein?! Wir betraten einen weiten, großen Platz mit sauberen, schönen, weißen, palmengesäumten Alleen und ordentlichen, kleinen, gelben Gebäuden. Überall sahen wir freundlich lächelnde Soldaten, und … Sträflinge, die spazierengingen! Fröhliche Menschen, und ein wenig überernährt. Und als wir auf das Stabsgebäude zugingen, begegneten wir immer mehr Häftlingen und Soldaten, die alle mehr oder weniger übergewichtig waren! Ihre Kleidung war adrett, und sie winkten uns mit strahlender Fröhlichkeit zu.

»Du«, flüsterte Hopkins, »ich glaube, wir haben die Richtung verwechselt und sind an der Riviera gelandet, in so einem piekfeinen Sanatorium, wo sie dir die Kaldaunen massieren, wenn du Verstopfung hast!«

»Deine Verstopfung soll dir im Halse steckenbleiben«, rügte ich ihn, denn verbale Ausfälle dieser Karatstärke darf man in der Legion nicht durchgehen lassen.

Auf den Kasernenhof kam ein Hauptmann, um die armseligen Ankömmlinge zu besichtigen. Auch er trug ein verbindliches Grinsen zur Schau. Er hatte, obwohl er noch nicht alt war, graue Haare; außerdem einen breiten, kurzen, englischen Schnurrbart und ein Monokel.

»Die neuen Sträflinge, *mon colonel*«, meldete Potrien. »Es sind zweiunddreißig an der Zahl, dazu noch dreiundzwanzig Begleiter und ein Unteroffizier.«

»Ganz richtig, Wertester«, freute sich der Hauptmann. »Also meine Herren, Sie werden es hier gut haben. Mein

Grundsatz: Dank der humanen Atmosphäre unserer Straf-kolonie darf jeder Schandfleck des Regiments sein Selbst-vertrauen und Ehrgefühl zurückgewinnen. Der Dienst ist weder hart noch schwer«, sagte er und blickte vielsagend auf Potrien. »Nach dem Dienst darf jeder tun, wie ihm beliebt. Fliehen ist unmöglich. Die nächste zivilisierte Ortschaft liegt zweitausend Meilen von hier.«

Er winkte und entfernte sich mit einer galanten Vernei-gung. Potrien starrte ihm hinterher. War das möglich? Nach zwölf Jahren Dienst sah er etwas Neues. Ein Unteroffizier der Garnison wies uns eine »Baracke« zu: Ein sauberes, schönes, helles Haus, in dem sich die Würmer nicht übermäßig breit-machen konnten, da sein Fundament aus Stein war. Eine gute Pritsche, und … Na so was! Zwei Decken. In Strafla-gern gibt es nicht einmal eine dünne Decke! Potrien fixierte den Tagesoffizier, der mit Gleichmut seine Pfeife rauchte.

»Auf die Blumen in den Fenstern muss man ein Auge haben«, sagte einer der Aufseher. »Das hat der Hauptmann streng angeordnet.«

»Endlich höre ich auch mal einen strengen Befehl in diesem Todeslager«, antwortete Potrien spöttisch.

»Warum denn, Sergent? Möchten Sie etwa, dass die Män-ner haufenweise zugrunde gehen?«

»Ich möchte nur wissen, warum dieser Ort an alles andere eher erinnert als an ein Straflager.«

»Aber, aber. Hier hat doch jeder Rheuma. Und in der feuchten Jahreszeit gibt es jede Menge Fieberkranke. Der Kongo stinkt, und die feuchtheiße Luft zehrt am Organis-mus. Also bemühen wir uns wenigstens um humane Be-dingungen … Hier, und das kann ich Ihnen gleich sagen, Sergent, sollten Sie das Kommandieren unterlassen, denn der Hauptmann ist tolerant und weltoffen und vertritt durchaus liberale Standpunkte.«

»Gibt es denn gar keinen Tagesbefehl? Und Dienst? Oder schrubbt hier der Feldwebel selbst?« Potrien wollte nicht aufhören zu provozieren. Was er sah und hörte, passte ihm nun mal gar nicht in den Kram.

»Wie schön das wäre«, jubilierte Hopkins, der bereits splitternackt auf seiner Pritsche lag.

Potrien warf ihm einen vernichtenden Blick zu.

»Also«, erwiderte der Korporal, »Dienst gibt es schon. Sauberkeit hat absoluten Vorrang. Große Sauberkeit. Und die Torwache.«

»Und die Eisenbahn?«

»Die ist zirka zwei Meilen von hier, und es arbeiten dort nur Schwarze. Dorthin werden nur Hitzköpfe hin und wieder abkommandiert.«

»Sind denn gar keine Kommissionen hier gewesen?«

»Zwei hat es gegeben, seit ich hier bin. Aber nur eine davon ist angekommen. Der arme General Duron hatte die erste geleitet.«

»Den die Bantu unterwegs angegriffen haben?«

»Genau. Er wurde zusammen mit seiner Begleitung niedergemetzelt. Seit diesem tragischen Vorfall ist nur eine Inspektion durchgeführt worden, letztes Jahr. Sie waren mehr als angetan. Damals wurde unser Kommandant zum Hauptmann befördert. Er ist belobigt worden.«

»Und die haben gesehen … wie die Häftlinge … herumspazieren?«

»Ja das … also … wir wussten, dass sie kommen würden, und die Häftlinge arbeiteten, und man hat einige überflüssige Luxussachen weggeräumt … Aber die Sauberkeit … die Ordnung … und dann hat es ihnen auch gefallen, was die Häftlinge sagten.«

Potrien schlenderte mit ernstem Gesicht aus dem Raum. Er war überhaupt nicht angetan.

Einer der Häftlinge schrie plötzlich wie ein Berserker:
»He! Korporal! Gibt es keine Zwischenmahlzeit?«
»Schon, schon, nur hören Sie auf zu toben.«
»Ich brauche von Ihnen keine Erlaubnis!«
Man konnte nicht behaupten, die Disziplin sei zu streng gewesen. Na, aber bald folgten die richtigen Überraschungen. Ein Rekrut kam angetrabt und rief:
»Wer möchte was?!«
Und die Sträflinge bestellten ihre Zwischenmahlzeit. Jawohl. Wie in einem schicken Café am Faubourg St. Germain.
»Für mich einen großen Braunen mit Biskuit«, sagte einer, der zu zehn Jahren *travaux* verurteilt war.
»Für mich Tee, aber mit einem gehörigen Schuss Rum, du Filou, oder ich beschwere mich beim Hauptmann.«
»Für mich einen Liter Cabernet Sauvignon und irgendein Fleisch dazu.«
»Was wollt ihr?«, wandte er sich zu uns.
Ich bekam Lust zum Scherzen:
»Tee mit Rum und Schinken auf Butterbrot, und auch noch ein Hochglanzmagazin!«
Keiner schien überrascht. Der Bursche nickte friedfertig.
»Welche Illustrierte willst du? Aber die frischen bringen sie nicht vor morgen aus Léopoldville.«
Was war das hier? Ein Straflager oder das »Café de la Paix«?!
… Und nun nahte ein Mann, splitternackt, wie er aus dem Bett gestiegen war, mit weit geöffneten Augen wie in Mondsüchtiger. Lewin!
»Hören Sie, mein Guter«, flüsterte er, »ist es hier möglich, mariniertes Fischfilet zu bekommen? *À la Tourbigo*, gedünstet mit Eierhälften und ganz wenig Weißwein?« Er war so erregt, dass er am ganzen Leib zitterte.

»Ich kann es versuchen«, zuckte der Soldat die Achseln. »Obwohl ich bemerken muss, dass es hier keine Idiotendiät gibt.«

»Wie schade«, jammerte Hopkins im Bett.

»Was denn?«, fragte ich.

»Gleich wird zum Aufstehen geblasen, und wir dürfen weitertippeln … Ihr werdet mich auslachen, wenn ich euch diesen blöden Traum erzähle …«

Ich gestehe, ich hatte eine Minute vorher auch gedacht, das Ganze wäre eine Art Illusion. Sie mochte sich aber nicht verflüchtigen, denn bald wurde die Zwischenmahlzeit gebracht: jedem, was er gewünscht hatte, und ich bekam sogar mein Magazin! Gut, was? Der Mann, der Tee bestellt hatte, schnupperte daran, ob genug Rum drin wäre. Mir brachten sie ein Schinkenbrot, wie es in Manson nicht einmal der Kommandant zu essen bekam. Aber der wahrhaft erhebende Augenblick war doch, als für Lewin angerichtet wurde: marinierter Fisch mit Eierhälften *à la Tourbigo*. Zuerst weinte er minutenlang, dann kostete er ihn mit andächtig geschlossenen Augen. Während der nun folgenden Zeremonie bewahrten wir taktvolles Stillschweigen. Nach dem ersten Bissen blickte Lewin streng und erschüttert auf, wie jemand, den man vergiftet hatte.

»Männer …«, flüsterte er mit versagender Stimme, »wer dieses Essen zubereitet hat, der hat bei Lewin gelernt …« Er kostete wieder einen Löffel voll. »Ist ein Franzose, weil er nicht genug Pfeffer benützt … Und unverheiratet, da er das Tatar nicht süßt …«

»Und kein junger Mann mehr«, sagte Hopkins. »Mindestens vierzig Jahre alt.«

»Woher wissen Sie das?«

»Er ist schon ziemlich ergraut …« Delle hob ein Haar vom Tellerrand.

5.

»Wo ist der Mann ... der ... das gekocht hat?«, rief Lewin wie in Ekstase.

Der Soldat blickte eine Minute lang verlegen drein.

»In der Kantine ...«

»Ich muss ihn sehen. Ich will mit ihm reden! Ein Schüler von mir ... Wie heißt er?«

»Gourchy.«

»Einen Schüler mit dem Namen hatte ich nie!«

»Wo haben Sie unterrichtet?«, fragte einer der Häftlinge.

»Ich bin Lewin«, sagte der ergraute Gourmet verächtlich, und wandte sich zu uns: »Erklären Sie dem Mann da, was der Name heute noch bedeutet.«

Schamhaft gesenkten Blickes schwiegen wir über die Tatsache, was der Name Lewin heute noch bedeutet.

Nach fünf Uhr spazierten wir hinaus, und uns verging bei jedem Schritt Hören und Sehen. Ein Torbogen mit der Aufschrift *Lord's Cricket Ground* führte zu einem Rasenplatz, auf dem ein ganzer Haufen Häftlinge und Wärter mit ganzer Hingabe Kricket spielten. Dieses Spiel war damals der letzte Schrei in der besseren Hautevolee. Ein Bursche trug Getränke aus der Kantine auf, und die Spieler grölten, lärmten und machten Luftsprünge. Irgendwo spielte ein Rundfunkapparat rührselige Schlager. Etwas weiter lag eine Kegelbahn. Überall qualmten die Tabakspfeifen, in alle Richtungen wurden eisgekühlte Getränke ausgetragen, und in der stickigen Hitze grinsten fettglänzende, fröhliche Gesichter die vollen Gläser an.

»Was ist hier eigentlich los?«, fragte Nobody und schüttelte den Kopf.

»Ja, laus mich doch der Affe«, bemerkte Hopkins ratlos.

»Nun ja«, sagte ich, um diese leicht temperierte Diskussion auf den Punkt zu bringen.

Wieder einmal waren wir ein Herz und eine Seele. Die ganze Sache roch ziemlich sonderbar – genau wie seinerzeit das Land Dänemark im Stück meines leicht überschätzten Kollegen Willibald Schäxpier. Die französische Kolonialarmee wurde jedenfalls nicht dafür gerühmt, dass sie ihren Abschaum verwöhnte.

Wir gingen in die Kantine. Ich fiel beinahe wieder durch die Tür hinaus, denn ich hatte noch nie einen so gediegenen Abfütterungsraum gesehen! Junge, Junge! Chesterfieldsofas, bequeme Sessel, Seidenvorhänge, eine Theke, gemalte englische Jagdszenen auf den Wänden und ein schwarzer Barmixer. Ich schwöre, dass er einen metallenen Cocktailbecher schüttelte und Eiswürfel für vier Gläser vorbereitete. Er schnitt Zitronenscheiben und füllte die Gläser.

In der efeubehangenen Ecke stand ein spätes Wiener Hammerklavier, auf dem ein Mann in abgetragenem Smoking beschwingte Weisen spielte ... Mensch, hoffentlich spielt er auch ein bisschen Avantgarde! Ich liebe es nämlich, wenn Hopkins auf den Tisch hämmert, sich kaputtlacht und Kröten schwitzt, dass ihm die feuchten Augen kommen ...

Jetzt drehte sich der Pianist um: ein blasser, dicker Mann mit schlaffen Gesichtszügen und müden Augen ... Ich war sprachlos, denn mit einem einzigen messerscharfen Wesensblick hatte ich es erfasst: Der Mann da war Kwastitsch, wie er leibt und lebt! Hopkins erhob sich. Aber der Musiker blickte durch uns hindurch, als hätte er uns nie zuvor gesehen. Dann spielte er weiter. Keine Frage, es war der Herr Doktor: Fedor Kwastitsch, der Schiffsarzt mit Vergangenheit, der unlängst wegen einer Strafsache durch halb Afrika mit uns gestapft war.

Kwastitsch! Aber der war doch nicht einmal *ehrenhalber* Soldat! Sicher hatte er seine Gründe, warum er uns nicht wiedererkennen wollte. So etwas ist möglich. Es war aus irgendeinem Grund besser, ihn nicht zu beachten. Leute unseres Schlages verstehen einander schnell, und wir taten nicht neugierig, sondern setzten uns möglichst weit weg.

Dr. Fedor Kwastitsch, ein gebürtiger Russe, war in seiner Jugend Offiziersarzt in der Flotte des Zaren gewesen und musste nach der Revolution – wie viele andere »reaktionäre Elemente« – seine Haut retten und emigrierte. Eine Zeitlang spielte er Klavier im russischen Cabaret von Paris oder kutschierte Taxis durch Monte Carlo, wo er vor Heimweh den Drogen verfiel, bis er in Oran landete, um als Barpianist und »Hausarzt« zu einem ehrenwerten Mitglied der florierenden Unterwelt des Hafens aufzusteigen und völlig zu versumpfen. Seitdem verband uns eine gediegene Freundschaft.

»Was sagst du dazu?«, fragte ich Alfons Nobody. »Der Herr Doktor!«

»Da wird irgendein ganz krummes Ding gedreht – Francis Barré wird Recht haben. Wenn der Herr Doktor nicht will, dass wir ihn erkennen, dann hat er sicher seine Gründe, und bis er diese nicht erklärt, werden wir uns nicht mit ihm beschäftigen.«

»Wir kennen ihn also nicht«, brummte Hopkins, und wandte sich an den Wirt, der zu unserem Tisch gekommen war: »Was haben Sie zu essen?«

»Was ihr wollt …«

… Es war unglaublich, was wir erblickten. Ganz wie ein stimmungsvoller Abend zu Pfingstsonntag in einem lauschigen Sommerlokal auf dem Montmartre.

»Wer spielt da auf dem Klavier?«, fragte Alfons Nobody mit einem gleichgültigen Gesichtsausdruck und blickte zum Podium.

»Ein Berufsmusiker. Und Arzt noch dazu. Dr. Clemenceaus Kollege im Spital …«

Was hat wohl den Kwastitsch hierher verschlagen? Und

was war das hier, bitte schön? Die Sträflinge saßen mit den Wärtern zusammen, becherten emsig und schmetterten eine heiße Karte. Unter ihnen war ein zu schwerer Zwangsarbeit Verurteilter, der mindestens hundert Kilo wog, obwohl er seit der Regenzeit, wie es hieß, leicht abgemagert war.

»Wir sind aber … nicht flüssig …«, sagte Delle weltgewandt zum Wirt.

»Klar seid ihr das!«, ermunterte ihn dieser. »Der Hauptmann vertritt nämlich den Grundsatz, man sollte an diesem furchtbaren Ort wenigstens keine Piepen und andere Annehmlichkeiten entbehren. Im Wirtschaftsamt sitzt ein Korporal; der gibt euch Mäuse, so viel ihr braucht. Aber es ist ja gar nicht nötig.«

Wir schauten uns an wie die letzten Idioten.

»Wieso seid ihr so überrascht?«, fragte ein dünner, kleiner Korporal neben uns. Er summte leise vor sich hin.

»Sagen Sie, Korporal … wie lange läuft schon der ganze Firlefanz?«

»Seit mindestens fünf Jahren. Es darf sich aber nicht herumsprechen, weil sonst alle hierher wollen. Deshalb müsst ihr in euren Briefen jammern, dass man euch schlecht behandelt, dass ihr bald sterben werdet und ähnlich traurige Dinge.«

Er dudelte wieder ein wenig.

»Komische Sache das!«, lautete meine tiefgründige Randbemerkung.

»Ja! In der Tat sehr komisch!«, nickte der dünne Korporal. »Aber nur keine Fragen stellen. Das Maul dient hier ausschließlich zum Mampfen.«

Nach den letzten Worten sang er sofort wieder. So ein Tölpel aber auch!

»Und wenn jemand wissen möchte, was dieses Paradies soll?«

Der Korporal wurde ernst.

»Wer etwas über das Paradies erfahren möchte, der wird schnell dorthin befördert.«

Alfons Nobody zuckte lachend die Achsel:

»Ich bin von Natur aus nicht wissbegierig, und meine Freunde auch nicht. Bring uns Rotwein, Wirt!«

Der Korporal stieß mit uns an.

»Bestens. Wir verstehen uns. Es heißt, Neugierde macht alt. Hier ist es umgekehrt: Wer in Igori vorwitzig ist, der stirbt jung …«

So dünn war der Mann, so klein und so belämmert, dass er wie ein Halbwüchsiger in Uniform aussah. Er ging zackig weg und summte ein Lied.

»Dieser Korporal gehört geohrfeigt«, bemerkte ich.

»Wer sagt dir, dass das ein Korporal ist?«, fragte Alfons Nobody.

»Hast du sein Abzeichen nicht gesehen?«

»Zum Unteroffizierslehrgang werden nur Männer über eins achtzig aufgenommen.«

Er war ein Genie! Ich hätte selbst draufkommen können. Dann kam ein junger Bursche. Das Gesicht musste ich schon mal gesehen haben! Ein etwas bleicher, trauriger Jüngling in Uniform. Ein hübsches, feines Kerlchen, und noch ganz jung. Wie kam so einer zur Legion? Und wie erst zur *Compagnie Discipline*? Seinen Augen war nicht anzumerken, dass er uns erkannte, obwohl er mir bekannt vorkam.

»Du! Diesen Burschen habe ich schon mal gesehen!«

»Ich auch!«, sagte Hopkins.

»Ich kenne ihn nicht«, sagte Alfons Nobody, »aber jung ist er, so viel steht fest.«

»He, Junge!«, rief ich ihm zu. »Komm mal her!«

Erschrocken blickte er zu uns herüber und fragte:

»Was wollen Sie?«

»Kennen wir uns nicht?«

»Ich kann mich wirklich nicht erinnern«, antwortete er und ging schnell weg. Als er sich nach uns umdrehte, hatte er es plötzlich noch eiliger.

»Bleiben Sie doch stehen«, rief ihm Alfons hinterher.

Er gehorchte eingeschüchtert.

»Wir drei sind aus dem Fort Manson gekommen«, sagte Alfons. »Der da ist Thorze, dieser ist John ›Keule‹ Fowler, und ich heiße Alfons Nobody.«

Eine Sekunde lang blickte der zarte Bursche vom einen zum anderen.

»Entschuldigen Sie bitte. Ich weiß nicht«, stammelte er. »Ich hab's eilig…« Und schon war er wieder weg.

»Wartet auf mich!«, sagte Alfons Nobody und ging ihm nach.

Was wollte er von dem Jungen? Es war schon Abend, und der Zapfenstreich längst vorbei. Aber hier kümmerte das keinen. Überall sah man betrunkene, lachende, singende Männer herumlungern. Geschrei, Schlägereien, Röcheln, Lärm jeder Art erfüllten die stickig heiße Nacht… Ich ging mit Hopkins in die Baracke, und wir legten uns schlafen.

»Wo ist Potrien?«, fragte ich.

»Fehlt er dir etwa?«

»Aber woher denn? Aber er ist auf einmal verschwunden. Wo kann er nur stecken?«

Nach einer guten halben Stunde kam Alfons Nobody zurück und legte sich wortlos ins Bett, wurde aber sofort von Hopkins angefahren:

»He, du Sackgesicht! Wärst du vielleicht so gütig, uns auf dem Laufenden zu halten?«

»Es ist nichts passiert.«

»Hast du einen Plan?«

»Zu schlafen, wenn es euch genehm ist«, antwortete er verärgert.

»Und Yvonne?«, rief ich. »Sie vertraut uns doch, oder?«

»Sie wird sich melden, wenn sie uns braucht.«

»Was redest du denn für einen Blödsinn! Wie soll sie uns aus Oran um Hilfe bitten?!«

»Wieso aus Oran?«

»Weil sie dort ist!«, riefen wir beide gleichzeitig.

»Wer sagt euch denn, ihr Denkprofis, dass sie in Oran ist? Ihr habt sie heute Abend gesehen. Der hübsche Jüngling in Uniform! Das ist Yvonne Barré!«

6.

Yvonne Barré! Ja natürlich! Das bezaubernde Mädchen auf der Fotografie, die wir in Barrés Tasche gefunden hatten! Ich Esel! Ich hätte es mir denken können. Als ich ihr von Alfons Nobody vorgestellt wurde, blickte sie mich so sonderbar an ... seltsam verwundert und gerührt. Ich muss unbedingt mit ihr reden!

Am nächsten Tag hielt ich die Augen offen und suchte sie überall, aber vergebens ... Auf dem Hauptplatz schlenderten vor dem Stabsbau einige Offiziere und ein, zwei Zivilisten mit Tropenhelm. Sicher waren es Ingenieure ... Aber der »Bursche« Yvonne Barré war nirgends, was mich ganz fahrig machte, so dass ich mit einem großen, schlaksigen, herausgeputzten Ingenieur zusammenstieß ... Ich wollte mich entschuldigen, aber das Wort blieb mir im Halse stecken. Der Türkische Sultan! Er stand direkt vor mir! Und wie blendend und nobel er aussah! Hohe Stiefel, Tropenhelm, Staubmantel aus Leinen, und etwas, das seine Identität zweifelhaft erscheinen ließ: ein sauberes Hemd! Von der Seite hing ihm natürlich eine Ledertsche, denn er liebte – genauso wie Delle Hopkins – den vornehmen Plunder. Er sah gar nicht überrascht aus, als er mich erblickte:

»Habe die Ehre, Keule! Was machst du denn hier?«

»Ich bin mit Alfons Nobody und Delle Hopkins hergekommen«, sagte ich, »um einigen Dingen auf den Grund zu gehen.«

Hastig und verstohlen flüsterte er mir zu:

»Hör mal zu, die halten mich für einen Ganoven.«

»Und du bist es nicht?«

»Sehr witzig! Jetzt spitz mal deine ungewaschenen Ohren! Wenn ich ihr Vertrauen gewinnen kann, dann haben wir gewonnen … Hauptsache, ich wahre nach außen den Schein …«

»Den Heiligenschein?«

»Nü, du Spaßvogel! Ich meine, dass ich an einer Leine mit ihnen ziehe. Ich habe sie jetzt so weit, dass sie mich akzeptieren. Sie gaben mir einen erstklassigen Posten, sage ich dir! Aber sie vertrauen mir noch nicht völlig. Schau nicht rückwärts! Pass auf! Jetzt tu ich dir ein bisschen Tacheles. Hinter dir kommt nämlich der Obergauner.«

Und nur so zum Schein schlug er mir kurzerhand in die Brust.

»Hör zu, du Wicht«, schrie er, »halt dich aus Sachen raus, die dich nichts angehen!«

Ich hustete ein bisschen.

»Ich halte … mich ja raus …«

»Ruhe, du Etappenhengst! Ich kenne dich genau!«, brüllte er und gab mir einen Tritt. Plötzlich sah ich alles in Violett, auch den Obergauner, der mich gerade überholte: Ein Zyklop von einem Kerl und noch dazu richtig einäugig und genauso angezogen wie der Türke, in der Rechten eine Peitsche, in der Linken eine dicke Zigarre.

»Ich kenne euch, ihr Spitzbuben! Aber jetzt wird definitiv abgerechnet! Hier wird nicht herumgeschnüffelt«, brüllte mein verdächtiger Freund und schlug wieder zu.

Der Einäugige blickte mit einem Auge her und ging weiter.

»Ohne mich seid ihr verloren, Keule. Glaub mir«, flüsterte der Sultan wie entschuldigend. »Die Fassade ist jetzt alles.«

In der Mitte des Hauptplatzes erstreckte sich ein prächtiger Park englischen Stils und hätte auch einem vornehmen Pariser Viertel zur Ehre gereicht. Am Rand standen viele kleine, schön gebaute Steinhäuser, eine Brasserie, ein Kiosk, eine Patisserie, eine Apotheke! ... Man kam aus dem Staunen gar nicht mehr heraus. War ich am Kongo? ... War ich in Igori?!

»Sag mal ... darf hier jeder einkaufen?«, fragte ich den Sultan.

»Na klar! Und Penunze brauchst du auch nicht. Komm ...«

Er führte mich zum Kiosk. Ein Legionär von elefantöser Fettleibigkeit saß hinter dem Regal. Schnaufend stand er auf und fuhr uns zornig an:

»Na, was wollt ihr?«

»Ein neuer Mann«, erklärte ihm der Türke freundlich. »Lieber Graham, sei doch bitte so gut und gib ihm fünf Schachteln von den ägyptischen Zigaretten, zehn Havannas, ein dutzend Ansichtskarten und einige Sicherheitsnadeln ...«

Es dauerte keine Minute, und alles lag vor mir auf dem Pult ... Wunderschöne Schachteln, verziert mit grün wuchernden Nillandschaften voller Palmen und Pyramiden, und darin diese herrlichen, nach Orienttabak duftenden ägyptischen Zigaretten mit ovalem Querschnitt: *Turmac, Laurens, Simon Arzt, Giubecq ...!* Und zehn echte, honigbraune Havannas! ... Beim Zeus! War das die wilde, ungezähmte Landschaft, in die sich nur die verwegensten Männer hineinwagen, und auch das nur mit einer wohl ausgerüsteten Expedition? Träumte ich? ...

»Was gibt's da zu glotzen«, pöbelte der Türke und schlug mir in die Magengrube. »Nimm dich zusammen! Wenn du dich gut aufführst, du Dreckskerl, dann kannst du ein schönes Leben haben und musst nicht kapores gehen!«

»Wieso bist du denn hier«, fragte ich den fetten Kioskbesitzer, als ich mich von einem Magenkrampf erholt hatte und wieder atmen konnte.

»Bleib, wo der Pfeffer wächst! Das Reden strengt mich an«, schnaufte der Dicke.

»Na, ich habe auch schon artigere Verkäufer gesehen«, sagte ich, als wir weitergingen.

»Lass mal. In Europa wäre er auch gut im Geschäft, solange er die Havannas gratis verkaufte. Nur noch wenige Kunden würden sich heutzutage von seinen Manieren abschrecken lassen … Verkaufen tun sie ja nicht gerne, aber sie müssen, wenn man sie dazu abkommandiert. Willst du was Süßes? Hier ist die Patisserie …«

»Unglaublich!«

Wir betraten eine Halle mit glänzendem Boden, Plüschsesseln, dunkelroten Teppichen und einer Serie von Ölgemälden, die elegante Ozeanriesen darstellten … Die Luft war kühl, da an die zehn Ventilatoren summten … Es kam ein ebenso dicker Mann wie vorhin der Tabakverkäufer. Hier neigten die Leute zum Verfetten. Kein Wunder.

»Was wollt ihr?«, fragte er ruppig.

»Diesen elenden Schreibtischtäter hier möchte ich ein wenig verwöhnen«, antwortete der Sultan, »damit er lernt, sich zu benehmen …« Dann spuckte er mir mitten ins Gesicht und sagte: »Du Stenz!«

»Willst du was?!«, fuhr mich der Sträflingskonditor an.

»Vanilleeis«, brachte ich endlich heraus, nachdem ich meine Nase abgewischt hatte.

»Muss man dir denn jedes Wort aus der Nase ziehen?«, murrte er und schlurfte schimpfend davon.

»Er arbeitet anscheinend nicht gerne«, bemerkte ich.

»Wundere dich nicht«, erklärte der Sultan. »Zwangsarbeit ist schließlich kein Zuckerschlecken.«

Aber schon kam der Patissier zurück. Er stellte das Eis vor mich hin und sagte unwirsch:

»Da hast du deinen süßen Schmodder, du Strizzi! … Aber dass du mir ja nicht kleckerst, ja?!«

Ein schöner Umgangston für eine so noble Konditorei! Als wir wieder draußen waren, dämmerte es schon. Auf einmal wurden viele runde Laternen eingeschaltet … Der Platz begann zu glitzern, und Musik aus großen Lautsprechern ertönte: Jazz von einem europäischen Sender.

»Sag mal … wer ist der Chef von dem ganzen Zirkus? Und wozu zieht er das hier auf? Ist der Mann verrückt?«

»Ich könnte mir denken, der schlaueste Windbeutel aller Zeiten macht hier das Geschäft seines Lebens. Ich sehe es noch nicht ganz klar … Pass auf … Jemand kommt hinter dir …«, und er schlug mir auf den Kopf, dass ich mir auf die Zunge biss. Der dünne, dämlich lächelnde Korporal, der immerzu summte und trällerte, überholte mich.

»Wenn du hier herumspionierst, dann kratze ich dir die Augen aus!«, brüllte der Türkische Sultan und gab mir eine kräftige Ohrfeige.

Der Korporal ging weiter, ich hob meine Mütze wieder auf und staubte sie ab.

»Dieser kleine Korporal«, sagte der Türkische Sultan hinter vorgehaltener Hand, »ist ein abgefeimter Denunziant. Sein Spitzname ist Zwirn.«

»Schon gut … Und welchen Zweck verfolgen die Leute hier?«

»Die Häftlinge sind glücklich. Kein Saharadienst. Sie

leben in einem Paradies statt in der Hölle von Igori. Diesen Zweck verfolgen sie.«

»Aber doch nur ein Idiot kann so leben: Blind und taub zu glauben, das hier sei das Paradies.«

»Genau wie du sagst! Sei blöd, dann darfst du hier glücklich sein! Lies mal das Motto da auf der Mauer. Über dem Tor hing ein Schild:

> ACHTUNG! ZU BEHERZIGEN!
> *»Wer keine Fragen stellt,*
> *bleibt glücklich und jung!«*

»Sie hätten besser geschrieben«, sagte ich, »wer zu denken wagt, dem ergeht es schlecht.«

»So ist es doch viel schöner. Man soll nicht so pessimistisch sein ... Habt ihr schon einen Plan?«

»Alfons Nobody meinte, wir sollten aus dem Fort, um mit Francis Barré zu sprechen.«

»Der ist zwar sterbenskrank ... aber was in meiner Macht steht, will ich gerne für euch tun, wenn nur meine Maske nicht angekratzt wird.«

»Aber weißt du ... hm ... du pflegst immer so verdächtig zu lavieren.«

»Aber ich erreiche auch etwas, und das ist die Hauptsache«, antwortete er und trat mir ins Knie, so dass die Welt um mich herum ganz dunkel wurde. Ich blickte nicht nach hinten. Ich wusste genau, dass wieder jemand kam.

»Aber es wäre trotzdem gut«, mahnte ich, »wenn du nicht herummanipulierst, ohne mit uns gesprochen zu haben.«

»Überlass das nur mir. Ich brauche keinen Rat von dir«, antwortete er brüsk und verabreichte mir wieder zwei Ohrfeigen.

»Und nun scher dich weg, du schnöder Lump!«, lauteten

seine Abschiedsworte, aber ich konnte sie vor Ohrensausen kaum verstehen.

Der zweite Backenstreich hatte meinen Hut in den Rinnstein gefegt, und mir wurde schwindelig. Aber es kam niemand, wo ich auch hinsah.

»Wen hast du denn kommen sehen?«, fragte ich.

»Ich? Niemanden.«

»Wozu dann die Maulschellen?!«

»Weil du ganz und gar meschugge bist! Und weil du mir auf die Nerven gehst, wenn du es genau wissen willst«, erklärte er unverblümt und ließ mich fassungslos stehen.

VIERTES KAPITEL

1.

Ich erzählte meinen Leidensgenossen, was ich alles erlebt hatte. Alfons Nobody streckte sich auf dem Bett aus und sagte wie üblich kein Wort. Delle umso mehr:

»Diese treulose Tomate werde ich doch noch mal veilchenblau prügeln!«

»Diesmal ist er unschuldig«, verteidigte ich unseren verdächtigen Freund. »Ihm kommt es nur darauf an zu heucheln. Und er kann nichts auf dem Kerbholz haben, wenn er Yvonne bis hierher begleitet hat.«

»Das hat er gar nicht. Yvonne ist allein gekommen«, belehrte mich Alfons Nobody ruhig. »Sie beschwor mich vergangene Nacht, dem Türkischen Sultan auf keinen Fall zu vertrauen. Seinetwegen wird sie bewacht. Er hat sie gleich verraten.«

»Der falsche Hund!«

»Francis Barré wird gefangen gehalten«, fuhr Nobody fort. »Wenn das Mädchen etwas Verdächtiges tut, bringen sie ihren Bruder um, und sicher auch sie selbst. Deshalb hat sie uns gemieden.«

»Und wie hat sie es bis hierher geschafft?«

»Sie hat sich einen Kurierauftrag besorgt. Offenbar verfügt sie über ausgezeichnete Verbindungen zu hochrangigen Militärs. Der Kurier war nach Igori geschickt worden, um sich über Francis Barré zu informieren. Mit diesem mehr oder weniger falschen Schreiben ist Yvonne hier eingetroffen, aber unerwartet stand sie Monsieur Boulanger, also dem Türkischen Sultan gegenüber. Und der enttarnte sie auf der Stelle. Jetzt ist sie machtlos, da es ihren Bruder das Leben kosten würde, wenn sie bei irgendeinem Versuch ertappt würde. Ich habe ihr versprochen, irgendwie aus dem Fort hinauszukommen und, wenn möglich, mit ihrem Bruder zu sprechen. Die Uniform behält sie weiterhin an, um weniger aufzufallen, denn sonst hätte sie als Frau keine ruhige Sekunde mehr.«

»Dem Sultan werde ich seinen violetten Riesenzinken mit Honig bestreichen und ihn auf einen Ameisenhaufen binden«, murrte Delle Hopkins und zog eine Zigarre hervor. In der Kantine hatte er nämlich die Feldstechertasche mit Zigarren gefüllt. »Er ist dem Mädchen mit unserer Kopie von Francis Barrés Brief einfach davongelaufen, fischt hier im Trüben und lässt uns noch alle auffliegen.«

»Ich werde mit ihm reden«, sagte Nobody. »Ich kann nicht glauben, dass er so hinterhältig ist. Verdächtig mag er sein, aber nicht gemein.«

Jetzt kamen eine unerwartete Patrouille und dahinter der Hauptmann mit seinem üblichen Geleit, dem einäugigen Vatermörder und einigen Ingenieuren.

»Da sind sie!«, kreischte jemand und zeigte auf uns.

Es war der Türkische Sultan!

»Was sind das für Leute, Wertester?«, fragte ihn der Hauptmann aufgeräumt.

»Es sind billige, kleine Schnüffler«, brüllte der Sultan. »Sie suchen Francis Barré. Hier ist der Brief, den dieser Schönling mit der Schmachtlocke an das Mädchen geschrieben hat!« Er hielt uns Alfons Nobodys Brief vor die Nase. »Ihr werdet meine Karten nie mehr durcheinanderbringen! Und diesen Vorstadtgecken da«, er zeigte auf mich, »habe ich gestern verhört!«

Alfons Nobody starrte auf den Türken.

»Wer sind diese Leute?«, fragte der Hauptmann, nachdem er den Brief gelesen hatte, und wurde sehr ernst.

»Es sind schlimme Rabauken… schwere Jungs aus Oran. Der da heißt Keule«, zeigte der Türke auf mich, »und ist ein dummer, aber durchtriebener Schotte. Er kritzelt Blödsinn zu Papier und ist ein eitler Narr, der sich einiges auf seinen Schundroman einbildet.«

So eine Lüge! Ich und eitel! Da kann ich ja nur lachen!

»Und der da mit der Knolle in der eingedrückten Visage schimpft sich Delle Hopkins und ist ein mit allen Wässerchen gewaschener Langfinger.«

»Und was für Ohrfeigen dieser Langfinger austeilen kann!«, empfahl sich Hopkins und bediente den Türkischen Sultan von links, aber mit einem solchen Schwung… Noch nach Jahren erfasst mich die Begeisterung des wahren Kunstkenners, wenn ich an diesen kolossalen Backenstreich denke: Der Türkische Sultan fegte zwei Ingenieure und einen Tisch mit sich, bevor er unsanft auf dem Boden landete. Acht Männer ergriffen Hopkins und züchtigten ihn mit zwei Dutzend Ohrfeigen, die im Vergleich so mickrig waren, dass man sie eher als Streicheleinheiten bezeichnen sollte…

»Passen Sie nur auf«, rief der Hauptmann. »Wir werden Ihnen die rabiaten Umgangsformen schon austreiben.«

»Die sind gefährlicher als fünfzig Polizisten!«, zischte der Türkische Sultan.

»Zur Eisenbahn mit diesen *gentlemen!* Wie machen *men of sport* aus ihnen!«

»Wäre es nicht besser, sie abzuknallen?«, fragte das einäugige Ungeheuer.

»Nein«, erwiderte der Hauptmann. »In Igori gibt es keine Todesstrafe. Das habe ich oft genug gesagt.«

Er wandte sich zu uns:

»Nehmen Sie bitte zur Kenntnis: In Igori wird niemand getötet. Das ist *fair play* und in bestimmten Fällen sogar grausamer als ein Schuss in den Hinterkopf. Sie werden es bald feststellen dürfen. Ich habe hier mitten im Urwald ein kleines Eton, ein Paradies für Legionäre aus dem Boden gestampft. Wer sich politisch unkorrekt verhält und stört, der soll leben wie in jenem Igori, wohin er eigentlich geschickt wurde. Aber Exekutionen gibt es hier nicht. Höchstens werden wir bei Spielverderbern wie Ihnen das natürliche Ende beschleunigen.«

Das war ja eine richtige Programmrede.

»Von hier kann man nicht türmen«, brüllte der Einäugige gehässig. Er war anscheinend der Gemeinste von allen. »Im Norden, im Westen, im Osten: der Dschungel. Im Süden fließt der Kongo, und der ist voller niedlicher Krokodile, hahahaha ...«

»Und ich lasse sie nicht aus den Augen!«, sagte der Türkische Sultan, aber er lachte nicht.

2.

Die Eisenbahn wurde in ziemlicher Entfernung vom Fort gebaut, an der Felswand entlang des Kongos. Die gut gehaltenen Sträflinge halfen hier natürlich nur im Wachdienst, mit Peitsche und Schlagstock. Schwere Arbeit wurde nur solchen Weißen zugeteilt, die notorisch streitsüchtig waren, stahlen oder fliehen wollten, oder (die Hauptsünde) die sich für etwas anderes interessierten als für das Abendessen. So wie man es auch bei uns argwöhnte, nachdem uns der Türkische Sultan verraten hatte. Wer arbeitete dann? Einer unserer bewaffneten Begleiter, der einen gutwilligen Eindruck machte, beantwortete diese Frage:

»Die Eingeborenen. Der König eines Waldstammes hat die Blüte seines Volkes für Schnaps, Glasperlen und anderen Trödel verscherbelt.«

Ein monströs dicker senegalesischer Feldwebel übernahm uns. Sein Gesicht trug eine tierische Brutalität zur Schau.

»Kommt nur, meine Häschen«, blubberte er grinsend.

»Wir brauchen gerade Europäer im Spital. Der Spaßvogel mit dem gigantischen Zinken in der Visage ist schon hier gewesen und hat erzählt, dass ihr spitzeln wollt! Ihr sollt euch in der Leichenbaracke nützlich machen.«

Wir gingen zum Krankenhaus. Was für ein niederträchtiger Verräter der Sultan doch war! Er hatte uns beim Hauptmann angeschwärzt. Die erwähnte Baracke stand weiter abseits. Über der Tür hing ein Schild:

Hotel zum fröhlichen Abschied

Es war eine baufällige, schmierige Bretterbude, in deren Nähe ein unerträglicher Geruch die Luft verpestete. Ein Chor aus wimmernden, jammernden Stimmen drang durch die Fenster, an denen keine Moskitonetze hingen.

»Die da schickt der Hauptmann«, meldete unser dicker Begleiter einem Unteroffizier. »Zum Krankendienst.«

»So ein Mist! Wozu denn Weiße als Pfleger?«, erwiderte der Unteroffizier schlechtgelaunt. »Es untergräbt unsere Autorität! Als ob es keine anderen Strafen gäbe.«

»Der Großnasige hat es gewollt. Spione.«

»Von mir aus könnten sie auch Scharfrichter sein…! Aber gut…«

Wir folgten ihm ins Krankenhaus. Die Hölle! Verletzte, mit Geschwüren bedeckte, typhus- und malariakranke Eingeborene lagen auf Matten zusammengepfercht. Millionen von Fliegen. Abfall, Würmer, unerträglicher Geruch, Stöhnen, Jammern… Und im weißen Kittel: Der »Herr Doktor«! Der Kwastitsch! Auch hier war er Pianist und Arzt in Personalunion. Er kratzte sich am Kopf und blickte hilflos in die Runde. Neben ihm stand ein kleiner Mann mit schneeweißem Ziegenbart, hoher Stirn und Nickelbrille. Sein wirrer Blick wanderte unruhig hin und her.

»Glauben Sie mir, Kollege, das hier ist ein typischer Fall

von Ulcus pepticum … Möglich, dass ich operieren werde«, sagte er gerade zu Kwastitsch.

»Tun Sie das bitte nicht …«, flehte der riesige, bleiche Kwastitsch und faltete seine gedunsenen, sommersprossigen Hände zusammen.

»Ich bin der Chefarzt …!«, rief der andere hochmütig. Dann wurde er plötzlich sanft und fragte uns mit einem zärtlichen Unterton: »Sind Sie Patienten?«

»Nein«, antwortete Nobody.

»Kein Problem«, sagte er in freundschaftlichem und beruhigendem Ton. »Sie werden es bald sein, und ich werde Sie operieren. Sie sind eingeladen, meine unkonventionellen Methoden kennenzulernen. Ich bin Dr. Clemenceau. *Enchanté.*«

Fraglos ein Psychopath! Wir blickten auf Kwastitsch. Der nickte nur seufzend. Dann flüsterte er uns zu:

»Ich bin zum ersten Mal hier. Es ist entsetzlich!«

Dr. Clemenceau nahm seine Visite wieder auf.

»Was haben Sie?«, fragte er einen der jammernden Schwarzen.

Er siezte die Eingeborenen! Wo gab es denn so etwas!?

»Nichts«, rief der Kranke erschrocken. »Nichts Schlimmes! Simbu ist gesund … Nicht wehtun!«

Der arme Simbu hatte offensichtlich hohes Fieber.

»Ich werde Ihnen die Zähne ziehen«, frohlockte der grauhaarige Professor. »Sie haben irgendwo einen Eiterherd, *cher ami.*«

»Bitte, Herr Kollege«, sagte Kwastitsch, »das ist doch Malaria … Betasten Sie mal seine Leber …«

Dr. Clemenceau schüttelte den Kopf mit einem gütigen Lächeln:

»Es ist die Metastase einer Periostitis … Eine sofortige Extraktion könnte die Sepsis noch verhindern …« Und er ging auch schon weiter. Die schläfrigen, roten, großen Augen unseres alten russischen Hausarztes aus Oran wurden immer unruhiger. Dann blickte er zu uns …

»Ja, und das soll ein Krankenhaus sein. Was soll ich nur tun?« Es klang wie eine Antwort, aber wir hatten nichts gesagt. »Kommen Sie mit …«, forderte er uns kameradschaftlich auf. Er ging voran, und wir folgten ihm in den verlassenen Hof der Baracke.

»Ich ertrage es nicht länger!«, beklagte sich der Herr Doktor. »Dieser Clemenceau ist völlig wahnsinnig und operiert unentwegt! Auf einem Küchentisch! Stellen Sie sich das vor! Mit rostigen, stumpfen Instrumenten …! Er befördert diese Unglücklichen der Reihe nach ins Jenseits … Oh, mein Gott! …«

Er lehnte sich gegen den Türrahmen und wischte sich die Stirn ab.

»Aber merken die anderen denn nicht, dass er wahnsinnig ist?«, fragte Nobody.

»Doch, sie wissen es. Aber sie ziehen hier eine Märchenwelt auf … Jeder darf seiner Manie leben. Und dieser Clemenceau operiert eben wie ein Besessener … Ein richtiger Dr. Frankenstein ist das … Aber zur Sache … Der Türke hat Ihnen eine Nachricht geschickt.«

»Diese dickbäuchige Kanalratte«, rief ich. »Er ist schuld, dass wir hier sind!«

»Ja, haben Sie ihm denn nicht selbst gesagt, dass sie aus dem Fort hinaus wollten?« Der Herr Doktor blickte mich verwundert an.

»Doch, schon … hm.«

»Und haben Sie ihm nicht ebenfalls anvertraut, dass Sie mit Francis Barré reden möchten?«

»Hast du das zum Türken gesagt, Keule?«, fragte mich Alfons Nobody.

»Ja, schon…«

»Nun, Sie sind aus dem Fort herausgekommen, oder etwa nicht?«, fragte Kwastitsch. »Und da drin finden Sie auch den todkranken Francis Barré…« Er richtete seinen dicken Zeigefinger auf eine winzige Holzhütte.

3.

Wir schauten uns ratlos an. Was war denn das schon wieder? Dass man aber auch nie wusste, woran man mit dem Türkischen Sultan dran war!

»Seien sie vorsichtig! Ich werde auf der Lauer sein. Wenn jemand kommt, rufe ich Sie heraus«, sagte Kwastitsch und eilte fort.

Wir schauten durch das Fenster der Hütte und sahen einen jungen Mann auf einem Bett liegen. Wir hatten Francis Barré gefunden! Was wir unternommen hatten, war uns gelungen! Möglich, dass wir es mit unserem Leben würden bezahlen müssen, aber wir hatten es geschafft! Langsam öffneten wir die Tür… Dann standen wir in einem Krankenzimmer, das verhältnismäßig sauber war. Dass ein Bett darin stand, und dass der Kranke allein war, deutete auf Francis Barrés privilegierte Stellung in Igori. Der arme Junge hatte offensichtlich sehr viel mitgemacht. Sein Gesicht war schon ganz winzig, als ob es im Grab so geschrumpft wäre. Von seinen stöckchendünnen Armen ragten die Ellenbogen hervor, und am Grunde schwarzer Höhlen glänzte ein wenig Feuchtigkeit: seine Augen. Alfons Nobody trat ans Bett:

»Barré…!«

Das winzige, gelbliche Gesicht bewegte sich müde, und der Kranke antwortete kaum hörbar:

»Wer… sind Sie?!«

»Legionäre. Ihre Schwester Yvonne hat uns gebeten, Sie aufzusuchen ...«

»Wenn Sie ... ein wenig warten ... können Sie ihr ... meine Todesnachricht überbringen«, antwortete er mit dem sanft-ironischen Lächeln der großen, weisen Dulder.

»Es ist nicht sicher, dass wir hier wieder herauskommen«, sagte Alfons Nobody. »Aber wenn wir es doch schaffen, dann möchte ich diese teuflische Betrügerei entlarven ...«

»Oh ... Wenn Sie freikommen ... Mein Vater ... Yvonne bringt Sie zu meinem Vater ... Erzählen Sie es ihm ... Er ist ein einflussreicher Mann ...«

Er hatte keine Ahnung, dass seine Schwester hier war.

»Wer ist Ihr Vater?«

»Ich heiße nicht Barré, sondern ... Aber das wird Ihnen Yvonne ...«

»Sprechen Sie nicht zu viel. Es ermüdet Sie ...«

»Nein ... egal ... es spielt keine Rolle mehr ... Fragen Sie ruhig weiter.«

»Wer ist dieser Hauptmann? Wissen Sie etwas über ihn?«

»Er ist gar kein Hauptmann. Er ist mit mir zusammen in die Legion eingetreten. Wir haben vor fünf Jahren in Rachmar gedient. Er heißt Pittman ... Ein Engländer ... Wir sind zusammen geflohen ... Er, Thorze und ich ... aus der Oase Rachmar ... vor fünf Jahren.«

»Wo hält sich dieser Thorze augenblicklich auf?«, fragte Hopkins gierig.

»Ich weiß es nicht ... Wir flohen in drei verschiedene Richtungen, damit nur zwei von uns verfolgt werden könnten. Thorze wurde wieder eingefangen ... Und ich auch ... Das Weitere weiß ich von Pittman ... Weil er mir viele Dinge aufrichtig erzählt hat, um mich zu seinem Komplizen zu machen ...«

»Und wie wurde aus diesem Pittman ein Hauptmann?«

»Er hatte sich mit einem Scheich verbündet und ihm die Truppe von Legionären, die ihn verfolgte, ans Messer geliefert... Dafür half ihm der Scheich bei der Flucht... Pittman erreichte eine Oase. Dem Scheich hatte er es zu verdanken, dass ihn die Araber der Gegend deckten... Durch die Oase fuhr gerade... ein militärischer Berater, der für die Kongobahn abgeordnet war... Oberleutnant Fleurien... Er kannte den Steckbrief...« Jetzt ging Francis der Atem aus, aber er nahm sich zusammen und erzählte weiter: »...und wollte Pittman festnehmen... Pittman versuchte zu fliehen... Der Oberleutnant schoss ihn an und verwundete ihn... Aber die Anhänger des Scheichs befreiten Pittman und töteten den Oberleutnant, der unterwegs nach... Igori war... Damals wurden die Pläne der Bahn erstellt. Von der Meldung des Oberleutnants hing viel ab. Pittman gelangte mit dem Schreiben des Oberleutnants nach Igori... wo gerade die Vermessungen gemacht wurden. Seitdem lebt er hier unter dem Namen des Oberleutnants... Inzwischen ist er Hauptmann geworden... Und alle hier... sind seine Komplizen... Und für die Legionäre zaubert er... dieses Schlaraffenland auf...«

»Aber wovon? Und was hat er vor?«

»Das... weiß ich auch nicht... Die Planungen haben zwei Jahre gedauert... Es waren Männer... strafversetzt... Es war leicht, Mittäter zu finden...«

»Ahnen Sie nicht einmal, welche Ziele er verfolgt?«

»Nur vage... Der Bau der Eisenbahn verschlingt sehr viel Geld... Und es ist offensichtlich, dass sie betrügen, stehlen, unterschlagen... Aber ich verstehe es nicht, weil der Bau trotz allem... vorankommt.«

Er keuchte erschöpft.

»Haben Sie einen Wunsch...?«

»Keinen... einzigen... mehr.«

Dr. Kwastitsch kam eilends.

»Gehen wir weg von hier«, sagte er nervös. »Der Hauptmann kommt mit diesem einäugigen Schwerverbrecher.«

Auf dem Weg zum Krankenhaus sagte Alfons Nobody zum guten Doktor:

»Es hilft uns nicht weiter, wenn wir hierbleiben.«

»Wohin wollen Sie denn?«

»Ich möchte zu den Bauarbeiten, denn hier kann ich doch nichts herausfinden.«

»Ich werde mit dem Sultan reden.«

Als der Hauptmann eintraf, waren wir bereits fleißig im schauderhaften Krankensaal beschäftigt. Mit ihm waren der Einäugige, der Türkische Sultan und andere Männer: Ingenieure, oder solche, die sich dafür ausgaben. Der Hauptmann, von dem wir nun wussten, dass er Pittman hieß und ein desertierter Legionär war, erschien uns als ein gutmütiger Mann mit einem einnehmenden, immer charmanten Gesichtsausdruck und feinen Manieren.

»Nun, was gibt es, Herr Professor?«, fragte er Dr. Clemenceau scherzend.

»Ich hatte eine Menge Operationen, Herr Hauptmann … Es gibt viel zu tun … Und für den Abend bereite ich eine Extraktion vor … Kein Problem …«

»Dann nur fleißig voran, mein Lieber. Und Sie, *old darling?*«, wandte er sich an Kwastistsch.

»Also, Herr Hauptmann«, sagte der Russe und blickte zum anderen Arzt, der weiter weg stand, »Dr. Clemenceaus Tun ist völlig indiskutabel.«

»Aber nicht doch, mein Bester! Er ist ein genauso guter Arzt, wie Sie ein guter Barpianist sind.«

»Mein Spiel mag falsch sein, Herr Hauptmann, aber es ist noch niemand daran gestorben.«

»Egal. Wir wollen einander doch nicht beim Amüsieren stören, oder? … Hier tut jeder, was ihm behagt, Wertester …«

»Wenn es Ihnen nicht passt, dann gehen Sie doch zur Hölle!«, brüllte der Einäugige wie eine Bestie aus der Hölle. »Wer hat Sie gerufen?«

»Seien Sie doch froh«, fuhr der Türkische Sultan den armen Kwastitsch an, »dass Sie sich hier dank mir erlustieren dürfen! In Oran konnten Sie doch von Glück reden, wenn es mit dem Klauen und Klimpern klappte! Sie sollten sich was schämen! Es wird Ihnen ergehen wie den drei Galgenvögeln hier.«

Er kam zu mir und gab mir einen Tritt. Inzwischen aber wussten wir wohl, dass seine Grobheiten in Wahrheit nur wohlberechnete Tünche waren.

»Solange diese drei Gentlemen bei uns logieren, muss ein bewaffneter Wächter vor Barrés Tür stehen«, befahl der Hauptmann. »Nachts schlafen sie bei den Arbeitern.«

»Und eine Kugel, sobald sie sich verdächtig machen!«, ergänzte der Türke. »Besonders für diesen drallen Strolch da!« Und er versetzte Delle einen Tritt.

Hopkins erblasste vor Zorn. Der Hauptmann und seine Leute gingen weiter.

»Ich vertraue dem Türken trotzdem nicht«, sagte Hopkins, als wir allein geblieben waren.

Alfons Nobody blickte mit ziemlich düsterem Gesicht drein.

»Man müsste hier herauskommen«, wiederholte er. »Zu den Bauarbeiten. Dort wartet die Lösung des Geheimnisses.«

Dr. Kwastitsch eilte an uns vorbei und übergab Alfons Nobody einen Zettel:

Junks!

Es wäre totaler Schmonzes, hierzubleiben. Nachdem ihr schon mit dem siechen Franzl Barré palavert habt. Was wollt ihr! Und wohin?! Auch wenn ich euch trete, bleibt nur fidel und unbesorgt. Ist ja nur als ob. Wie in einer irrealistischen Fata Morgana. Denn gut geflunkert ist halb gewonnen! Faites vos jeux! Alles klar?

Mit ausgeklügelter Hochachtung:
Dr. Quastisch soll euer Bote sein.

»Jetzt fängt er schon wieder damit an«, tobte Hopkins. »Diese Briefe sind eine sehr lästige Angewohnheit des Türken. Fast schon eine Manie.«

Wir gaben den wimmernden Schwarzen der Reihe nach zu trinken. Es waren an die achtzig kranke Eingeborene im Saal, und die karbolhaltige, stickige Hitze war einfach abscheulich, vom Gesumm der Fliegenmyriaden gar nicht zu reden …

»Sie brauchen dringend Sonne«, sagte Clemenceau zu einem der Kranken. »Sie sind eingeladen.« Dann winkte er uns und befahl: »Bringen Sie ihn hinaus!«

»Herr Professor! In der Sonne ist es jetzt mindestens siebzig Grad heiß!«, protestierte Alfons Nobody.

»Kein Problem, *cher ami* … Dieser Patient braucht sehr viel ultraviolettes Licht. Sie verstehen nichts davon. Tragen Sie ihn ruhig hinaus«, erklärte er grinsend, und mir lief es eiskalt über den Rücken.

»Das machen wir nicht mit«, entgegnete Alfons Nobody. »Das wäre Mord!«

»Kein Problem. Dann werde ich Sie alle drei operieren«, ermutigte uns Clemenceau freundlich.

»Operieren Sie doch Ihre verehrte Tante und Ihre ganze sonstige Genealogie!«, schlug ihm Delle Hopkins vor.

Der Hauptmann kam mit einigen seiner Begleiter zurück.

»Hören Sie, Herr Hauptmann«, meldete ihm Clemenceau erbost. »Diese Pfleger verweigern den Gehorsam.«

»Herr Hauptmann!«, verteidigte sich Alfons Nobody.

»Ich habe nur gesagt, dass wir nicht bereit sind, einen todkranken Mann der Hitze auszusetzen. Wir könnten ihn genauso gut den Krokodilen zum Fraß vorwerfen.«

Der Hauptmann zündete sich eine Zigarette an und lächelte.

»Also, mein lieber Professor«, sagte er zu Clemenceau, »man hat hier wenig Verständnis für Ihre Methoden. Was soll ich tun?«

Die Bosheit des Hauptmanns war von einer stilvollen Überlegenheit, das ließ sich nicht bestreiten. Er machte nicht viel Wind. Aber jetzt rannte der Türke herein, kam aufgeregt auf mich zu und gab mir einen Tritt. Warum wahrte er immer nur mir gegenüber den Schein? Ziemlich irritierend ... Dann kreischte er schon wieder:

»Ihr verkommenen Triebtäter! Ja, habt ihr denn gar kein Schamgefühl? Mit euch wird es noch ein böses Ende nehmen! Herr Hauptmann, diese drei Männer haben mit Francis Barré gesprochen!«

»Wie bitte? Mit Francis Barré?«, fragte Pittman, als wollte er seinen Ohren nicht trauen.

Jetzt hätte ich mich wirklich auf den falschen Wurm gestürzt, aber der diabolische Zyklop und der andere Ingenieur zogen die Revolver.

»Wartet«, sagte der Hauptmann. »Was war das, Monsieur Boulanger?«

»Ich habe gerade mit Kwastitsch gesprochen. Er hat mir verraten, dass diese Leute bei Barré gewesen sind!«

So ein Abschaum! Delles Gesicht war violett. Wenn er den Türken in die Hände bekäme, würde er ihm glatt den verlogenen Adamsapfel durchbeißen.

»Sie haben mit Francis Barré gesprochen, Gentlemen?«, fragte uns Pittman.

»Ja«, antwortete Alfons Nobody geradeheraus.

»Aufhängen!«, schrie der Einäugige voller Mordlust.

»Ganz richtig! An den Galgen mit ihnen«, forderte der Türke.

Der Hauptmann blickte uns gelangweilt an. Dann sagte er beschwichtigend zum Türkischen Sultan:

»*No executions in Igori, old chap.* Diese Legionäre kommen zu den Bauarbeiten, und zwar in den Trog.«

Und beinahe höflich fragte er uns:

»Wissen Sie, was der Trog ist, Gentlemen? Nein? *Well,* der Trog ist ein ausgetrockneter Seitenarm des Flusses zwischen den Felsen. Nichts als Schlamm, verrottete Fische, Schlangen, Blutegel und Würmer zuhauf. Von Schatten keine Spur. Und natürlich ist er die Brutstätte der Moskitos und Fliegen. Jede Woche gehen hundert Arbeiter zur Ablösung hin, aber kein einziger kommt wieder. Das ist der Trog, wohin ich Sie herzlich einlade, Gentlemen, denn wer zu spät kommt, den bestraft das Leben. Jetzt kommt es darauf an, undogmatisch und global zu denken. Wenn erst alle Ganoven, Waffenfabrikanten und Geheimdienste, alle Säufer und Perverse, alle Spekulationsbanken, Rassisten und korrupten Politiker einander die Hand reichen und eine neue Weltordnung errichten, dann sind nicht nur ritterliche Legionäre wie Sie, sondern der ganze Mittelstand reif fürs Museum, oder noch besser, fürs Umerziehungslager. Dann gibt es nur noch die Massen, die wir, die Weltelite, beherrschen – dank billigem Sex, Drogen und Ramsch, und wenn's sein muss, mit Waffengewalt. Sklaverei ist Freiheit. Erinnern Sie sich?«

Schon wieder eine Programmrede, schon wieder eine Einladung…

Dann wandte er sich an unsere Aufseher und befahl:

»In den Trog mit ihnen!«

Während wir von drei Kapos in die Mitte genommen wurden, fragte uns Dr. Clemenceau hämisch:

»Und? Wäre es nicht besser gewesen, *mes amis,* dem Patienten ein bisschen Sonne zu gönnen? Was ist sein Leben schon wert? Alt, krank und unnütz, wie er ist, kann er uns nur dankbar sein für einen guten Tod, einen fröhlichen Abschied von seinen Qualen. Oder glauben Sie noch an dieses Ammenmärchen von der Himmelsmacht der Schmerzen?«

»Ja, daran glaube ich!«, entgegnete Nobody unbeirrt, was Dr. Clemenceau mit einem hochmütigen Wink quittierte.

»Sie haben repressive Neurosen, Monsieur Nobody. Kein Problem, lassen Sie sich operieren«, sagte er und lachte wie ein zynischer Ziegenbock.

Die Aufseher führten uns ab.

FÜNFTES KAPITEL

1.

Die feuchte Hitze machte einen matt, und die Lunge schien bei jedem Atemzug zu bersten... Was für ein Klima! Als hätte man uns eiserne Reifen um die Stirne geschmiedet, um unsere Schädel platt zu pressen.

»Wohin bringen Sie uns?«, fragte Alfons Nobody, denn wir gingen nicht in die Richtung der Bauarbeiten.

»Zur Eisenbahnfiliale.«

»Was?... Die gibt es auch...?«

»Sie werden sehen! Wer in den Trog geht, der wird in der Filiale registriert. Denn im Trog herrschen Schlafkrankheit, Malaria und Typhus... Wer da hinkommt, darf nie mehr an einen anderen Ort versetzt werden.«

Herrliche Aussichten! Jetzt gingen wir unter einem halbfertigen Damm hindurch und erblickten die schmutzigen, übelriechenden Bretterbaracken des Arbeitslagers. Die Felswand war wie ein Kessel ausgehöhlt, aus dem eine dicke Staubwolke aufstieg. Einige Schlucke abgestandenen Wassers zum Trinken, Peitschen, Gejammer, Wunden, der Geruch toter Fische um den Küchenwaggon, völlig heruntergekommene, zu Haut und Knochen abgemagerte Afrikaner, während sich unten am Ufer des Kongoflusses ekelhafte Krokodile in der Sonne aalten.

Den Fluss überquerte eine kleine Eisenbahnbrücke. Weiter oben wurden Gleise bei einem ziemlich großen Gebäude verlegt. Das war der Bahnhof. Wir hörten Laufschritte hinter uns. Der Türkische Sultan kam eilends mit dem Einäugigen und verstellte uns den Weg.

»Stehenbleiben, Sportsfreunde!«, kommandierte er grinsend. Seine fleischige Hakennase war noch hässlicher als sonst. »Wir durchsuchen euch.«

Er und der widerliche Zyklop kramten in unseren Taschen, die aber nichts Belastendes enthielten, was den Türken zu ärgern schien. Hopkins hing die Fernglastasche von der Seite. Der Sultan öffnete sie und nahm dem Vierschrötigen die Zigarren ab:

»Hier wird nicht geraucht! Hier wird krepiert! Du feister Hund, du hast mich geohrfeigt!«

»Schweigen Sie, Boulanger«, sagte der andere. Er war anscheinend ein größerer Herr als der Türke. Er wandte sich an den Wärter: »Zwei Männer sollen diese Spione ununterbrochen im Auge behalten! Bei der ersten verdächtigen Bewegung wird geschossen! Verstanden?«

»Jawohl, Herr Chefingenieur.«

Da rutschte Delle Hopkins eine wie immer unpassende Bemerkung heraus:

»Holzauge, sei wachsam!«

Der Zyklop warf ihm einen höllischen Blick zu und knirschte schauderhaft mit den Zähnen. Dann ging er zusammen mit dem immer noch unverschämt grinsenden Türken fort, wir aber wurden von unseren Bewachern in das Gebäude geführt. Schon von ferne vernahmen wir ein heiseres, blödes Trällern. Hier erwartete uns eine neue unglaubliche Überraschung: Ein perfekter Bahnhof, wie er auch in Oran stehen könnte. Ein schönes, riesiges Gebäude war das. Und jede Menge Schilder:

> BAHNHOFSRESTAURANT

daneben:

> BAHNHOFSVORSTEHER

Und auf allen Wänden immer wieder:

IGORI   IGORI   IGORI

Wozu eine solche Station in diesem Höllennest? Für eine Bahn, die gar nicht existiert? Der Irrsinn ließ hier nicht locker. Für einen Augenblick hatte ich das Gefühl, dass in meinem Oberstübchen der Ofen explodiert war. Meinen beiden Gefährten erging es nicht anders. Aus den Lautsprechern dröhnte eine Durchsage wie im Opiumwahn:

»Achtung … Achtung … Der Expresszug aus Algier fährt um vier Uhr vierzig ein … Gleis vier. Abfahrt um fünf Uhr zwanzig … Igori, Sidi-bel-Abbés, Stockholm, Tokio … Gleis eins … Hallo! Hallo! Achtung … Um sieben Uhr Anschluss zum Reissschnaps … eine Flasche Gin … Vorsicht, der Fusel aus Kalifornien hat keine Einfahrtgenehmigung …«

Wir blickten uns an.

»So etwas ist mir auch noch nicht vorgekommen!«, staunte Delle.

»Mir auch nicht«, musste ich eingestehen. Nirgendwo ein Gleis. Und was waren das für fahrplanmäßige Alkohollinien?

»Gehen wir! Eins, zwei …«, befahl der Kapo.

Wir gingen los und kamen zu einer Tür mit der Aufschrift:

BAHNFILIALE IGORI

»Sagen Sie bitte, wer singt hier eigentlich?«, fragte ich einen der Soldaten.

»Der Bahnhofsvorsteher.«

»Und was ist das für ein Zug, der gerade abfährt …?«

»Orientexpress zur Hölle! Fragen Sie nicht so viel!«

Der dünne, kleine Korporal, mit dem wir in der Kantine gesprochen hatten, saß an einem Schreibtisch. Er war der »Bahnhofsvorsteher«. Bei ihm befanden sich vier oder fünf schwitzende Soldaten in Hemdsärmeln. Sie konnten sich kaum auf den Beinen halten.

»Na, ihr Musterknaben?!«, begrüßte uns der kleine Korporal. »Jetzt könnt ihr was erleben ... Hihi!« Und kaum hatte er den Mund geschlossen, summte er schon wieder los.

»Sie gehen in den Trog«, informierte ihn der Aufseher.

Der Korporal, der immer weiterdudelte, stach uns mit dem Daumen der Reihe nach in den Bauch.

»Willkommen auf dem Planet der Geisteskranken ...«, flüsterte Hopkins bestürzt.

Dann trug der Korporal unsere Namen in ein Buch ein, und wir wurden wieder hinausgeführt. Als würden der Erde die Eingeweide verbrannt, so quollen aus dem wüsten Gelände die üblen Dampfwolken heraus. Ein Geschmack von ranzigem Fett legte sich in der schwülen Abenddämmerung über die gelähmte, öde Landschaft ... Jetzt torkelte der Bahnhofsvorsteher durch die Tür, fiel hin und bemühte sich auf allen Vieren kriechend aufzustehen, was ihm aber nicht gelingen wollte ... Einen so heftig beschwipsten Kerl hatte ich nie zuvor gesehen, und das will was heißen. Zu allem Überdruss trug er eine rote Mütze mit goldenen Knöpfen, eine blaue Uniform, aber kein Hemd ... Eine winzige, komische Gestalt mit einem runzligen Schrumpelgesicht wie eine alte Zitrone. Er hielt sich jetzt am Zaun fest, stand mühsam auf und lächelte idiotisch ...

»Um fünf Uhr ... zehn ... ist der Whisky leider ausgeblieben ... Geringfügige Verspätung ...« Dann blickte er auf die Uhr. »Acht Minuten ... Verspätung ...«

»Wird noch kommen, Herr Stationsvorsteher«, sagte der Wärter beruhigend.

»Sie ... Sie ... rangieren sich jetzt ... fort von hier ... Weil um fünf Uhr zwanzig ... fährt der erste Nervenzusammenbruch ... ein ...« Er grinste uns unentwegt an, während er die Laterne umarmte. »Und dann ... wird scharf geschossen, hehe… Ich heiße… Wassilitsch Fedor… und irgendein Emmanuel auch noch… aus Varna…«

Wir gingen weiter. Wie ein völlig absurder Alptraum erschien uns das alles in der Abenddämmerung, als die Sonne aufgedunsen am Himmel versank und mit ihren versengenden Strahlen wie mit langen, dünnen Ruten dieses fluchbeladene Land am Kongo geißelte.

»An allem ist nur der Sultan schuld«, urteilte Hopkins und fletschte seine gelben Hauer.

Da hatte er Recht. Aber Nobody runzelte nur nachdenklich die Stirn.

»Ich weiß nicht…«

»Hat er uns vielleicht nicht verraten?«

Alfons Nobody antwortete nicht. Er murmelte nur vor sich hin. Plötzlich peitschten Schüsse durch die Luft…

»Fünf Uhr«, erklärte unser Wärter triumphierend. »Der Tobsuchtsexpress ist gerade eingefahren.«

2.

Sofort begannen wir zu arbeiten, obwohl es schon fast sechs Uhr abends war. Der Trog gebar aus seinen faulen, stinkenden Gedärmen immer neue Wolken von Moskitos, die uns im Handumdrehen blutig stachen. Und bald hingen uns die Blutegel in Trauben vom Leib… Hier konnte man es nicht lange aushalten.

»Beweg dich, du Taugenichts!«, war allerorten zu hören.

Unter der Aufsicht von zehn Wächtern mit Bajonettgewehren schlugen die Henkersknechte unbarmherzig auf die Gefangenen und die Schwarzen ein, während die Sonne rot über dem Urwald verglühte. Mit welch brutaler Langsamkeit sie zwischen den Bäumen unterging! Als ob sie wüsste und auskostete, dass jede einzelne Minute eine Tortur für uns war.

Der dampfende, verschlammte Flussarm würgte üppig den Tod heraus, und alle zehn Minuten sackte ein Arbeiter nach dem anderen bewusstlos zusammen. Man schlug und trat sie, und wenn das nichts nutzte, legte man sie für eine Stunde in den Schatten. Wer nicht zu sich kam, der starb, und aus war es mit ihm. Das war das wahre Igori! Wie sich die Legionäre die schrecklichste *Compagnie Discipline* ausmalten!

Ein Ingenieur legte mit einer Schnur fest, wie weit das Ufer begradigt werden sollte. Diesen Abschnitt bearbeiteten wir mit Pickeln. Eine andere Gruppe schaffte den Schlamm auf Schubkarren weg und kippte ihn in den Fluss... Um sieben Uhr gingen wir beim Läuten einer Kuhglocke zur Baracke. Dort setzten wir uns in eine Ecke der wurmverpesteten, morschen Bretterbude, die mit Schwarzen und einigen Weißen überfüllt war. Diese vertierten Menschen waren alle von Steinsplittern verwundet und mit ranzigem Kokosöl eingeschmiert.

»Und jetzt zu diesem Brief«, sagte Alfons Nobody leise.

»Zu welchem Brief?«, fragte Hopkins.

»Na, den der Türkische Sultan in deine Ledertasche gesteckt hat, du Döskopp, als er dir die Zigarren abnahm.«

»Dieser Typ soll gefälligst nicht mit mir korrespondieren!«

»Aber, aber! Wir sollten den Brief trotzdem lesen.«

Es war ein typischer Brief, wie ihn nur der Türkische Sultan schreiben konnte!

Junks!

Ihr könnt eure Käppis vor mir ziehen. In der Zwischenzeit habe ich nämlich herrausgefune: Hier ist 1e riesen Schweinerei im Ganges. Alles lebensgefährliche Gestalten hier. Vor allem Ich. Denn jetzo vertrauen sie mir. Aber ich helfe euch nix desto weniger. Da ich mit euch bin. Ich habe ausgeführt, was Alfons Nopody gesagt hat. Werde persönlich reden. Bis dahin sollt ihr aufpassen, Auf euch. Der Trog ist eine üble Menagerie. Aber ich konnte nicht wissen, dass ihr da landet. Und was der Alfons zum dicken Doktor gesagt hat, das hab ich doch hingedrechselt. Ooooder etwa nich? Jetzo seid ihr in der Zwangsmaloche, wie es ja der Alfons hat wollen! Faites vos jeux!

Bin immer der eurige:
Mit gravierender Hochachtung.

»Dieses kunterbunte Wunderkind fängt schon wieder an mit seinen wirren Drecksgeschichten«, meinte Delle Hopkins, dessen Aussprüche ein immer beredteres Zeugnis darüber ablegten, dass er seit geraumer Zeit dem inspirierenden Einfluss eines bedeutenden Weltliteraten ausgesetzt war.

»Ich hatte dem ... Kwastitsch wirklich gesagt, dass es gut wäre, aus dem Krankenhaus zu den Bauarbeiten zu gelangen. Und jetzt ... sind wir da ...«, staunte Nobody.

»Mit einem Wort, der Türke hat uns verraten. Oder hat er uns etwa geholfen?«, fragte ich nervös.

»Ich weiß es nicht, Keule«, antwortete Nobody und blickte ratlos ins Leere.

Wer von uns wusste überhaupt noch, ob wir dem Sultan trauen konnten oder nicht?

Das verdorbene Fleisch zum Abendessen, der ewige Lärm und der infernalische Gestank, den diese armen Teufel verbreiteten, lasteten uns gleich stark auf dem müden Gehirn und dem zerschundenen Gemüt. Später legten wir uns auf die fransigen Matten und schliefen wie Steine ...

3.

... Ich habe in meinem Leben schon manches erduldet, doch ich denke, die Schufterei im Trog übertraf alles Vorangegangene. Jede Minute verging wie unter einem grausam

133

schweren Gewicht, und der gewaltige, finstere Fluss trug das Sterben in seinem feuchten, verseuchten Schoß. Irgendwo in der Mitte ragte aus den Fluten eine grüne Klippe heraus. Darauf stand eine Pfahlhütte. Jeden Mittag ruderte der dünne Korporal mit vier Bewaffneten hinüber.

»Ich vermute, sie halten dort jemanden gefangen«, bemerkte Alfons Nobody.

Wir brachen mit Pickeln Stücke aus dem felsigen Ufer und wurden von einem stechenden Platzregen aus Steinsplittern versengt. Delle Hopkins packte plötzlich meinen Arm:

»Schau mal!«

Lewin, der wahnsinnige Meisterkoch, stand unter den Ingenieuren. Aber wie anders er aussah! Gepflegte Frisur, glatt rasiertes Gesicht, gelbe Reiterhosen und Tropenhelm.

»Na, gehen wir schon!«, rief ein Korporal und schlug mit der Peitsche zu. Diese gemeinen Bestien! Wir rackerten weiter, aber Lewin war wie eine Erscheinung wieder verschwunden. Flüsternd fragte ich Alfons Nobody:

»Verstehst du das?«

Er schüttelte den Kopf und dachte nach. Von Zeit zu Zeit beobachtete er die ferne Brücke und die Gleise.

»Es wäre gut, an Lewins Kochbuch heranzukommen«, sagte er dann.

Hatte er den Verstand verloren? Was wollte er mit den Kochrezepten? In der Mittagshitze durften wir zwei Stunden ausruhen. Alle Knochen taten uns weh, aber noch schlimmer war der Durst, denn die Wasserration war gnadenlos eng bemessen. Und der Fluss … dieser Todesfluss, der sich wie eine verdammte Seele in verzweifelter Wut kochend und schäumend durch sein enges Bett wand … Zuweilen schlug eine der riesigen Panzerechsen ihre gewaltigen Kiefern mit einem schauderhaften Knall zusammen.

»Pst …«

Aus einem Gebüsch hinter uns winkte jemand. Lewin!

»Ich erwarte Sie beim Mangrovenbaum, über dem Trog.«

Wir gingen zum Baum. Die Wachen kümmerten sich während der Mittagsrast kaum um die Gefangenen.

»Kommen Sie mit … schnell … ich habe den Wächter weggeschickt.«

»Sie hatten offensichtlich mehr Glück als wir«, sagte ihm Alfons Nobody.

»Darüber kann ich nichts sagen, meine Herren, und Sie sollten mich auch nicht danach fragen. Aber ich helfe Ihnen von Herzen gern, wo ich nur kann, weil Sie mich mit Ihrer edlen Freundschaft zu ewiger Dankbarkeit verpflichtet haben.«

Ohne uns wäre er nämlich bei lebendigem Leib in der Wüste verscharrt worden, hektisch wie diese Legionäre nun mal sind.

»Schauen Sie«, sagte ich, »uns geht die Kameradschaft über alles … und das ist doch nicht der Rede wert …«

»Nein, nein! Was Sie für mich getan haben, kann man nicht vergessen!«, redete er mit Tränen in den Augen weiter, und griff nach Nobodys Hand. »Sie haben mir das Leben gerettet.«

»Aber, nicht doch«, wehrte Nobody höflich ab.

»Doch, doch. Wenn Sie mir freitags keinen Fisch in die Zelle gebracht hätten, wäre ich gestorben.«

Was? … Wir schwiegen. Der Mann war uns dankbar für den Fisch, den er im Fort Manson von uns bekommen hatte! Aber dass wir ihm in der Sahara das Leben gerettet hatten, schien er ganz vergessen zu haben.

»Kommen Sie jetzt mit«, sagte er. »Schnell!«

»Wohin?«

»Kommen Sie! Nur Mut! Sie werden sehen. Wichtig ist, dass diese Meute nicht dahinterkommt. Sie sind meine Freunde! Sie haben mir Fisch ins Gefängnis gebracht!«

Hinter den Felsen stand ein Werkzeugschuppen, und dorthin führte uns Lewin. Als wir eintraten, verschwand er. Der Türkische Sultan erwartete uns dort in Yvonne Barrés Gesellschaft. Hopkins wollte sich sofort auf ihn stürzen, aber wir hielten ihn zurück.

»Lasst diesen aufgetriebenen Knilch nur ruhig los!«, rief unser verdächtiger Freund.

»Ich flehe Sie an, Messieurs...« sagte das Mädchen.

»Wer sich nicht ruhig verhält, dem zertrümmere ich den Schädel«, stellte sich Alfons Nobody zwischen die beiden.

Endlich waren wir soweit, einige vernünftige Worte auszutauschen.

»In erster Linie... danke...«, sagte die hübsche Pariserin. »Ich weiß gar nicht, was ich sagen soll, mein Gott... Sie sind aus freien Stücken hergekommen, wegen meines armen Francis...«

Mehr konnte Yvonne nicht sagen, denn sie begann zu weinen. Der Türkische Sultan erklärte leise:

»Francis Barré ist heute Nacht gestorben.«

»Jetzt ist es vorbei«, flüsterte Yvonne. »Es war alles umsonst... Doch wenigstens hat er gesehen, dass ich ihn nicht vergessen habe... dass er Freunde hatte... Das hat ihm sicher gutgetan... Und ich... ich danke Ihnen von ganzem Herzen.«

Sie schluchzte verzweifelt. Das arme Mädchen... Lange sagten wir kein Wort. Sie wischte sich die Tränen ab... Wir standen traurig da. Allmählich fasste sie sich wieder.

»Jetzt... sind Sie... meinetwegen in großer Gefahr«, sagte sie zutiefst besorgt.

»Aber ganz und gar nicht«, antwortete Alfons Nobody galant. »Wir sind Gefahr gewohnt. Aber Sie müssen nach Hause...«

»Ich bringe sie heim«, sagte der Türkische Sultan.

»Ich möchte wissen, welche Rolle du in dieser Geschichte spielst, und wie du hierher geraten bist?«, fragte Alfons Nobody leise den Sultan, der ihm errötend antwortete:

»Anfänglich witterte ich ein glänzendes Gschäftle … In der Briefkopie, die du mir geschickt hast, hatte Francis Barré geschrieben, dass hier im großen Stil gemauschelt wird, und dass man jeden, der nicht abgeneigt ist, mit enormen Summen anfeuert … Da verbündete ich mich mit Kwastitsch. Ich dachte, man soll mich ruhig mit einer Riesensumme anfeuern. So viel Zaster hatte ich noch, um eine kleine Karawane zu organisieren und nach Igori zu kommen …«

»Du hast doch ein kleines Vermögen von uns erhalten, als die Sache mit der Diamantmine gelaufen war.«

»Ja«, antwortete er betrübt, »aber ihr wisst ja selbst, Jungs, wie das ist. Nü, man hat die Taschen voller Kies und Kröten, macht einen Abstecher nach Casablanca und geht mit seinem alten Kumpel Pépé le Moko ins Casino, um eine koschere Kugel in die Pfanne zu hauen. Die Lüsterlinge funkeln, man fühlt sich wie der Fisch im Wasser und will den alten Adam ersäufen, die Kugel rollt und rollt, und erst hat man Maseltov, doch eh man sich's versieht, ist man auch schon mucksmäuschenpleite. Also verließ ich Oran, kam her und sagte zum Hauptmann, dass wir Francis Barré im Auftrag seiner Familie suchten. Und daraufhin … Also, wie ihr geschrieben habt … nü, ich hab mich schmieren lassen …«

»Und warum hast du Yvonne Barré verraten, sobald sie hier eintraf?«

»Damit sie keine Dummheiten machte. Dann hat dieser Zwirn ihre Sachen durchsucht und Frauenklamotten darin gefunden. Und um das Vertrauen des Hauptmanns zu gewinnen … Da musste ich Yvonne verraten.«

»Es ist richtig, dass der Korporal meine Sachen durchsucht hat … Er hat es selbst gesagt …«, bemerkte Yvonne.

»Du bist also mit uns?«

»Ja. Nur muss sich diese elende Bande hier unbedingt in Sicherheit wiegen. Wenn ich verdächtig werde, ist alles aus.«

Hopkins seufzte. Ja, wir hätten es wissen müssen: Wenn er es erklärt, dann dürfen wir ihm für seine Betrügereien noch mit einem Handkuss danken.

»Hör zu!«, sagte Nobody. »Wir wissen, dass dieser Hauptmann Pittman heißt, dass er ein desertierter Legionär ist, der viele Kameraden auf dem Gewissen hat. Geh der Sache auf den Grund.«

»Jawohl ... wird erledigt.«

»Und finde heraus, was da auf der Insel vor sich geht.«

»Sie halten jemanden gefangen. Ich weiß aber nicht, wen.«

»Ich will dorthin ...«

»Ich will's versuchen, und ...«

Er konnte nicht zu Ende reden. Alfons Nobody schnappte wie ein Tiger nach dem Hals des Türkischen Sultans, schmetterte ihn gegen die Wand, gab ihm einen Tritt und gleich darauf zwei solche Ohrfeigen, dass dem Großnasigen das Blut in Strömen über das Gesicht lief ...

Yvonne schrie, und wir verstanden wieder einmal gar nichts. Wozu die Prügel?! Er hatte doch soeben seine Unschuld bewiesen! Wir wollten Nobody festhalten, mit uns sogar Hopkins, aber wer kann schon Alfons Nobody festhalten? Er schlug auf den Türken ein wie ein Mähdrescher. Er riss ihm die Fetzen vom Leib, ohrfeigte ihn, trat ihn, und warf ihn zum Schluss aus der Hütte. Wie aus dem Nichts war die Patrouille da. Wir blickten von allen Seiten in Gewehrläufe. Der Türkische Sultan stand windelweich geprügelt da und konnte sich kaum auf den Beinen halten.

»Was ist hier los?«, fragte einer der Soldaten.

»Sie haben mich ... angegriffen«, stammelte der Sultan

mit seinen geschwollenen Lippen. »Ruft sofort den Hauptmann ... Das zahle ich dir heim, du Hund ...«

Da bekam er von mir eine weitere Ohrfeige, die ihn mit einem spektakulären Salto in den Busch beförderte. Der Hauptmann befand sich in der Nähe und kam mit dem Einäugigen.

»Sie? Schon wieder Sie?«

»Herr Hauptmann!«, brüllte der Türkische Sultan, dessen Gesicht alles andere als menschlich aussah. »Mit denen werden Sie nicht fertig. Das sind lebensgefährliche Spitzel! Jetzt habe ich sie endgültig enttarnt. Ich habe Ihnen gerade ein Geheimnis entlockt! Sie behaupten, Sie seien Pittman, ein desertierter Soldat! Ich tat so, als wäre ich auf ihrer Seite ... Francis Barré hat verraten, dass sie der Legion davongelaufen sind ...«

Yvonne schrie:

»Oh, dieser elende Verräter!«

Und Hopkins brüllte:

»So ein Hund!«

»Lassen Sie sie erschießen!«, verlangte der Einäugige. »Man darf keine Zeit verlieren.«

»So ist es«, schrie der Türkische Sultan. »Diese Schakale sollen verrecken! Wenn Sie nicht aufpassen, spionieren die alles aus und lassen uns hopsgehen!«

»Hingerichtet wird bei uns nicht«, sagte der Hauptmann ruhig, »*Well,* am besten schicke ich diese Gentlemen auch auf die Insel. Wer uns auf die Schliche kommt, der muss dort logieren. Das ist so gut wie ein Genickschuss.«

Unterwegs zum Fluss fragte ich Alfons Nobody:

»Woher hast du gewusst, dass der Sultan doch ein Verräter ist?«

»Das habe ich nicht gewusst ...«

»Warum hast du ihn dann halbtot geprügelt?«

»Ich sah die Patrouille kommen, und Schein muss sein, oder?«

»Aber warum musstest du ihn so grausam zurichten?«

»Damit man ihm noch mehr vertraut.«

Nicht wahr?! Ein ganz und gar zutreffender Standpunkt. Die Methode hatten wir ja vom Sultan selbst gelernt...

4.

Man setzte uns drei an Land, und das Boot fuhr mit unseren Wachen zurück.

»Warum haben wir den Türken nicht auf den Mond geschossen?«, tobte Hopkins.

»Ich weiß nicht, ob er gegen uns ist«, antwortete Alfons Nobody nervös. »Habe ich ihm nicht gesagt, dass ich auf die Insel wollte? Und da sind wir...« So ein Schlawiner!

Wir befanden uns vor dem Pfahlbau der sumpfigen Insel. Einst hatte ein begnadeter Mann in der Hütte gelebt, in freiwilliger Verbannung, um die Buschmänner zu bekehren. Aber jetzt war es ein Ort der Verbannung, aus dem es kein Entkommen gab. Hunderte von Wärtern umgaben die Häftlinge: Eine Kompanie von Krokodilen, die sich im Wasser tummelten. Unablässig tauchten sie aus dem trüben, blubbernden Fluss auf. Einmal am Tag kam ein Boot, man stellte Lebensmittel vor der Hütte ab, und einer der Wärter schielte durch die Tür, über der ein Schild hing:

ACHTUNG!
Es ist verboten, die Hütte zu verlassen!
Wer hinausgeht, wird von den Aufsehern am Ufer erschossen!

Da peitschte auch schon ein Warnschuss über den Fluss. Wir sprangen in die Hütte und befanden uns in einem kleinen, kreisförmigen Raum mit einigen roh gezimmerten

Bänken. Die Eingeborenen hatten hier einst der Messe des Missionars beigewohnt. Auf dem Tisch stand eine Öllampe, und an der Wand hing ein Bildnis der Jungfrau Maria. Es war ein altes, zerrissenes Bild, aber das liebliche Gesicht der Gottesmutter war noch gut zu erkennen. Auf einer der Bänke saß ein Häftling. Seine Uniform war schimmelbedeckt, das Gesicht stoppelig, und er hatte ein wenig abgenommen: Sergent Potrien!

»*Salu, mon bon chef!*«, rief Hopkins fröhlich. »Welche Freude! Haben Sie Ihre Gamaschen gefunden?«

Potrien blickte auf, voller Verachtung, aber gefasst.

»Was suchen Sie denn hier?«, fragte er angewidert.

»Wir haben unseren Lieblingsoffizier gesucht, weil wir es ohne ihn einfach nicht aushalten«, sagte ich voller Empathie.

»Behalten Sie Ihre dummen Witze für sich, Sie Spaßvogel!«

Über den Boden glitt eine Schlange. Die Hütte war ein ekliger, feuchter, übelriechender Ort.

»Wissen Sie was?«, ergriff Alfons Nobody das Wort. »Erzählen Sie uns, *mon chef,* warum man Sie eingesperrt hat. Dann erzählen auch wir alles.«

»Was soll man erzählen? Sie haben doch gemerkt, wenn Sie ein bisschen Schmalz im Hirn haben, dass die ganze Sache zum Himmel stinkt. Der Hauptmann und dieser einäugige Zivilist wandeln auf ziemlich krummen Pfaden. Sie haben mich gleich am Tag meiner Ankunft ins Büro bestellt und das Angebot gemacht, ich sollte mich um meine eigenen Sachen scheren. Dann bekäme ich zwanzigtausend Francs ›Sold‹ im Monat und hätte ein schönes Leben. Als ich das zurückwies, und als sie sahen, mit wem sie es zu tun hatten, verfrachteten sie mich einfach hierher.«

Er sah sehr verbittert aus. Nicht wegen der wimmelnden Käfer und Ameisen, und auch nicht wegen der stickigen

Atmosphäre auf der sumpfigen, stinkenden Insel. Er war verbittert, weil so etwas in der Legion möglich war. Aber was geschah da überhaupt? Er wusste es genauso wenig wie wir, doch eines war sicher: Es waren Dinge von einiger Tragweite. Delle Hopkins griff unbewusst nach der Tasche, die auf seiner Seite hing. Aber die Zigarren hatte ihm der Türkische Sultan abgenommen. Die Lampe flackerte nur schwach, denn über dem Lumpen, der im Talg brutzelte, bedeckten tote Moskitos das ausgespannte Drahtnetz in dicker Schicht.

»Guten Abend«, sagte plötzlich eine unbekannte Stimme.

Ein magerer, krank aussehender, früh ergrauter Mann von Mitte fünfzig stand in der Tür. Er war aus dem anderen Zimmer gekommen. Potrien sprang sofort auf die Beine. Dann standen auch wir stramm. Auf der zerrissenen, abgetragenen Leinenuniform konnten wir die Rangabzeichen noch gut erkennen. Es war ein General!

»Bleiben Sie nur sitzen, *Monsieur le sergent*«, sagte der großgewachsene Mann mit einer tiefen, müden Stimme. »Formalitäten sind an diesem Ort nicht angebracht. Sagen Sie, wer sind diese Männer?«

»Zwei von ihnen sind Mitglieder der *Legion d'Honneur* und gestandene Soldaten … Aber ich vertraue ihnen trotzdem nicht.«

»Weil Sie alt werden, *mon sergent*«, verteidigte uns Alfons Nobody.

»Dummkopf! Sie stehen vor General Duron!«

General Duron! Den die Eingeborenen angeblich getötet haben! Der General nahm den glühenden, rauchenden Talgleuchter in die Hand und musterte uns genau.

»Ihre Geschichte ist mir natürlich bekannt. Aber was tun Sie hier in Igori?«, fragte er.

»Ich habe während des Wachdienstes meine Waffe abgelegt und wartete mit einer Zigarette im Mund auf die Kontrolle«, erklärte Nobody.

»So war es«, bestätigte Potrien. »Ich vermute, der *Stille Cafard* hat ihn erwischt.«

»Das nicht«, korrigierte ihn Nobody. »Aber die Schwester des Soldaten Francis Barré hat einen Brief geschrieben, wir sollten ihren Bruder aufspüren. Wir haben dann herausgefunden, dass er nach Igori geschickt worden war, und beschlossen, ihm nachzukommen. Deshalb haben wir uns alle drei etwas zuschulden kommen lassen, um strafversetzt zu werden.«

Der General starrte Nobody an.

»Sie … haben deshalb während der Wache geraucht …« Er schwieg. Nur der spitze, keuchende Atem einer riesigen, roten Ratte, die irgendwo hinten in der Hütte saß, durchdrang die Stille. »Und … Sie sind auch … wegen Francis Barré gekommen? Mit voller Absicht? Nach Igori?«, wandte sich der General zu Delle und mir.

»Ich habe mein Gewehr versteckt, weil ich meinen Freund hier sonst sehr vermisst hätte«, erwiderte ich mit integrer, lakonisch-heroischer Authentizität …

»Und ich wollte«, erzählte Hopkins, »wenn ich schon unartig würde, meiner Straftat wenigstens einen angenehmen Zug verpassen. Also warf ich einen alten Gegenspieler durchs Fenster, das ich leider, weil sonst stets ein unangenehmer Zug durchs Zimmer weht, zu öffnen vergessen hatte. Der Betreffende hat die Sache natürlich nicht sonderlich vertragen.«

»Aber nicht wegen des Luftzuges«, erklärte ich den Fall, »sondern infolge der Glassplitter und des harten Steinbodens.«

Auf dem zerquälten, abgehärmten Gesicht des Generals erwärmte sich die pergamentartige Haut. Seine Augen glänzten sonderbar. Er schloss fest seine Lippen und schluckte. Etwas Bitteres musste in seiner Kehle stecken.

»Sie haben Francis Barré gekannt?«, fragte er.

»Nicht persönlich«, antwortete Alfons. »Yvonne Barré, seine Schwester, hatte uns geschrieben, und wir beschlossen, nach dem unglücklichen Jungen zu sehen.«

»Wollen Sie mir sagen, Sie haben sich freiwillig in dieses Elend aufgemacht, um einer Ihnen völlig unbekannten Dame zu helfen?«

»Die Angelegenheit hat uns überaus interessiert«, sagte Alfons Nobody. »Denn unser Motto heißt: Es spielt keine Rolle, wo und wie man dem Tod begegnet.«

»Sergent Potrien!«, sagte Duron. »Ist das alles glaubhaft?«

»Ich für meine Person«, antwortete der Sergent, »achte diese nichtsnutzigen Weltenbummler nicht so viel wie eine Granate, die mir um die Ohren schwirrt, aber ich muss gestehen, dass sie ihre Verstöße auffallend gleichzeitig begangen haben, und dass das Rauchen während der Wache und alles andere ziemlich unverständliche Dinge sind …«

Der General packte jeden von uns der Reihe nach an den Schultern und schüttelte uns:

»Vielleicht werden Sie einmal dafür belohnt werden, dass sie den unglücklichen, fremden Francis Barré nicht seinem Schicksal überlassen haben.«

»Leider«, sagte Alfons Nobody, »war alles vergebens. Der Arme ist gestern Nachmittag gestorben.«

Der General stand mit offenem Mund wie gelähmt da.

»Gestorben …«, flüsterte er. »Armer … armer Francis …«

Und seine Augen glänzten feucht und trüb.

»Herr General haben Francis Barré gekannt?«, fragte ich.

»Er war mein Sohn«, antwortete der Alte völlig gebrochen.

SECHSTES KAPITEL

1.

…Mit einem ohrenbetäubenden Gequake bot ein uner-
messliches Froschorchester seine Nachtserenade dar. Zuweilen winselte eine abstoßende Tierstimme, und emsige Nager
brachten alle Bretter der Hütte zum Knistern. Ach, dieser
Leichengeruch, diese todesmatte, faule Schwüle … Das Gesicht des Generals war sargfarben. Francis Barré hatte erwähnt, dass dies nicht sein richtiger Name sei. Dass er über
militärische Verbindungen verfügt habe … Aber wer hätte
gedacht, dass dieser armselige, vom Unglück verfolgte, kleine Rekrut der Sohn eines hochgestellten Offiziers war. Kaum
zu begreifen! Wir schwiegen lange. Der General starrte zu
Boden. Eine halbe Stunde verbrachten wir in dieser Stille
voller Trauer und Pietät. Dann begann er mit gequälter,
gedämpfter Stimme:

»Vor acht Jahren verliebte sich mein Sohn in ein Mädchen … gegen das ich Einwände hegte. Ich erzähle das alles,
weil einer von Ihnen womöglich freikommen wird … Sie
sollen deshalb die Wahrheit kennen und sie später einmal
publik machen … Man darf nichts Unrechtes von ihm annehmen … Francis ersuchte mich vergeblich um mein Ein-
verständnis zur Heirat. Eines Tages verschwand er von zu
Hause. Erst unlängst erfuhr ich, dass er unter dem Namen
Barré zur Legion gegangen war. Nicht einmal im Straflager
von Colomb-Béchar offenbarte er seine wahre Identität,
um mir die Schande zu ersparen. Nach Jahren schrieb er
aus Manson an Yvonne, aber dann verschwand er wieder.
Meine Ablehnung der Ehe hatte ich schon lange bereut …
Ich beschloss, Francis aufzuspüren und heimzuholen. Aber

wir befürchteten einen Skandal, so dass meine Tochter als Barrés Schwester nach ihm fahndete.«

»Mademoiselle Yvonne Barré... ist also Ihre Tochter, Herr General?«

»Ja. Yvonne Duron. Und Francis war mein Sohn...«

Er begrub seine Stirn in den Händen. Wir störten ihn nicht. Wir hörten das Kriechen und Planschen der angriffslustigen Riesenechsen unter der Hütte, und die Frösche waren für einen Augenblick verstummt. Jetzt ergriffen die Käfer das Leitmotiv und zermahlten das Holz mit ihren unermüdlichen Kiefern. Dann kam die Flut, und die Insel wurde immer höher von den Wellen umspült.

»Vor einer Woche hörte ich mit Entsetzen, dass Yvonne ebenfalls hier ist... Mein Gott, wie konnte sie nur...«

»Ich vermute«, sagte Alfons Nobody, »dass man gegen Fräulein Duron nichts im Schilde führt. Sie brauchen sie nur als Geisel.«

»Gebe Gott! Es ist mir gleich, was aus mir wird. Dieser Hauptmann hegt eine seltsame Art von Menschenliebe in seinem Herzen... Er erlaubte meiner Tochter, mich aufzusuchen...«

»Ein spezielles Individuum«, bemerkte ich mit einer stilistischen Paraphrase, denn es ist die Pflicht und Schuldigkeit eines couragierten Publizisten, seine Umwelt zu erziehen und aufzuklären.

»Ja, ja...«, nickte der General beeindruckt. »Pittman schickt mir jeden Tag frische Zigarren aus seinem Humidor... Beste Havannas...«

Da hob Hopkins sofort einen Zigarrenstummel auf und steckte ihn in seine Fernglastasche.

»Wie sind Sie herhier gelangt, Herr General?«

»Ich hatte in Amis-Bachar zu tun, als die Nachricht meiner Tochter eintraf, dass Francis in Igori sei.«

»Diese Nachricht verdanken Sie einem Brief Ihres Sohnes«, sagte Alfons Nobody. »Das Schreiben hatte sich im Gepäck eines Soldaten namens Lewin befunden, der es nie gelesen hat. Wir drei brachen ins Depot ein und haben es mitgenommen.«

»Aha!«, triumphierte Potrien. »Ich hab's ja gleich gesagt. Aber jetzt sind Sie entlarvt!«

»Möge dies das größte Verbrechen sein, das Sie in Igori aufdecken, Herr Sergent«, verteidigte uns General Duron. »Yvonnes Brief ließ mir keine Ruhe. Also reiste ich hierher. Ich kannte den Weg gut, in dieser Gegend finde ich mich mit geschlossenen Augen zurecht. Im Urwald wurde ich zusammen mit meinen Bantu-Begleitern gefangengenommen. Beim Generalstab wurde die Todesnachricht sicher geschickt mit der Bemerkung versehen, dass man die Eingeborenen bestrafte. Meine Tochter wartete nunmehr vergebens auf eine Nachricht. Sowohl von Francis als auch von mir. In ihrer Verzweiflung ist sie dann bis hierher gekommen. Mitten in die Falle.«

»Ich möchte nur wissen, was die hier eigentlich tun«, sagte Alfons Nobody.

»Über die Hintergründe darf ich nichts sagen«, seufzte General Duron. »Vieles ist mir selbst unklar, aber das Hauptmotiv glaube ich zu kennen. Was sich hier vor unseren Augen abspielt, könnte ganz Frankreich in eine Katastrophe stürzen.«

»Hat man Sie hier eingesperrt, weil Sie etwas herausgefunden haben?«

»Nein, sie ahnen nichts. Dieser Hauptmann lässt anscheinend niemanden töten, aber wenn er wüsste, dass ich in seine Karten geschaut habe, wenn auch nur flüchtig, würde er eventuell eine Ausnahme machen. Ich habe nämlich, während wir das letzte Mal vor meiner Gefangennahme eine

Rast einlegten, diese Gegend durchstreift, und zwar ohne meine Bantus. Ich sprach mit einigen freundlich gesinnten Häuptlingen und beobachtete vom Magro-Gebirge aus mit einem Teleskop unbemerkt die Bauarbeiten.« Er zog aus einer Tasche einen mit Talg versiegelten Briefumschlag heraus. »Das ist mein Bericht. Ein neuer Betrugsskandal, ein Schwindel ohnegleichen! In diesem Umschlag verbergen sich die näheren Umstände der drohenden Kompromittierung Frankreichs vor der ganzen Welt. Aber ich fürchte, dass ich den Brief nie absenden kann.«

»Wenn ihn jemand im nächsten Fort abgeben würde, wäre das zweckdienlich?«, fragte Alfons Nobody.

»Nein! Diesen Brief darf nur der Kolonialminister, der Chef des Generalstabs, Regierungskommissar De Surenne oder ein anderer, ähnlich wichtiger Mann in die Hände bekommen. Das hier ist ein neuer Fall Stavisky, eine weltpolitische Bombe, die niemals explodieren darf...«

»Demnach muss Ihr Brief direkt nach Marokko?«

»So ist es. Der Kurier muss sich ohne jede Hilfe als Flüchtling durchschlagen, damit hier niemand dahinterkommt. Sonst wäre alles vergebens. Es gibt keine andere Lösung, als dass man dieses Gesindel an Ort und Stelle aushebt und den faulen Zauber mit Stumpf und Stiel aus der Welt schafft...« Er presste seine große, knochige Hand zusammen.

»Und warum sollte den Brief nicht jemand, der von hier ausbricht, dem Offizier des nächsten Forts übergeben?«

»Weil er dann durch hundert Hände ginge. Und in vielen Forts Afrikas dienen strafversetzte Offiziere mit einem schwachen, manchmal sogar verkommenen Charakter... Und... Nun... Ich fürchte, sie haben selbst in den höchsten Riegen ihre Komplizen... Der Betrug ist so groß angelegt, sie haben so viel Geld... Ich kenne in der ganzen Republik nur zwanzig Männer, denen ich meinen Bericht ruhigen Gewissens übergeben könnte.«

»Schade«, bemerkte Alfons Nobody, »dass es so wenige sind.«

»Ja, sehr schade.«

»Ich fürchte, dass ich nicht zu den zwanzig Anständigen gehöre, genauso wenig wie diese beiden Figuren, mit denen mich das Schicksal geschlagen hat, dass sie mir ständig am Hals hängen.«

Was wollte er damit sagen? Eine Unverschämtheit!

»Was wollen Sie damit sagen?«, wunderte sich auch der General.

»Nun, wir würden gerne versuchen, den Brief nach Marokko zu bringen. Oder, Jungs?«

»Warum nicht?«, sagte der Vierschrötige achselzuckend, und seine verunstaltete, rote Nase zuckte verächtlich. »Unsere Aussichten sind gleich null, der Feind in der Überzahl, gegen uns der Urwald und die Sahara…«

»Es ist so egal, wohin man geht«, bemerkte ich geistreich und verwegen zugleich.

»Schauen Sie«, sagte der General. »Wenn Sie scheitern oder unterwegs gefangen werden, so dass der Schwindel ausgerechnet durch meinen Bericht auffliegt, dann wäre das ein großer Schlag für mich.«

»Mademoiselle Duron«, antwortete Alfons Nobody, »war so freundlich, uns mit den Drei Musketieren zu vergleichen.«

»Mich vor allem«, bemerkte ich bescheiden.

»Wer sind die Drei Musketiere?«, fragte Potrien. »Ich kenne jeden alten Soldaten in der Kolonie.«

Armer Potrien. Was wusste schon so ein alter Sergent von der Literatur? Er hatte keine Ahnung, dass die »Drei Musketiere« ein uralter Schwank ist! Sicher schon vierzig Jahre alt.

»Die Drei Musketiere«, sagte Alfons Nobody, »haben

dem Herzog von Buckingham einen Diamanten geraubt. Sie haben ihr Leben riskiert, und sie durften den Verfolgern nichts von ihrem Vorhaben erzählen.«

»Also bitte, solche Dinger haben wir auch schon öfter gedreht«, winkte der alte Routinier Hopkins ab. »Unter Lebensgefahr haben wir einen berühmten Funkelstein von allerhöchstem Charakterschliff abgestaubt, und Taschenuhren noch dazu, und wir durften den Verfolgern nichts von unserem Vorhaben erzählen. Nebenbei bemerkt, sie haben es trotzdem geahnt…«

…Der Morgen dämmerte. Ein regungsloses Stück des gräulichen Firmaments blickte mit unendlich geheimnisvoller Gleichgültigkeit durch das zerrissene Moskitonetz des Fensters. In allen Richtungen rührten sich winzige Beine… In den Ecken, auf dem Strohdach… Und unsere Kleidung war klatschnass… Obwohl die Nacht heiß gewesen war, ohne einen Tropfen Regens. Aber in der Luft schwebte die schleimige Hitze des Schimmels, der das Leinen durchtränkte… Hier war jeder dritte, vierte Atemzug ein schwerer Seufzer, aber der unsichtbare Stein wollte sich doch nicht vom Brustkorb wälzen. Der General stützte den Kopf in beide Hände. Seine eingefallenen Schläfen waren von feinem Elfenbein, der Patina des Todes. Er wischte sich die feuchtkalte Stirn ab und seufzte.

»Sie glauben, Sie können entkommen?«, fragte er schließlich.

»Ein Kinderspiel«, erwiderte Nobody. »Hier finden sich genug gute Bretter für ein Floß. Gegenüber dem Fort gibt es auf der anderen Seite des Kongos nur den Urwald. Die hintere Wand der Hütte wird uns hinübertragen, aber gegenüber den Krokodilen müssen wir ein wenig entschlossen auftreten. Und dann nichts wie auf und davon, in den Norden, immer am Fluss entlang.«

»Dass … mir das nicht eingefallen ist! Ein Floß …! Aber natürlich! So machen wir's.«

»Mit Verlaub, Herr General, Ihr augenblicklicher Zustand eignet sich nicht für eine derartige Reise. Sergent Potrien bleibt hier bei Ihnen, damit Sie nicht allein sind.«

»Nicht so schnell mit den jungen Pferden!«, meldete sich der Sergent zu Wort. »Ich werde doch wohl eine kleine Truppe besser befehligen als dieser spanische Eintänzer!«

»Verstehen Sie doch, Herr Sergent«, sagte Hopkins sanft, »ab einem gewissen Alter …«

»Hören Sie mal zu, ich schmier Ihnen gleich eine«, fuhr ihn der Alte an.

»Die Sache verhält sich so, *mon chef*«, sagte der General besänftigend, »dass diese drei Männer sehr aneinander gewöhnt sind. Sie verstehen sich nun mal bestens.«

»Ich weiß«, nickte Potrien traurig. Tatsächlich hatte er am eigenen Leib erfahren dürfen, dass wir einander bestens verstanden.

Der General zögerte noch.

»Sie wollen es im Ernst unternehmen, den Bericht nach Marokko zu Regierungskommissar De Surenne zu bringen?«

»Eure Exzellenz gibt den Befehl, und wir führen ihn aus oder sterben«, stellte ich in reserviert pathetischem Tone fest. »Auch wenn unsere Aktivitäten zuweilen gerichtliche Folgen hatten, so haben wir uns als Soldaten doch immer bewährt.«

»Das denke ich auch …«, pflichtete mir der General mit wohlwollendem Respekt bei. »Und jetzt … ruhen wir ein wenig …«

2.

Schon früh am Morgen waren die Strahlen der Sonne so heiß, dass man ihnen aus dem Weg ging, so gut es ging, und die Hüttenwände gaben den Dampf der während der Nacht aufgesogenen Feuchtigkeit – vermischt mit eigenartigen Gerüchen – wieder von sich, so dass wir von krampfhaften Hustenanfällen gequält wurden.

Leider war der Großteil des Holzes morsch, aber wir fanden auch brauchbare Bretter und lagerten sie im Nebenraum. Dann legten wir uns nach der anstrengenden Nacht auf den Boden. Unsere blutig gebissenen Körper waren gegen die Insekten unempfindlich geworden, aber die Spinnenbisse entzündeten sich zu geschwollenen, blauen Wunden und brannten lange. Voller Schweiß und keuchend schliefen wir dann doch ein …

Es waren die groben Tritte des Türkischen Sultans, die uns weckten.

»He! Ihr Lumpenpack!«, brüllte er. »*Faites vos jeux!*«

Um ihn standen einige Soldaten, weiter weg Yvonne, ein wenig erschrocken, und noch weiter abseits Lewin, der arg zugerichtet aussah.

»Das Mädchen und dieser Kerl bleiben hier«, zeterte der undurchsichtige Sultan.

Um das Gesicht nicht zu verlieren, versetzte er Hopkins einen Tritt, und dieser warf ganz diplomatisch aus gleichem Grund einen Tisch nach ihm. Der gute, alte Delle half dem Türken eben nach Kräften, unsere Gegner in Sicherheit zu lullen. Die Soldaten standen zu viert da, aber Potrien hielt sie mit seiner Pistole in Schach:

»Wer nicht sofort verschwindet, den erschieße ich. *En avant!*«

Sein Gesicht war rot, und sein dünner Schnurrbart stand wie ein aufgepflanztes Bajonett angriffslustig auseinander. Der alte Potrien war trotz all seiner Grillen ein ganzer Mann, daran war nicht zu rütteln. Die Soldaten verließen die Hütte.

»Sie vertrauen mir wie einem richtigen Betrüger«, sagte

der Sultan triumphierend, obwohl ihm Stirn und Gesicht bluteten.

»Musst du das ständig unter Beweis stellen? Reicht es nicht, dich zu sehen?«, fragte Alfons Nobody. Dann stellte er den Türkischen Sultan dem General vor: »Monsieur Boulanger, der Türkische Sultan, unser verdächtiger Freund.«

Der General, der bis jetzt neben seiner Tochter gestanden hatte, legte einen Arm um die verängstigte Yvonne und trat vor den Türkischen Sultan.

»Sie sind … keiner von denen?«

»Nicht mehr … Ich gestehe, ich bin nach Igori gekommen, um meine Schäfchen ins Trockene zu bringen, aber jetzt sehe ich, dass ich Ihnen helfen muss, was leider nicht so einträglich ist.«

»Warum hat man Sie und Lewin hergeschickt?«, fragte Alfons Nobody das Mädchen.

Da begann Lewin zu jammern:

»Entschuldigung! Hier wird nicht gut gekocht, wie ich anfänglich dachte, als ich völlig ausgehungert ankam. Also warf ich dem Koch eine ungenießbare Kartoffel an den Schädel, und ich denke, er ist noch glimpflich davongekommen. Er wollte sich trotzdem rächen und belauschte mein Gespräch mit Mademoiselle Duron.«

Der Sultan übernahm das Wort:

»Aber ich belauschte ihn auch. Ich bohrte nämlich ein Loch durch den Boden meines Zimmers. Unter mir befindet sich doch das Vorzimmer des Hauptmanns. Heute wartete dort der Koch und verriet einem Freund, Lewin mache gemeinsame Sache mit Fräulein Duron und den drei Spionen auf der Insel, und er werde sie anzeigen. Da rannte ich gleich zu Lewin. Der Arme musste es büßen. Ich habe ihn verprügelt. Sonst wäre ich auch in Verdacht geraten.«

»Sie sind mir so oder so nicht geheuer«, sagte Potrien barsch zum Sultan.

»Was wollen Sie?«, fragte dieser beleidigt. »Müssen Sie denn nicht alle untätig herumsitzen?«

»Wir können dir nichts nachweisen«, sagte jetzt Alfons Nobody, »und wir haben auch nichts zu verlieren. Wie auch immer, wir müssen dir vertrauen. Es geht um eine wichtige Meldung des Generals, die wir befördern wollen, koste es, was es wolle.«

»Ich pfeife auf dich, du blasierter Adonis! Ich bin immer meine eigenen Wege gegangen, und tue es auch jetzt. Ich könnte ja den Brief mitnehmen …«

»Hör zu, Türke! Ich will dir vertrauen. Wir stemmen die hintere Wand der Hütte heraus und fliehen auf einem Floß. Ich glaube, dass ich auf Sie zählen kann, Lewin.«

»Meine Herren, ich gehe mit Ihnen bis zur Hölle, wenn es sein muss. Die Kost hier kann man sowieso nicht essen. In Manson hat man einfach nur schlecht gekocht. Das halte ich noch aus. Aber hier werden die feinsten Gerichte verdorben, und daran muss man sterben. Gestern hat man ein Wiener Schnitzel von hundertfünfundvierzig Gramm …«

»Das reicht!«

»Ja, das reicht, aber die Panade roch schlecht.«

Der Türkische Sultan gab Lewin einen Tritt, aber diesmal war es bitterer Ernst.

»Wir gehen ans Ufer«, fuhr Alfons Nobody fort, »und werden uns vom Oberlauf des Kongo zur Sahara durchschlagen.«

»Hm … das klingt nicht schlecht«, überlegte der Sultan.

»Kannst du uns Waffen, Kompass und Proviant beschaffen?«

»Nichts einfacher als das. Diese Banditen kümmern sich nur um ihren Bauch. Mir wird schon was einfallen.«

»Du kommst also mit?«

»Ich gehe meinen eigenen Weg, das wisst ihr.«

»Ich vertraue Ihnen auch meine Tochter an«, sagte uns der General. »Meine Menschenkenntnis würde mich das erste Mal täuschen, wenn sie bei Ihnen schlecht aufgehoben wäre.«

»Solange ich lebe, Exzellenz«, antwortete Alfons Nobody mit auffallender Begeisterung, »darf niemand auch nur ein freches Wort an Ihre Tochter richten.«

»Und ich! Ich würde es mit einer ganzen Meute sadistischer Vampire und heulender Werwölfe aufnehmen, um sie zu beschützen«, sagte ich mit jenem untrüglichen Spürsinn für eine dramatisch gedämpfte Farbgebung, wie sie sich nur bei geistesmächtigen Dichterfürsten findet.

»Sparen wir solche Szenen für später auf«, unterbrach mich Hopkins taktlos wie immer. »Wir müssen morgen Nacht auf den Weg.«

»So ist es!«, pflichtete ihm der Türke bei. »Sie erwarten eine Materiallieferung. Da herrscht immer viel Trubel, so dass man gar nicht auf euch achten wird. Tschüss!« Und er ging seines Weges.

»Warte«, sagte ich, »das gegenseitige Vertrauen stützt sich …«

Ich tätschelte ihm die Wange, und die Soldaten, die draußen auf ihn warteten, duckten sich, um seinen Flug nicht zu behindern. Die Tür der Hütte konnte man leicht wieder einsetzen. Vor allem aber war es eine Wohltat, dass wir den Türkischen Sultan regelmäßig und ohne Gewissensbisse verdreschen durften.

3.

Nachmittags mühten wir uns mit dem Floß ab: Wir banden die Bretter aneinander und befestigten sie auch mit Nägeln, die wir an allen möglichen Stellen herausgezogen hatten. Ich muss zugeben, das Ergebnis war nur ein kümmerlicher Abkömmling der Arche des großen Patriarchen Noah, aber bis zum anderen Ufer waren es nur wenige Meter. Vielleicht würden wir es schaffen, trotz der ungezähmten Strömung und tückischer Felsklippen ...

»Was machen Sie, wenn Ihr Türkischer Sultan kein Proviant und vor allem keine Landkarte beschaffen kann?«, fragte Yvonne besorgt.

»Wir gehen auf jeden Fall!«, antwortete Nobody und blickte das Mädchen mir strahlenden Augen an.

Glaubt er wirklich, er kann mir diese hoch kultivierte Rassefrau abspenstig machen?

»Ich will Ihnen eine Karte zeichnen«, sagte der General lächelnd. »Ich kenne das Gelände hinlänglich. Wir müssen es aus eigenen Kräften versuchen. Denn wenn Sie es noch nicht wissen: Ich bin ein zweiter Graf von Monte Christo.«

Also war der Name Duron auch nicht echt? Oder aber war Monte Christo der Name, und Duron nur ein Adelstitel wie Vicomte? Ich stellte keine Fragen diesbezüglich, denn ein universal gebildeter Autor sollte sein Unwissen besser für sich behalten.

Abends war das Floß so gut wie fertig. Yvonne unterhielt sich mit Alfons Nobody, und ihre Augen leuchteten. Ich hatte das Gefühl, dass sie sich nach mir erkundigte. Ich befleißigte mich, sie mit einem traurig verschleierten, interessanten Gesichtsausdruck anzuschauen, aber dieses Rindvieh von Delle Hopkins, der neben mir herumhämmerte, schlug mir zufällig so auf den Daumen, dass ich aufschrie:

»Du Hornochse! Willst du die Hand eines empfindsamen Schriftstellers zertrümmern?!«

»Geschieht dir ganz recht«, erwiderte er ohne jede Empfindsamkeit. »Was glotzt du durch die Topografie wie ein altersschwaches Kamel auf Freiersfüßen?«

Sollte ich mich mit so einem abgeben? Jetzt fing er schon an, die Zigarrenstummel des Generals in seiner geliebten Fernglastasche zu sammeln. Und er kaute sie! Welche Kulturstufe kann so eine miese Promenadenmischung schon aufweisen? Er rühmt sich, ein schwerer Junge zu sein, und weiß nicht einmal, dass ein besserer Herr keine Zigarrenstummel aufhebt, oder wenn doch, so nicht zum Kauen, sondern zum Rauchen?! Übrigens war ich der Meinung, dass er eine besorgniserregende Manie mit diesem Lederbehältnis entwickelt hatte. Den ganzen Tag beschmierte und polierte er es mit Fett, als ob er zu einer Parade wollte. Lewin ließ er nicht in seine Nähe, seitdem dieser geprahlt hatte, dass er aus einem fein gegerbten Zierleder im Notfall ein passables Ragout kochen könnte. Denn bei Lewin waren die Geschwüre seines Lebenslasters wieder aufgebrochen.

»Wer sind Sie«, fragte ihn der General, als er sich zu uns setzte.

»Herr General«, antwortete er pathetisch, »ich bin Lewin ... Persönlich!!!«

»Hm ... Tatsächlich? ...« Dem wohlerzogenen General war es ein wenig peinlich. »Ja, ich glaube, ich habe schon von Ihnen gehört ... Aber ich kann mich gerade nicht genau entsinnen ...«

»Ich freue mich, dass Sie mit mir zu scherzen belieben, Herr General«, sagte der andere mit dem Lächeln eines verhöhnten Martyrers.

Seine Exzellenz blickte uns verwirrt an. Er schämte sich wirklich, Lewin nicht zu kennen.

»Wie soll ich sagen … Es dämmert mir etwas, aber trotzdem … wenn Sie mir helfen könnten.«

»Nur zu, meine Herren!«, wandte sich nun Lewin selbstgefällig zu uns. »Wollen Sie Seiner Exzellenz nicht verraten, wer Lewin ist?!«

Wir waren ratlos. Schließlich sprang Potrien hochrot fluchend auf die Beine und schrie Lewin ins Gesicht:

»Sagen Sie uns doch endlich, wer Sie sind, Sie … Sie … verkrachter Schimpanse, Sie! Nehmen Sie endlich zur Kenntnis, dass kein räudiger Hund einen blassen Schimmer davon hat, wer Sie sind! Und ehrlich gesagt ist es mir auch schundegal!«

»Ihre Häme trifft mich nicht, *Monsieur l'officier.* Neid bin ich gewohnt«, antwortete Lewin mit einem verächtlichen Lachen und strich sich die grauen Locken nach hinten.

Ab diesem Augenblick sprach er nicht mehr mit uns, sondern kauerte in einer abgelegenen Ecke, wandte hochmütig den Kopf ab und schwieg. Nun schien alle Chance vertan, jemals zu erfahren, wer dieser geniale Mann war.

Wir mussten uns im Nebenraum hinlegen, da die Flamme des Talglichts die Mehrheit der Insekten in die Hütte gelockt hatte, und wir waren schon alle ganz blutig gebissen. Nebenan flüsterten der General und seine Tochter miteinander. Ich konnte nicht schlafen. An die Insekten hatte ich mich irgendwie gewöhnt, aber Yvonnes Gesicht schwebte mir in der Dunkelheit ununterbrochen vor Augen. Wie hatte sie in ihrem zweiten Brief geschrieben? »… Würde mich dieser große Autor seiner würdig erachten? … Was für ein interessanter Mann er sein muss … Wenn ich endlich seine feste Pranke drücken darf …«

Alfons Nobody konnte auch nicht schlafen.

»Was hast du?«, fragte ich ihn flüsternd.

»Nichts, Keule …«

»Sag … Hat sie über mich gesprochen?«

»Wer?«

»Yvonne.«

»Nun … gesprochen schon.«

»Was denn?«

»Dass … du ein netter Junge bist.«

»Was noch?«

»Was noch? Dass du süß und enorm liebenswürdig bist! Aber lass mich jetzt schlafen, Keule, sonst hast du bald 'ne Beule im Kanister.«

Du kannst toben, mein guter Bub. Ich weiß, woher der Wind weht … Sie liebt mich, und keinen anderen! Wen wundert's?

4.

Bis zum Morgen war die Landkarte fertig – eine ausgezeichnete Arbeit. Der General hatte, den Insekten zum Trotz, die ganze Nacht über bei Talglicht gearbeitet.

»Bei diesem Pfeil hier können Sie leicht über den Kongo. Von dort ist es nur ein kurzer Dschungelpfad zur Oase Nemas-Rumba am Südzipfel der Sahara.«

»Prächtig, Exzellenz!«, staunte Alfons Nobody. »Sie sind ja ein richtiger Monte Christo!«

»Wer ist der Mann, dass man ständig von ihm labert?«, erkundigte sich Delle Hopkins.

Ach, dass man aber auch so primitive Tölpel zu seinem Kumpelkreis zählen muss! Einfach beschämend …

»Monte Christo war auf der Burg If gefangen«, erklärte Yvonne.

»Wo liegt diese Garnison?«, fragte Potrien.

»Direkt vor Marseille, auf einem kahlen Felsen im Meer. Monte Christo schmachtete dort zusammen mit einem alten

Abbé, der in seiner Zelle alle möglichen Dinge anfertigte. Er schrieb auf seinen Bettlaken, und aus einem Bettfuß fertigte er einen Meißel ...«

»In Sing-Sing kann so etwas nicht vorkommen«, belehrte ich sie. »Dort muss man die Einrichtung pfleglich behandeln.«

»Diese Geschichte hat sich vor vielen, vielen Jahren abgespielt«, belehrte mich Yvonne sanft.

»Wird schon stimmen, das mit Sing-Sing«, nickte Delle Hopkins. »Der neue Direktor hat mit dem alten Schlendrian aufgeräumt. Und was wurde aus den beiden Knastbrüdern von If?«

»Als Abbé Farria starb, kroch Monte Christo durch einen selbst gegrabenen Tunnel in die Zelle seines toten Freundes und stellte sich tot. Da nähten ihn die Wärter in einen Sack und warfen ihn ins Meer. Er aber zerschnitt das Leinen und schwamm in die Freiheit.«

Ich erinnere mich, als ob es gestern gewesen wäre, wie ich damals haarscharf kombinierte, dass es sich um den Vater des Generals handeln musste, den alten Monte-Duron ...

»Und jetzt«, sagte Alfons Nobody, »werden wir hier an den grausigen Gestaden des Kongos die alte Geschichte wieder aufleben lassen. Der Herr General wird nach seiner Befreiung erzählen, wie er aus dem Leichentuch seines Freundes, dem er diese letzte, luftige Wohnstatt entliehen, in die Freiheit entkam. Und dann wird er zur Strafe schreiten!«

Jetzt redet dieser Nobody auch schon so geschwollen daher. Na ja ... Und ist er ganz von Sinnen? Will er denn diese alte Räuberpistole fröhliche Urständ feiern lassen? Der General entkommt dem Leichentuch? ... Soll er etwa in einem Sack in den Kongo fliegen? Da wird er doch glatt von den Krokodilen zerfleischt ... Blödsinn! Ich hätte gerne noch mehr über den seligen Monte-Duron erfahren, dachte aber, der General spricht sicher nicht gerne darüber, dass sein alter Herr an der Côte d'Azur eingelocht war. Besser keine Fragen stellen, oder? Aber die Sache mit dem Sack wollte mir doch nicht aus dem Kopf. Delle war anzumerken, dass er die Affäre genauso missbilligte wie ich. Er kam zu mir.

»Hältst du es für richtig, den alten Offizier den Krokodilen zum Fraß vorzuschmeißen?«, fragte er mich empört.

»Absoluter Schwachsinn. Warum nur hat Nobody den Plan geändert? Dass wir mit dem Floß fliehen und den General bei Potrien zurücklassen!«

»Meine Rede, kurzer Sinn! Den feinen, alten Herrn in den Fluss werfen... Eine Schande ist das! Und wohin zum Kuckuck soll er auf dem Kongo schwimmen?«

»Von den grimmigen Amphibien dieser grausigen Gestade gar nicht zu reden.«

»Ich glaube«, sagte Lewin, der neben uns saß, »dass ich den Plan verstehe. Der General ist sicher schwerkrank und appetitlos, und sie wollen nicht, dass er leidet. Deshalb haben sie ihm diesen Unsinn eingeredet. Sie wollen ihn in seinem Sack sanft in die ewigen Schlemmergründe wiegen.«

Jetzt war alles sonnenklar. Logik ist eben die Abschussbasis des Intellekts. Ach, dass mir aber auch immer, selbst mitten in existenzschwangeren Situationen, so schöne Sentenzen einfallen...

»*Sacrebleu...*«, brummte plötzlich Potrien, der am Fenster stand. »Was sucht denn der hier?«

Wir blickten auf die öde Landschaft hinaus... Ein Boot entfernte sich gerade von der Insel. Anscheinend saß der schmale Korporal darin.

»Wenn er gelauscht hat, sind wir verloren«, sagte Alfons Nobody.

»Ich nehme an, er hat uns das Essen ein wenig früher als sonst gebracht«, beruhigte uns der General.

Tatsächlich stand die Kiste mit unseren Fressalien auf der Schwelle. Dann war ja alles in Ordnung.

»Es ist an der Zeit, uns bereitzumachen«, ermahnte uns Potrien.

Also machten wir uns eilig an die Arbeit. Es dämmerte allmählich. Wir mussten jetzt die Hinterwand der Hütte abnehmen, weil wir das Floß nur an dieser Stelle zu Wasser lassen konnten. Alfons Nobody stemmte sich gegen die Wand, aber schon sprang die Tür auf, und ein Trupp Aufseher unter der Führung des Einäugigen rannte herein und stürzte sich auf uns. Ich muss gar nicht erwähnen, dass wir uns hart zur Wehr setzten. Potrien bekam einen Balken an den Kopf... Hopkins packte zwei Kerle, mähte mit ihnen acht andere um und schlug dann mit jedem zur Verfügung stehenden Gegenstand auf den Rest ein. Ich konnte nur eine Bank ergattern, aber Alfons Nobody brachte die hintere Wand der Hütte... Vergebens! Sie waren zu viele, und es kamen noch mehr. Yvonne wand sich schreiend in den Klauen des zynischen Zyklopen... Nach einem kurzen Kampf lag Nobody hilflos auf dem Boden, und sie fesselten auch das Mädchen. Dann kamen der Hauptmann, der Einäugige, der Oberingenieur, der kleine Magere und... Der Türkische Sultan!

»So, ihr Mistkäfer«, herrschte er uns an, »ich werde euch helfen zu fliehen! Wie versprochen! Herr Hauptmann, General Duron hat einen versiegelten Brief bei sich, den sie rausschmuggeln wollten.«

Er zog dem General den Brief aus der Tasche und gab ihn dem Hauptmann! Oh, ich würde mein Leben dafür geben, wenn ich meine sensible Poetenhand dem Türkischen Sultan um den dünnen Geierhals mit der riesigen Adamsknolle legen könnte!

5.

»Und jetzt muss man sie totschießen wie tollwütige Hunde!«, geiferte der einäugige Unhold.

»Ich entscheide hier! Verstehen Sie?«, sagte der Hauptmann ruhig und musterte ihn kühl.

Der andere verstummte. Offensichtlich wusste der Hauptmann seine Autorität zu wahren.

»Gestern habe ich sie wieder schön verkohlt«, grölte der Türke vor Wohlgefallen. »Ich markiere ihnen jedes Mal den Spießgesellen und dass ich sie nur zum Schein bespitzle … Und schon verraten sie die Flucht und den Brief!«

Ich wäre vor Wut fast geplatzt!

»Zuerst will ich den Brief lesen«, sagte der Hauptmann nervös. Er riss den versiegelten Umschlag auf und überflog die Zeilen. Dann lächelte er geringschätzig:

»Glauben Sie wirklich, Herr General, das könnte uns schaden? Ich hätte Sie für gefährlicher gehalten. Selbst wenn es Ihnen gelungen wäre, diesen Brief überbringen zu lassen, hätten Sie nichts damit erreicht. Wir müssten dann lediglich Sie und einige verdächtige Spuren verschwinden lassen. Nein. Dafür lasse ich Sie nicht erschießen. Es genügt vollkommen, wenn ich das Floß beseitigen lasse. Es gibt in dieser Hütte keine brauchbaren Bretter mehr.«

… Das Floß schafften vier Soldaten fort und warfen es in den Fluss, womit jede Aussicht auf Flucht dahin war … Und ausgerechnet der Türkische Sultan! Wenn ich ihn nur zu fassen bekäme! Ich hatte keine anderen Wünsche mehr …

»Gehen wir«, sagte der Einäugige zum Hauptmann. »Sie wissen, dass man mit dem Material wartet.«

»Ich werde aufpassen wie ein Schießhund«, sagte der Türkische Sultan. »Herr Hauptmann, es geht um mein Leben. Wenn einer dieser Gangster auch nur für einen Augenblick freikommt, dann bringt er mich auf der Stelle um … Dieser Zieraffe mit dem losen Mundwerk hat mich gestern angegriffen! Jetzt zahle ich es ihm heim! *Rien ne va plus, Messieurs!*«

Er gab mir einen Tritt, dass es nur so bebte. Der Hauptmann zog ihn zurück:

»Ich verabscheue Tätlichkeiten, das sollten Sie wissen, Boulanger! Sie bleiben bei den Gefangenen. Sobald wir mit dem Ausladen fertig sind, sende ich Ihnen bewaffnete Wachen, und diese Gentlemen werden dann keinen Augenblick mehr allein bleiben.«

»Die drehen uns noch mal den Hals um, Sie werden sehen!«, murrte der Einäugige.

»Ach was, *old darling,* Sie sehen ja Gespenster«, beruhigte ihn Pittman.

Der Sultan zog seine Pistole:

»Ich warte hier mit schussbereiter Waffe. Diese Elemente sind gefährlich, gefesselt oder frei.«

Der Hauptmann und der Einäugige eilten mit den Soldaten davon und bestiegen ihr Boot. Wir konnten sie durch die offene Tür sehen.

»Na, wie geht es euch, meine Lieben?«, fragte uns der Türkische Sultan, ganz und gar von sich eingenommen.

Ich wand mich so in meiner Ohnmacht, dass mir das Seil ins Fleisch schnitt.

»Ach, wenn ich mich nur für einen Augenblick befreien könnte!«, keuchte ich vor ohnmächtiger Wut.

Da sah er mich erstaunt an:

»Ja, warum sagst du denn nichts?«, fragte er voller Mitgefühl, legte die Pistole weg, kam zu mir und schnitt das Seil durch …

Verstehen Sie das, geneigter Leser?!

Ich sprang wie ein Tiger auf die Beine und stand da … direkt vor ihm!

»Jetzt … jetzt …«, röchelte ich rachedurstig.

»Jetzt schließ die Tür, weil man uns sonst sehen kann«, sagte der Sultan.

Dann schnitt er allen anderen ebenfalls die Fesseln durch, auch Hopkins und … Alfons Nobody!

Wir standen zu dritt so eng neben ihm, dass er sich nicht rühren konnte. Potrien zog mit zitternder Hand den Revolver.

»Ich fürchte«, flüsterte Alfons Nobody mit einem ganz seltsamen Gesicht, »dass du dieses Mal keine Zeit für Erklärungen haben wirst.«

»Was macht ihr so große Mäuler?«, rief der Sultan in seiner ungehobelten Art. »Glaubt ihr, ich fürchte mich vor euch kolonialen Kleinkriminellen?« Und er holte ein rostiges Küchenmesser aus der Tasche. »Na, kommt nur! Zum Donnerwetter noch mal! *Faites vos jeux!*«

»Du bist das Letzte!«, sagte Hopkins kaum hörbar und wandte sich ab.

»Na, los doch!«, forderte uns der Sultan zum Kampf heraus.

Nun aber traten der General und das Mädchen dazwischen. Alfons Nobody zündete sich eine Zigarette an und blickte kühl aus den Augenwinkeln.

»Ruhe!«, befahl der General.

»Sie sollen nur kommen! Wollen mal sehen! Die sind ja immer so mächtig stark …«

Der Sultan mochte nicht aufhören, uns zu reizen. Delle versuchte, nach ihm zu treten, wurde aber vom General und von Lewin festgehalten.

»Red schon!«, sagte Alfons Nobody.

»Der Lump soll aber nicht reden!«, protestierte Hopkins. »Sonst wird er sich wieder herausreden und ungeschoren davonkommen!«

»Wie ist es, Hopkins, traust du dich nicht?!… Ich will dir zeigen, wer hier ein Lump ist!«

So ein Chaos…

»Ruhe!«, sagte Alfons Nobody kaum hörbar, aber augenblicklich entstand eine Pause. Er flüsterte dem Türken beinahe freundlich zu:

»Na mach schon! Raus mit der Sprache…«

»Aber keiner soll mich einen Lump nennen!«

»Sei endlich still!«, gebot Alfons Nobody. Dann eine Bewegung… Der geschwindeste Blick hätte ihr nicht folgen können… ein Schrei, und er hielt das Messer des Türkischen Sultans in der Hand.

»Rede, aber schnell… sehr… schnell…«

»Was soll ich reden, he?! Gestern Abend schickten sie den Korporal mit einem Boot her, damit er euch nachts belauschte. Das hörte ich durch den Boden meines Zimmers, wo ich ein Loch gebohrt hatte. Wenn ich mich verdächtig gemacht hätte, dann wäre jetzt alles aus. Ich rannte also hinunter und sprach mit Kwastitsch. Dann… ging ich zum Hauptmann hinauf. Man musste Zwirn zuvorkommen, damit er nicht auch noch über mich etwas erlauschte. Ich sagte dem Hauptmann, dass ihr mit mir verhandelt habt, worauf ich zum Schein eingegangen wäre. Ich erzählte von eurer Flucht und vom Floß… Was willst du eigentlich? Wozu immer so viel Trara?«

Alfons Nobody stand vor ihm und schien völlig gelassen. Er hielt sein Gesicht vor den Türkischen Sultan. Silbe auf Silbe artikulierend sagte er:

»Und… der… Brief… Wa–rum hast du den Brief des Ge–ne–rals aus–ge–hän–digt?«

»Denkst du das wirklich?«, entgegnete der Türke und steckte die Hand in seine Hosentasche.

Zum Vorschein kam ein zugeklebter Umschlag mit fünf unversehrten Siegeln…

SIEBTES KAPITEL

1.

Das ... war eine starke Darbietung gewesen. Der General griff erleichtert nach seinem Bericht.

»Das ist er ja!«

Zum ersten Mal in meinem Leben erblickte ich einen überraschten Alfons Nobody.

»Was hast du ihnen denn gegeben?«, fragte er den Sultan.

»Was ich schon bereitgehalten und schnell vertauscht hatte.«

»Und was steht darin?«

»Nichts als die Tatsachen. Kwastitsch hat sie gestern niedergeschrieben. Der General sagt, dass man ihn hier gefangenhält, und dass er es verdächtig findet, dass man die Häftlinge zu milde behandelt. Zwar baut man an der Bahn, aber es arbeiten nur die Schwarzen, während die Häftlinge herrschen und sich's gutgehen lassen. Er bittet um eine sofortige Untersuchung.«

»Das ist großartig«, flüsterte der General. »So wissen diese Gauner nicht, dass ich etwas über die Hintergründe des Betrugs weiß, und sie stecken in der Mausefalle ...«

»Und inzwischen war der Korporal zurückgekommen«, redete der Sultan weiter, »hatte sich aber mit der Enthüllung verspätet. Er hatte natürlich alles gehört, auch dass der General eine Karte zeichnete, und dass Keule von Hopkins die Zigarrenstummel des Generals klaute.«

»Habe ich nicht gesagt, dass wir ihm nicht gestatten dürfen, Erklärungen abzugeben«, tobte Hopkins, »weil wir am Ende noch gezwungen sind, ihm die Hand zu küssen!«

»Ich habe nichts dagegen ...«, sagte der Sultan gnädig.

»Aber wie sollen wir entkommen? Ohne Floß ...«

»Wer braucht hier ein Floß?«, fragte der Türke, steckte sich eine Trillerpfeife aus Bernstein in den Mund und blies mit vollen Backen hinein...

Durch die fehlende Wand des anderen Zimmers war nur das Brausen des Wassers zu hören, aber nun erwiderte jemand den Pfiff mit einem leisen Ruf... Bald erschien ein großes Boot, das mit allen möglichen Dingen beladen war. An den Rudern saß Dr. Fedor Kwastitsch, der Fregattenarzt mit zwielichtiger Vergangenheit. Yvonne quietschte vor Freude und umarmte den Türkischen Sultan. Dieser erfindungsreiche Taschenspieler zauberte uns immer neue Rätsel aus seinem Fundus hervor...

»Ich fürchte nur, mein lieber Pascha, einmal werden deine Erklärungen zu spät kommen«, versicherte ihm Alfons Nobody kameradschaftlich.

2.

Der Türkische Sultan hatte sich in Igori täglich mehr Sachen umgehängt: besagte Trillerpfeife aus Bernstein, eine Karte, einen Kompass aus Silber, einen Feldstecher aus Gold, ein Schmetterlingsnetz aus Seide und selbstverständlich eine noble Fernglastasche. Den Kompass und die Karte gab er uns. Er bot sogar das Schmetterlingsnetz an, aber darauf verzichteten wir.

»Pittmans Bande ist noch mit dem Einladen beschäftigt«, sagte er. »Ihr könnt jetzt die Platte putzen!«

»Was laden sie ein?«

»Sie haben ein kleines Werksgleis von einem schiffbaren Flussabschnitt bis hierher errichtet, und von dort transportieren sie das Baumaterial und alles andere, was aus Matadi geschickt wird. Einmal im Monat kommt diese kleine Bahn...«

»Beeilen Sie sich«, mahnte der General. »Wir dürfen nichts riskieren …«

Potrien zog seine Jacke aus. Der Türkische Sultan legte seine Trillerpfeife, die Karte, das Schmetterlingsnetz und den Fernglasbehälter ab, um ebenfalls Hand anlegen zu können. Hopkins beäugte insgeheim das Schmetterlingsnetz, vor allem aber den Fernglasköcher, denn er hoffte, seine Zigarren zu finden. Aber die Tasche enthielt wirklich nur einen Feldstecher.

Das Boot hielten Potrien und der Türkische Sultan neben der Hütte fest, weil die Strömung ungestüm um sich schlug. Außerdem schnappten anmutige Krokodile nach uns. Der alte General umarmte seine Tochter. Ich stieg als Erster ins Boot. Delle Hopkins nahm, wie besprochen, Potriens Revolver, ja er hängte sich sogar dessen Verdienstkreuz um, und schließlich den streng gehüteten, leeren Fernglasschutz, in dem er die kostbaren Zigarrenstummel des Generals aufbewahrte.

»Schnell, du Faultier!«, brüllte der Türkische Sultan.

Hopkins sprang ins Boot, zuletzt auch Yvonne, dann wurde es losgelassen, und wir kippten in die Seite … Der Türke stand am Rande der Hütte und schob uns mit einer langen Latte in die Strömung hinaus, denn an Rudern war nicht zu denken. Endlich gewann das Boot Schwung …

»Tschüss, alter Knabe!«, schrie der Türkische Sultan, und schlug mit der Latte Delle Hopkins auf den Hinterkopf, dass sie nur so vibrierte. »Und rauch nicht zu viel, mein guter Kumpan! Das lässt die Haut altern!«, beruhigte er den vor Zorn heulenden Delle. Im nächsten Augenblick riss der Kongo das Boot mit sich fort …

3.

Wir legten uns in die Ruder, damit der in seinem engen Bett wie tobsüchtig schäumende Kongo unser Boot nicht in die Mitte schleudern konnte. Wir stießen die Ruder nach beiden Seiten gegen die Klippen, um einer Havarie zu entgehen und das Boot zum Ufer zu lenken. Wie Glassplitter funkelten im Licht des Vollmonds viele panzerschuppige Köpfe, die mitten aus den Strudelringen unvermutet auftauchten und wieder verschwanden.

Die Felsen wurden von erbarmungslosen Gischttürmen bestürmt, und wir sahen wieder einmal entsetzt, dass wir uns auf dem wildesten und widerwärtigsten Wasser der Welt befanden. Eines der Ruder drang in eine Sandbank hinein und zerbrach. Das Boot wirbelte um seine Achse ... Alfons Nobody arbeitete mit dem übriggebliebenen Holz schnell wie ein Blitz abwechselnd nach beiden Seiten.

»Es ist aus«, flüsterte Kwastitsch wie gebannt.

Wenn wir zur Flussmitte treiben ... sind wir erledigt ... Aber wir hatten Glück. Das Boot machte einen Ruck, und ... Wir waren aufgelaufen. Uff!

»Ein Riff?«

»Nein. Wir sind am Ufer. Aber es ist jetzt von der Flut bedeckt«, sagte Alfons Nobody. »In einer Stunde wird sich das Wasser unter uns zurückziehen ...«

»Und das Boot mit ihm ...«

»Wir schieben es hinauf.«

Er stemmte sich in das Ruder und drückte es ins Flussbett. Das Boot krachte ... glitt weiter auf die Sandbank hinauf ... noch etwas ... noch etwas ... Nobodys wohlproportionierte, schlanke Figur erinnerte wieder an eine riesige Katze. Wie aus Gummi schienen seine Muskeln und Gelenke gebaut. Sein Körper spannte sich bei der Anstrengung gar nicht an, sondern dehnte sich nur geschmeidig. Ich kenne keinen vergleichbaren Burschen außer mir … Er setzte sich zurück und wandte sich lächelnd zu Yvonne:

»Wird es Ihnen nicht zu viel?«

»Die Sahara war schlimmer … und heißer.«

»Ich fürchte, der Rückweg durch die Sahara wird noch heißer sein«, antwortete Alfons mit besorgter Miene und tastete seine Hosentasche ab, in die er den großen, versiegelten Umschlag gesteckt hatte. Wir warteten auf die Flut. Die Nacht war unangenehm und heiß. Aus der Richtung des finsteren Urwalds blitzten herrenlose Augenpaare auf, und das Wasser brodelte und gurgelte voll dämonischen Grolls.

Inzwischen hatte Kwastitsch Bekanntschaft mit Lewin geschlossen.

»Erlauben Sie? Ich heiße Dr. Fedor Kwastitsch. Pianist.«

»Sehr erfreut. Ich habe einen Doktortitel der Musikakademie immer hoch geschätzt.«

»Es gibt keine Verbindung zwischen den beiden Titeln. Ich bin Doktor unabhängig von der Musik.«

»Was haben sie studiert, Herr Doktor?«

»Die Zwangsarbeit. Aber nehmen Sie es mir nicht übel: Sie haben sich ja noch gar nicht vorstellen können.«

»Haben Sie Herrn Doktor nicht gesagt, wer ich bin?«, fragte er uns mit einem strafenden Blick.

Hopkins schluckte in seiner Ratlosigkeit.

»Noch nicht. Aber jetzt«, antwortete er kurzentschlossen und sagte zu Kwastitsch: »Das ist Lewin.«

Nun folgte etwas Überraschendes. Kwastitsch sprang mitten im Boot auf die Beine.

»Sie Lewin? Gütiger Himmel, was für ein Glück!«, rief er und reichte dem heruntergekommenen Feinschmecker beide Hände. »Wirklich Lewin? Ist das möglich?«

Mit Tränen in den Augen schüttelte Lewin die große,

sommersprossige, schlaffe Hand des morphiumsüchtigen Arztes.

»Ja! Ja, mein Freund! Ich bin es wirklich … Lewin.«

»Oh! Dass ich das noch erleben darf!«

Und sie umarmten einander … Wie versteinert sahen wir zu. Fedor Kwastitsch kannte das Geheimnis Lewin? War es also doch keine Geisteskrankheit? Lewin war einmal wirklich etwas anderes gewesen als manisch und gefräßig?

»Oh, dass ich Sie hier sehen muss«, klagte Kwastitsch. »Den großen Lewin, von dem ich so viel gehört habe.«

»Ja … leider«, antwortete Lewin und seufzte.

»Und was hat Sie hierher verschlagen, verehrter Meister?«

»*Cherchez la femme.*«*

»Das hätte ich nie für möglich gehalten.«

»Ich auch nicht«, seufzte Lewin, und drückte gerührt die Hand des Arztes. »Meine Karriere hatte einst sehr vielversprechend begonnen, das dürfen Sie mir glauben.«

»Hören Sie, mein Lieber, lebt Ihre liebe Schwester immer noch in Rustschuk?«

»Was für eine Schwester? … Ich bin ein Einzelkind.«

»Wie bitte? … Ja sind Sie nicht der frühere Kostümbildner des Hofballetts von St. Petersburg?«

Mit einem spitzen Schrei stieß Lewin die Hand des gutmütigen Doktors hysterisch von sich. Ein Nervenschock?

»Ja, aber … was für ein Lewin sind Sie denn, werter Herr?«, fragte der Doktor, in seiner Höflichkeit unbeirrt.

»Das reicht …! Sie erfreuen sich an sadistischen Späßen! Aber Sie vermögen es nicht, mich in meinem Selbstbewusstsein zu treffen.« Dann sagte er nichts mehr …

In der Nacht verging die Zeit langsam. Die sauerstoffarme Hitze lastete immer schwerer auf dem Fluss. Das Mondlicht wurde vom Nebel verwischt, und die Silberstrahlen schwebten wie lichtloser Rauch über dem aufsteigenden Dampf.

Wir verbrachten eine spannende Stunde im Boot. Wenn man die Flucht entdeckt, können wir nicht entkommen, und wir sitzen in der Falle. Wir bibberten trotz der Nachthitze von fünfundvierzig Grad. Die Knochen, die Lunge, der Magen froren, es riss uns in den Gelenken, und die Schläfen pochten und ratterten wie ein irrsinniger Gespensterzug …

»Legen Sie Ihren Kopf auf meine Schulter und versuchen Sie zu schlafen«, sagte Alfons Nobody sanft zu Yvonne, und sie gehorchte stumm. Diese ritterliche Geste wäre wohl mein Vorrecht gewesen, aber im Boot konnte man nicht die Plätze tauschen. Das zurückweichende Wasser klatschte laut. Yvonne schreckte aus dem Halbschlaf auf. Alfons Nobody umarmte sie, und das Mädchen legte ihren Kopf wieder auf seine Schulter. Sie schlief ein …

Es dämmerte langsam, und das Boot lag auf dem Trockenen, aber das leichenblasse, wie gelähmt daliegende Ufer war, soweit das Auge sehen konnte, vom abstoßenden, madengleichen Gewimmel der gepanzerten Kaltblüter verseucht … Jetzt hieß es marschieren oder …

4.

Wir beschlossen, am ersten Tag möglichst schnell voranzukommen. Leider konnten Lewin und besonders der riesenhaft dicke Kwastitsch nicht mithalten. Yvonne hingegen war einfach großartig. Ich war zu Recht stolz auf ihre Zuneigung. Sie marschierte in einem so gleichmäßig schnellen Tempo, dass selbst ein verdienter Legionär neidisch sein konnte.

»Ich habe schon immer Sport getrieben«, sagte sie stolz,

* *»Cherchez la femme«, genauer: Suchet die Frau! Wortspiel aus dem Schelmenroman »Lohengrin«, wo der gleichnamige Ritter auf Schürzenjagd geht und sich dann in einen bombastischen Schwan verwandelt. Am Ende singt das glückliche Paar ein Couplet. (Anmerkung des Autors)*

als wir sie lobten. »Hätte sich doch mein armer Francis auch abgehärtet. Aber er wollte nur Dichter werden.«

»Schreiben ist ein knüppelhartes Handwerk, verehrte Mademoiselle«, bemerkte ich – selbst ein Liebling der Musen. »Es erfordert einen ganzen Haufen Kultur, Schweiß und Tinte.«

Mittags wurden wir von einem so heftigen Platzregen überrascht, dass es schon wehtat und einen taub für die Worte der anderen machte. Aber trotzig gingen wir weiter. Lewin stolperte oft und fiel immer wieder hin, weil wir angesichts des dichtes Wasservorhangs wie blind waren, so dass wir auf Schritt und Tritt gegen Bäume und Büsche stießen. Im Marschgepäck fand sich ein wasserdichter Überzug, den wir Yvonne um die Schultern legten. Wir anderen waren bald völlig durchnässt.

»Hunderttausend Pfannen und Schneebesen!«, keuchte Lewin. »Wann wird man die Legionäre mit Regenschirmen ausstatten?«

»Selbst wenn dies möglich wäre, bezweifle ich immer noch, dass entlaufene Häftlinge und besonders ihre zivilen Komplizen auf derlei Vergünstigungen hoffen dürften«, brüllte Kwastitsch gegen die Wassermassen an.

»Ich rede nicht mit Ihnen. Sie sind ein primitiver Spötter«, schmollte Lewin.

»Ich schwöre, ich kenne Sie nicht, und es wäre der schönste Tag meines Lebens, wenn Sie mir Näheres über sich mitteilen würden!«, sagte der Doktor versöhnlich.

»Genug! Entfernen Sie sich aus meiner Nähe! Zwingen Sie mich nicht dazu, Ihretwegen den Dschungel zu verlassen!«

»Das würde ihm so gefallen«, schrie Delle gutgelaunt.

Abends waren wir bei der ersten Flussbiegung angekommen, und der Regen hörte schlagartig auf. Hier begann das Land der fürchterlichen und unerträglichen Gegensätze, die keinen Übergang kennen: Es wird Abend, ohne dass es dämmert, und ein riesiger, schwarzer Dschungeldämon pustet unerwartet die gigantische Kerze am Himmel aus. Wir breiteten unseren einzigen wasserdichten Überzug auf den Boden und verglichen den Plan des Generals mit der Militärkarte des Türkischen Sultans.

»Wir befinden uns ungefähr an diesem Punkt«, sagte Alfons Nobody. »Richtung Norden erreichen wir die Sahara in wenigen Tagen. Es fragt sich, ob man uns aus Fort Lamy verfolgt. Da ist es. Seht ihr? Wenn es uns gelingt, einen Bogen um das Fort zu machen, dann gönnen wir uns bei Nemas-Rumba eine Rast. Dort gibt es keine Garnison.«

»Wir müssen hoffen, dass die Herren von Igori zu viel auf dem Kerbholz haben, um uns suchen zu lassen«, bemerkte ich hellsichtig.

Lewin schnarchte im Sitzen. Kwastitsch hatte wie immer ein gleichgültiges und müdes Mondgesicht. Er seufzte zuweilen, weil es ihn nach Morphium verlangte, an das er sich im Lazarett wieder gewöhnt hatte.

»Wenn sie uns suchen lassen«, meinte Hopkins, »dann haben wir ein kleines Problem.«

»Wir schaffen es trotzdem!«, sagte Yvonne zuversichtlich.

Alfons Nobody war sofort begeistert:

»So ist es. Wir kochen was aus.«

»Drei Eierhälften«, murmelte Lewin im Halbschlaf. »Tourbigo!… Tourbigo!«

… Nach einer dreistündigen Pause marschierten wir weiter. Zu essen hatten wir bei sorgfältiger Rationierung genug für zehn Tage. Wenn uns nur die Kräfte nicht im Stich ließen! Mittags hatten wir die alte Hängebrücke aus Lianen erreicht. Vierzig Meter unter uns raste der Höllenstrom dahin und schrie nach Menschenfleisch.

»Als Erste geht Yvonne. Zwei können nicht gleichzeitig auf die Brücke …«

Yvonne schritt mutig los. Von der Mitte aus blickte sie mit einem bezaubernden Lächeln zu uns zurück. Dann war sie auch schon auf der anderen Seite. Einige Lianen waren gerissen.

»Es wird nicht gehen. Wir sind zu viele!«, sagte der skeptische Hopkins.

Dann ging Lewin mit leicht schlotternden Knien. Bei jeder Bewegung der Brücke fuhr er sich durch die Haare und schrie. Es war beinahe rhythmisch. Er war der erste Mann, den ich so spitz schreien hörte – wie eine überkandierte Diva. Aber die geflochtenen Endstücke der Brücke rissen jetzt nicht mehr. Wie viele Jahre war es wohl her, dass ein Mensch durch diese Gegend und auf dieser Brücke gegangen war?

»Jetzt Sie, Herr Doktor!«, sagte Hopkins zu Kwastitsch.

»Geht nur«, widersprach ihm der Russe. »Ich bin der Schwerste, und wenn die Brücke reißt, dann bleibt das Mädchen allein mit diesem weltberühmten Schwachkopf.«

So ein Junge war dieser riesige, fette, schlaffe Dr. Kwastitsch, der einst als Flottenarzt ein feiner Herr gewesen sein muss. Ein Herr bleibt eben immer ein Herr, oder wie die Engländer sagen: *One gentleman always a gentleman,* auch wenn er im gestreiften Gehrock schon einige Jahre hinter schwedischen Gardinen abgebrummt hat, denn der Knast tut einer edlen Seele keinen Abbruch. (Auszug aus dem Erfahrungsschatz des Autors.)

»Dann geh du«, schlug mir Nobody vor.

»Aber...«

»Ruhe! Dein Platz ist neben Yvonne.«

Da hatte er Recht! Ich ging über die Brücke, gerade, schnell, zielsicher. Leider sah ich von der Mitte, dass sich ein Lianenknoten von der Uferböschung losgerissen hatte... Würden es Delle Hopkins, der Doktor und Alfons Nobody noch schaffen?

Nun kam der Vierschrötige. Er sah genau, dass sich ein Geflecht gelöst hatte, und nur noch fünf, sechs Knoten die Brücke hielten, aber er ging schnaufend weiter, mit dem keck schiefsitzenden Käppi auf dem bierfassähnlichen Kopf. Yvonne stand neben mir, griff nach meinem Arm und starrte zum anderen Ufer.

Gütiger Himmel! Kwastitsch kommt! Alfons Nobody schickt ihn voraus! Er muss drei Wochen marschieren, bis er uns bei einer anderen Brücke treffen kann, wenn unter dem Russen die Brücke nachgibt und mit ihm in die Tiefe stürzt. Gespannte Augenblicke. Wie eine Statue späht ein Antilopenkopf aus dem Laub heraus. Der riesige Doktor kommt … ruhig, stolz, graziös … Die Brücke reißt weiter … Er ist drüben … Aber nun sind nur noch zwei Lianenknoten übrig, und die werden sich in nichts auflösen, sobald ein größerer Schmetterling die Brücke anfliegt …

»Warte!«, rufe ich Nobody zu. »Wir müssen überlegen, und … Nein!«

Er springt … mit riesigen Schritten; eins … zwei … drei … Er fliegt in einem jenseitig schwerelosen Geparden-sprint auf uns zu.

Und schon war er da! Geschafft! Yvonne drückte meinen Arm so fest, dass mein Herz trotz des Überstandenen vor Glück zu rasen begann. Sie liebt mich! Alfons Nobody griff nach ihr, denn sie verlor den Halt …

»Yvonne … Alles in Ordnung …«, sagte er strahlend. »Nehmen Sie sich jetzt zusammen. Das Glück ist auf un-serer Seite und …«

»Davon ein anderes Mal«, unterbrach ihn Delle Hopkins. »Ich will endlich in Marokko sein, in Rick's Café, und ein eiskaltes Bier stemmen …«

Hm … ein eiskaltes Bier!

5.

Wir drangen, den Fluss im Rücken, weiter zum düsteren Herzen des Dschungels vor. Der Kompass zeigte uns den Norden. Alfons Nobody und Yvonne gingen voraus. Wir blieben ein wenig zurück.

»Ich glaube, sie verfolgen uns nicht«, sagte Dr. Kwastitsch und blickte erleichtert zum Fluss.

Delle Hopkins griff in den Lederköcher, von dem er sich natürlich unter keinen Umständen getrennt hätte. Er nahm ein Fernglas heraus.

»Ich sehe mal nach«, sagte er. »Während sich nämlich der Türke von seinen Anhängseln befreite, um mit Potrien zusammen das Boot zu holen, mopste ich seinen Köcher zusammen mit dem Fernglas und ließ ihm den meinen. Das war ich ihm für die Zigarren schuldig!«

Und er hielt das Rohr vor die Augen, grinste aber sofort.

»So ein Angeber! Das Ding hat ja gar keine Gläser. Er hat Blechstücke eingesetzt. Deshalb glänzte es aus der Ferne, wenn er hindurchspähte.«

»Du hast dir den Gucker des Türken angeeignet?«, fragte ich.

»Nur so pro forma, verstehst du.«

»Was?«

»Er sollte denken, dass mein zurückgelassener Köcher der seine war. So konnte ich ihn vertauschen, und das schöne optische Instrument war meins. Dafür durfte er meine gesammelten Stummel haben.«

Abends bekam Yvonne Fieber. Lewin und ich nicht anders. Wir bibberten jämmerlich und sehnten uns so nach Chinin, wie ein zerlumpter Opiumraucher nach seiner gestohlenen Pfeife schmachtet. Denn an Chinin hatte der Türke nicht herankommen können. Unsere Lage war ziemlich haarsträubend… Ich marschierte trotzdem weiter, während Yvonne von Delle Hopkins und Alfons Nobody auf einer improvisierten Bahre aus Tuch getragen wurde, wenn sie nicht mehr weiterkonnte. Lewin ließ seine Sachen fallen, stolperte, sang, und befehligte – außer sich vor Tropenfieber – unaufhörlich ein ganzes Bataillon von Küchenjungen:

»Aufgepasst… eine Pfanne her! He, du Stöpsel, füll den Puter!«

Dr. Kwastitsch bekam den Auftrag, Lewin zu tragen, wenn sich dieser gar nicht mehr auf den Beinen halten konnte. Denn an Rast war nicht zu denken. Ohne Proviant im Dschungel schlägt uns die Totenglocke. Wenn der Herr Doktor nicht mehr konnte, dann packten wir Lewin an den Knöcheln und zogen ihn durch Dornen und Gebüsch, über Gestrüpp und Gestein hinter uns her. Und dazu das Marschgepäck. Aber was soll's! Nur immer vorwärts, und auf den Lippen die schneidige Parole der Legion in Urwald und Wüste:

Marchez ou crevez! Marschieren oder krepieren!

Als wir dichteres Gelände erreichten, begann der Nahkampf gegen die Dornen und Lianen, gegen dicke, schlangengleich kriechende Tentakel am Fuße turmhoher, grotesker Stümpfe dick wie Elefantenbeine, die im ewigen Zwielicht festgewachsen schienen wie verzauberte Zwerge in einem Hexenreich, wohin kein Sonnenstrahl dringt, wo alle Pflanzen alptraumhaft wuchern, sich krausen und winden und einander ohne Skrupel den Atem abschneiden, um über die gelblichen Leichen ihrer feindlichen Schwestern gierig nach oben zu streben, zum erahnten Licht in der Höhe.

Der weiche Humusboden verströmte einen betäubenden Geruch und schien vor unbekannten Insekten und Kriechtieren bersten zu wollen. Zu dritt schlugen und schnitten wir die Lianen, das Gebüsch, die Äste, denn dazu war auch

Dr. Kwastitsch zu schwach. Das war Legionärsarbeit. Und wenn wir den Weg mit blutender Haut und einer mörderischen Anstrengung freigekämpft hatten, dann schleppten wir die anderen mit. Lewin sagte nichts mehr. Auf seinem Gesicht entdeckten wir zwei leuchtend rote Flecken: wie große Farbtupfer, die ein verspielter Harlekin auf einem unsichtbaren Malergerüst von seiner Pinsel in die Tiefe perlen ließ. Lewins schmutzig graues Haar fiel ihm auf die Stirn und verdeckte die dunklen Augenhöhlen. Er röchelte nur noch leise. Auf einer Lichtung hielten wir Rast, und Dr. Kwastitsch untersuchte Lewins leicht geschwollene Knöchel.

»Herzschwäche«, sagte der Arzt. »Ich fürchte, er kann nicht mehr.«

Wie kommt das Herz zu den Knöcheln? War unser musikalischer Morphinist betrunken?

»Dann lagern wir eben hier«, sagte Nobody.

»Und … was wird aus uns, wenn der Proviant ausgeht?«, fragte Delle mit der herausfordernd unbekümmerten Miene eines fetten Großmoguls.

»Was weiß ich?«, gab Nobody barsch zurück. »Sollen wir ihn krepieren lassen wie einen tollwütigen Hund? Er war doch mit uns! Oder etwa nicht?«

»Hm … du hast Recht.«

»Wir brauchen nicht lange zu rasten«, sagte der Doktor leise, während er Lewins Puls fühlte.

»Wie steht es um ihn?«

»Agonie. Prämortaler Zustand. Er ist soweit.«

Hopkins war von einem unbekannten Insekt gestochen worden, und auf seinem feisten Specknacken erblühte ein kolossaler, blauer Knoten. Yvonne lag bibbernd auf der Zeltplane. Alfons Nobody zog ihr die Schuhe aus und massierte ihre Beine. Um uns herum verengte sich das dunkle, unerbittliche Unterholz des Dschungels zu einem bedrückenden, stummen, unbewegten Dickicht …

»Nimm … zehn Gramm … Butter …«, flüsterte Lewin und seufzte stöhnend. »Ich … O mein Gott! … Ich, der große Lewin … habe mir diesmal schön die Zunge verbrannt … Danke schön! …«

In seinen glänzenden Augen spiegelten sich bereits jenseitige Schaugesichter, und dennoch blickte er beinahe vernünftig um sich, während er bitter auflachte.

»Was ist, Kumpel?«, fragte ich ihn mit einem Knödel im Hals.

»*Cher Monsieur!* Es ist nichts! … Der große Lewin … verspeist gerade, was er gekocht hat … Pfui … was für ein angebranntes Leben … Und, Herrgott … zum Dessert wird mir dieses … ranzige Land am Kongo aufgetragen …«

Er sackte zurück auf die Plane und röchelte heftig. Wir gaben ihm zu trinken, sparten nicht mit der schmalen Wasserration, und er trank nach Herzenslust, bis es ihm den Hals hinunterrann. Wir fühlten uns seltsam berührt, sogar Hopkins … Siel mal einer an! Wie uns der schrullige, salbungsvolle Weltverbesserer Lewin ans Herz gewachsen war. Warum eigentlich? Weil er mit uns war … Das ist hier ein großes Wort, bitte schön, wenn wir über einen sagen, dass er mit uns war. Da steckt alles drin …

Irgendwo hoch oben musste das Laub der märchenhaften Baumriesen lichter sein, denn ein Stern spähte zu uns herunter, gleichsam als Antwort auf unsere ängstlichen Fragen: Über uns gab es erhabene, funkelnde und ewig gleiche Phänomene wie diesen Stern! Sicher bewahren sie irgendeinen guten Ausgang, eine glückliche Überraschung für das Ende auf. Wenn schon das Leben so ziellos und öde scheint, und vor allem so schnell zur Neige geht. *Ave, Stern der Meere, Gottesmutter hehre …*

Dr. Kwastitsch zog Lewin die Augenlider hoch. Er leuchtete mit der Taschenlampe hin, dann murmelte er ein rätselhaftes Wort:

»*Metastasis*...« Und er sagte es auch in der anderen Fachsprache: »Sein Lichtchen erlischt...«

Im Morgengrauen begruben wir Lewin an der Biegung des Flusses. Den berühmten, großen Lewin. Und er schien sein Geheimnis ins Grab mitgenommen zu haben, dieses Geheimnis, das er mit einem dünkelhaften Lächeln und dem Stolz eines Erzherzogs hartnäckig verschwieg, wenn wir taktvoll danach fragten.

6.

Fort Lamy konnte nicht mehr weit sein. Wir bemühten uns, die Festung zu umgehen, obwohl unsere Vorräte fast erschöpft waren, und Yvonne immer in Fieber. Mich fröstelte es auch, trotz der drückenden Dschungelhitze.

»Die junge Dame muss nach Fort Lamy, Keule«, sagte Alfons Nobody.

»Das glaube ich auch...«

»Kwastitsch! Sie sind auch schon erschöpft. Bringen Sie das Mädchen nach Fort Lamy. Stellen Sie sich freiwillig.«

»Warum muss ich mich immer einsperren lassen?«

»Man wird Ihnen kein Haar krümmen. Sie ist die Enkelin eines der vornehmsten Herren Frankreichs«, sagte ich stolz. »Sie heißt Yvonne Monte-Duron.«

»Was faselst du da?«, fragte Nobody verärgert. »Wer soll dieser Monte sein?«

»Wenn man den gleichnamigen Vater des Generals ins Meer geworfen hat, dann muss Yvonne doch auch diesen Namen tragen, oder möchtest du das vielleicht bestreiten?«

»Das ist der größte Schwachsinn, der mir je zu Ohren gekommen ist.«

Jetzt verlor auch Delle Hopkins die Fassung:

»Ich habe dieselben Schlussfolgerungen gezogen! Hast du nicht selbst davon gesprochen, als ihr den General beinahe ins Wasser geschmissen hättet, in einem Sack?«

Alfons Nobody schaute uns an, dann sagte er nichts mehr. Es hat anscheinend selbst eingesehen, dass wir Recht hatten. Aber er liebt es nun mal zu streiten und zu belehren.

»Sie wollten den General töten?«, fragte Dr. Kwastitsch entsetzt.

Alfons Nobody begann jetzt aus einem völlig unersichtlichen Grund zu brüllen:

»Wenn ihr mit diesem dummen Geschwätz nicht sofort aufhört, dann könnt ihr was erleben!«

»Du hast es selbst gesagt«, brüllte Delle Hopkins zurück. »Nur weil du mit einem goldenen Löffel im Mund geboren wurdest, brauchst du noch lange nicht jeden für blöd zu halten!«

Nobody ließ uns wortlos stehen. Natürlich war ihm die Sache peinlich.

Weiter, immer weiter ... Wir hauten den Dschungel in Stücke, trugen die schöne Mademoiselle auf unseren Buckeln und stützten Dr. Kwastitsch beim Marschieren. Wie lange würden wir noch durchhalten?

»Halt!«, rief Alfons Nobody. Unsere Lianenmesser standen still. »Da sind Menschen!«

Menschen in dieser Wildnis? Ein Wunder! Aber Alfons Nobodys Augen und Ohren sind überaus feine Instrumente.

»Wartet!«, sagte er und kroch auch schon bäuchlings durch einen Tunnel im Pflanzengewirr. Yvonne sah zu und wollte etwas sagen, aber dieser Alfons Nobody war schnell wie ein Eichhörnchen, oder eher wie ein Leopard. Es vergingen gut zehn Minuten. Das Mädchen presste sich die Hand auf die Brust, wie um ihren Herzschlag zu dämpfen, und blickte in die Richtung, wo Alfons Nobody verschwunden war … Endlich ein Rascheln … Und schon stand der flinke Spanier wieder vor uns.

»Da lagern Soldaten … Eine technische Einheit hält Übungen ab. Sie haben vier Zelte.«

»Na und?«

»Der Herr Doktor und Yvonne werden jetzt zu ihnen gehen.«

»Ich gehe nicht«, protestierte das Mädchen.

»Keine Widerrede! Hier bin ich der General. Der Brief hat absoluten Vorrang!«

Yvonne lächelte:

»Der Brief ist bereits in guten Händen.«

Alfons Nobody griff schnell in seine Hosentasche und zog den versiegelten Umschlag heraus.

»Da ist er!«

»Das ist nicht der Bericht meines Vaters. Während Sie sich zur Abreise bereitmachten, flüsterte mir Monsieur Boulanger zu, er hätte das Original an sich genommen.«

Erstarrt blickten wir uns an.

7.

»Er sagte zu mir«, erklärte Yvonne weiter, während wir gebannt zuhörten, »er wollte am Abend mit einem Kleinzug fliehen, um aus einem der Fischerhäfen am Kongo in sieben Tagen in Matadi zu sein. Aber er wollte nicht mit Ihnen streiten. Wenn mein Vater einverstanden wäre, würde er den Brief befördern, aber nur dann, wenn wir ihm unser Ehrenwort gäben, Ihnen nichts zu sagen. Ich gab mein Versprechen für drei Tage. Die sind jetzt um.«

Alfons Nobody riss den Umschlag auf. Heraus fielen Lewins Kochbuch sowie ein Brief:

Liebe Junks?

*Ich vertraue euch nämlich nicht. Und auch niemandem sonst nicht. Schon einmal habt ihr nicht auf mich gehört. Euch werd ich noch mal tüchtig aufmischen, ihr präpotente Bagage! Keule / dieser eingebildete Schwachkopf / hat schon einmal einen Hund gebaut und ein wichtiges Schreiben weitergegeben: An eine infame, mit allen Wässerchen gewaschene, durchtriebene, teuflische Schickse von einem Vamp. Von daher **ich** jetzt die Meldung des Generals überbringe. Die Eisenbahn ist sicherer als ein Floss. Abends, wenn der Hauptmann und der ½-äugige Menschenfresser poofen. Putz ich die Platte. Mitm Zug. Übern Werksgleis. Na viel Glück! Faites vos jeux!*

Mit ausgefuchster Hoch8ung:
hab euch schön geleimt.

Das war einfach ungeheuerlich!

»Der Sultan sollte nicht so ein Geheimniskrämer sein. Ich wäre einverstanden gewesen«, sagte Alfons Nobody nachdenklich. »Sein Weg ist schneller und sicherer.«

Yvonnes Augen leuchteten auf.

»Ich bin so froh, dass Sie nicht böse sind.«

Dies war nicht ganz zutreffend, kaute doch Hopkins so fest an einem Palmspross herum, als hätte er den Hals des Türkischen Sultans zwischen den gelben Hauern. Yvonne streichelte das stoppelige Kinn unseres verkommenen, kleinen, muskelbepackten Kumpans:

»Schauen Sie, lieber Monsieur Opkins … wir hatten doch keine Zeit mehr für eine weitere Auseinandersetzung … Lieber, süßer Opkins, Sie befördern nicht den Brief, sondern erledigen etwas viel Bedeutenderes … Die Drei Musketiere sind wieder auferstanden, um einer schwachen, unglücklichen Frau beizustehen.«

Hopkins wurde rot, blinzelte aufgeregt und wischte sich den Schweiß von der Stirn.

»Also ... na ja«, stotterte er mit einer heldenhaften Anstrengung, »es ist ja nicht deshalb, aber dieser Türke, der ... hat ja immer schon nebulöse Dinger gedreht ... und ... Dings ...«

Und er begann zu husten, weil er versehentlich ein Stück seines Palmzweigs verschluckt hatte.

»Wenn die Sache so steht«, sagte Alfons Nobody, »kann ich auch eingestehen, dass wir nie große Hoffnung hatten, lebend anzukommen.«

»Keine Sorge!«, sagte Hopkins hustend. »Das war mir von Anfang an klar.«

»Nachdem wir den Brief nicht haben, können wir uns den Soldaten stellen und unser Schicksal abwarten. Ich glaube, wir haben nichts zu befürchten, besonders wenn der Türkische Sultan mit seiner Masche durchkommt.«

»Ich sehe es genauso«, pflichtete ich Nobody bei, nachdem ich kurz, aber reiflich nachgedacht hatte.

»Verraten Sie aber niemandem«, flehte die vornehme Yvonne, »dass ich zusammen mit vier Männern durch den Dschungel marschiert bin. Denn nur ich kann wissen, dass sie von drei edlen Musketieren und ihrem ritterlichen Gefährten beschützt wurde.«

Unser ritterlicher Gefährte, der Herr Doktor, schlief gerade, während ihm sein runder Kopf auf die Brust hing und nach rechts und links baumelte. Wir machten uns ein wenig missmutig zu den Soldaten auf. Der Weg zur Lichtung war ohne Hindernisse. Plötzlich stieß mich Hopkins in die Seite:

»Verstehst du das mit den Muskeltieren?«, fragte er leise.

»Mus–ke–tiere, Hopkins, nicht Muskeltiere, verstehst

du … Hm … das ist so …« Dann platzte mir der Kragen: »Was bist du doch für ein jämmerlicher Kultursyphilister, Delle! Solche Dinge muss man einfach wissen.«

»Diesen Trick hast du vom armen Lewin.«

»Denkst du, ich weiß nichts von den Musketieren?

»Du sagst es, Freundchen.«

»Also gut. Hör zu! Die Drei Musketiere erscheinen in einem Gesellschaftsroman, wo der alte Herr einer salonfähigen Dame ins Kittchen wandert. Drei hübsche Unteroffiziere aus gutem Haus legen daraufhin ihren Sold für Knast und Logik zusammen, so dass der alte Herr wegen guten Aufführens nach Zweidrittelmehrheit der verbüßten Strafe auf freien Fuß und Bewährung entlassen wird, aber er muss sich jede Woche auf der Polizeiwache melden … Dieses bahnbrechende Bühnenwerk der klassischen Moderne ist dir jedoch offensichtlich völlig unbekannt!«

»Wenn du glaubst, deine hoffärtigen Ausreden beeindrucken mich, dann bist du schief gewickelt, Keule«, erwiderte Hopkins. »Das mit den Muskeltieren ist sicher doch nur ein schäbiges Divertissemeng aus einer *Music Hall* in Soho. Haben wir es nicht sogar zusammen im Happy Minstrel aufgeführt, für die Heilsarmee? … Ich möchte nur wissen, was aus den Klunkern wurde, die sie aus London gekidnappt haben, und wem sie die ganzen Taschenuhren untergejubelt haben …«

Plötzlich hörten wir die Stimmen ganz nah, und ein Posten versperrte uns den Weg:

»*Halt! Qui va là?*«

Nach fünf Minuten befanden wir uns in einem der Zelte. Eine kleine technische Einheit hielt anscheinend eine Übung ab, zwei Offiziere waren auch dabei. Auf der Lichtung wurden Kabel verlegt, und man telefonierte von Palme zu Palme. Der Offizier empfing uns gleichgültig. Entlaufene

Sträflinge aus Igori sah man im Urwald immer wieder. Von einer Fahndung war selbst ihm, dem Nachrichtenoffizier, nichts bekannt. Aber Yvonnes Anwesenheit überraschte ihn sehr:

»Wieso ist diese junge Dame bei Ihnen?«

»Ich suchte meinen verschwundenen Bruder, einen Häftling aus Igori«, antwortete Yvonne.

»So?... Sie sind selbstverständlich frei, Mademoiselle. Wünschen Sie Tee? Bemühen Sie sich bitte... in mein Zelt...«

»Ich möchte bei meinen Freunden bleiben, solange es geht...«

»So?... Na, ist mir gleich... Morgen früh werden sie von der Patrouille abgeholt. So lange dürfen Sie zusammen bleiben... Ich will sie nicht bestrafen... Es wird für sie ohnehin kein Zuckerschlecken.«

Wir hätten nicht gedacht, dass unsere Expedition ein solches Ende nehmen würde. Wir wurden in einem kleinen Zelt untergebracht, mit einem Posten vor dem Eingang. Wir bekamen Chinin, Tee, sogar Zigaretten... Aber wir saßen ziemlich traurig herum. Von einem der Bäume erklang eine krachende Stimme:

»Hallo!... Hallo!... Technische Ausbildungseinheit, Korporal Jérôme... Im Auftrag des Adjutanten Simon!... Deserteure aus Igori haben sich gestellt. Wir nehmen sie in Haft. Drei Soldaten, ein Zivilist und ein Mädchen... Adjutant Simon... Wir erbitten eine Patrouille... Ja...«

Wir wussten, spätestens bis zur Morgendämmerung würde die Patrouille da sein.

»Und wenn... man den Türkischen Sultan aus Igori verfolgt?«, fragte ich.

»Sie können ihn nicht mit einem Zug verfolgen, da er den einzigen Kleinzug mitgenommen hat. Er hat freie Fahrt.«

»Und wenn sie telegrafieren? Wenn er durchsucht wird? Dann geht doch die Meldung des Generals verloren!«

Da lächelte Yvonne und sagte beruhigend:

»Der schlaue Kerl hat das Schreiben gut versteckt. In seinem Fernglas! Es hängt im Köcher an seinem Gürtel! Er hat die Öffnungen mit zwei Blechscheiben verschlossen.«

ACHTES KAPITEL

1.

Lieber Leser, Sie können sich unsere Reaktion vorstellen ... Delle Hopkins bekam einen Hustenanfall, gefolgt von einem sehr rabiaten Schluckauf, so dass ihm bei jedem Ruck die Augen aus den Höhlen traten, als würde sie ein böser Kobold im Schädel mit einem Blasebalg aufpumpen. Mir selbst wurde es leicht schwarz vor Augen.

»Was haben Sie?«, fragte Yvonne erschrocken.

Nein! Das heisere Knattern, das wir jetzt zu hören bekamen, war nicht Delles Stimme. Aber es kam trotzdem aus seiner Kehle:

»Das Schreiben«, quakte er. »Es ist bei mir!«

Plötzlich waren wir alle auf den Beinen. Yvonne war kreideweiß. Nur Alfons Nobody war gefasst wie immer:

»Setzen wir uns schön hin. Wir haben ja Zeit bis zum Morgengrauen. Hopkins, nimm dich bitte zusammen und erzähle uns alles.«

Wir hörten uns die Geschichte der Fernglasattrappe mit den eingesetzten Blechscheiben an ...

»Und ... hast du schon nachgeschaut?«

»Nein ...«

Mit zittrigen Fingern holte er den Feldstecher hervor. Vielleicht war es doch nicht so?! Ein dramatischer Augenblick ... Dann lag der Brief vor uns, die Meldung des Generals! Plötzlich war alles totenstill. Wenn wir ihn vernichten, dann machen die Verbrecher mit ihrem bodenlosen Vorhaben weiter, was es auch sein mag. Wenn man ihn bei uns findet, dann gerät ein wichtiges Staatsgeheimnis in unbefugte Hände, und wir haben den Befehl nicht ausgeführt. Yvonne rang verzweifelt die Hände.

»Es ist meine Schuld …«

»Aber nein …«, versuchte Alfons Nobody sie zu beruhigen. »Noch ist nichts passiert. Bis morgen früh können drei Kerle wie wir einiges ausrichten … Wir haben uns schon größere Juxe gemacht, nicht wahr, Jungs?«

Er konnte einem aber auch wirklich Mut machen, und wir begannen wieder zu hoffen. Hopkins' Gesicht wurde wieder menschlich, soweit das möglich war …

»Es fragt sich, ob wir einem Mann so gezielt auf den Schmalztopf hauen können, dass er keinen Muckser von sich gibt«, flüsterte Alfons Nobody.

Hopkins zuckte nervös die Schulter:

»Was sind das für Naivitäten? Ich haue zu, wie du befiehlst, und basta.«

Durch einen Spalt in der Zeltplane sahen wir, dass es dunkel geworden war. Die Soldaten hatten längst zu Abend gegessen und waren nach ihren anstrengenden Übungen in tiefen Schlaf versunken.

»Kamerad«, rief Alfons Nobody hinaus zur Wache, »die junge Mademoiselle fühlt sich schlecht …«

Ein Soldat mit einem großen Schnurrbart und einem schweren Bajonettgewehr trat herein:

»Was willst du?«

Nobody packte ihn am Hals. Seine verhältnismäßig kleine, weiße Hand schlang sich im Nu so eng um den Hals des Soldaten, dass dieser keinen Laut herausbrachte. Stattdessen lief er purpurrot an und griff nach seinem Gewehr … Aber Delles Revolver sauste auch schon auf seinen Kopf nieder. Er sackte zusammen. Dr. Kwastitsch schreckte aus seinem Schlaf auf, erblickte den bewusstlosen Mann und sah uns aus müden Augen an.

»Gehen Sie ruhig …«, sagte er, »ich werde ihn untersuchen und verbinden.«

»Das reicht nicht«, flüsterte Hopkins. »Knebeln Sie ihn auch, wenn Sie ihn schon verarzten.«

Alfons Nobody warf sich das Gewehr, den Gürtel und die Mütze des Soldaten um und trat vor das Zelt, damit der Schein gewahrt wurde, um mich auch einmal dieses abgedroschenen, vom Türkischen Sultan so oft missbrauchten Terminus technicus zu bedienen. Hopkins und ich krochen bäuchlings aus dem Zelt. Alles war dunkel. Irgendwo am Ende des Truppenzelts brannte eine Lampe, und davor erhob sich eine Gewehrpyramide. Hin und wieder gewahrten wir den Schatten eines auf- und abgehenden Postens. Alfons Nobody flüsterte:

»Sobald ich die Wache bewusstlos geschlagen habe, schnappen wir uns die Gewehre!«

Er schritt auf den Posten zu, der den Schatten für den eines Kameraden hielt, so dass er ihm entgegenging. Plötzlich traf ihn ein Gewehrkolben am Kopf … ein Stöhnen, ein Fall … Im nächsten Augenblick stießen wir den Gewehrhaufen um und schnappten uns die Waffen … Es war alles ruhig. Die Soldaten im Zelt waren nicht aufgewacht. Es mussten mindestens vierzehn sein, aber sie waren unbewaffnet, wir hingegen hatten Gewehre.

»Jetzt aufgepasst! Wir dürfen keinen von ihnen töten, aber wenn du einen Kopf siehst … hau drauf!«

»Was hast du vor?«

»Pass auf!«

Mit wenigen Schnitten durchtrennte er die Seile, und die riesige Plane senkte sich über die schlafende Truppe. Nobody rannte fort … Wohin? Es gab keine Zeit zum Nachdenken. Die aufgescheuchten Soldaten schlugen blind um sich, und die Plane wölbte sich hier, dann da, dann dort. Wo sich diese Rundungen erhoben, sausten sofort Gewehrkolben nieder: Hopkins und ich waren am Werk. In der

Panik verfingen sie sich immer mehr in der Plane … Zwei krochen heraus … Ein Tritt … ein Schlag, und schon lagen mindestens acht Männer bewusstlos auf dem Boden. Ein Unteroffizier kämpfte sich mit der Pistole in der Hand frei, gab blindlings einen Schuss ab, war aber im Handumdrehen außer Gefecht gesetzt …

Jetzt waren bereits drei freigekommen, und da kam der vierte, mit einem Bajonettgewehr … Zwei erledigte der Gewehrkolben, einer warf sich auf mich, wir fielen um, aber Alfons Nobody klopfte ihm auf den Kopf … Hopkins mähte mit einem Signalpfahl zwei von ihnen nieder, und …

»Sie sind alle«, keuchte der gedrungene Kerl.

Nach zehn Minuten lagen sechzehn ohnmächtige Soldaten zu unseren Füßen. Der Trick mit der Zeltplane war genial. Und es war nur ein einziger Schuss gefallen. Alfons Nobody zeigte auf einen gefesselten Offizier:

»Er schlief in seinem eigenen Zelt.«

Dieser trickreiche Spanier dachte aber auch an alles!

»Schnell, packt Wasser, Proviant und was sonst nötig ist. Wir haben fünf Maultiere.«

Nun konnten wir mit erstklassiger Ausrüstung weiter. Jede Menge Chinin hatten wir auch, außerdem Verbandmaterial, Hängematten, Zelte – also alles, was eine Einheit der bestausgerüsteten Kolonialarmee in den Urwald mitnimmt.

»Vernichtet den Rest, damit die Verfolger ins Fort zurück müssen«, befahl Nobody. »Das bringt uns einen Vorsprung von vierundzwanzig Stunden ein.«

Wir beeilten uns und luden alles Notwendige auf die Tiere.

»Wirf die Kabel und Drähte nicht weg«, ermahnte mich Hopkins, als ich die Werkzeugtasche von einem der Maulesel abschnallen wollte. »Die lassen sich im Norden gut verkaufen. Wir haben nämlich keinen Sou in der Tasche.«

Das traf leider zu. Also behielten wir die Tasche zusammen mit dem Draht, den Nägeln, den Kopfhörern, dem Werkzeug. Plötzlich kam Yvonne. Sie sah uns völlig entsetzt an, zitterte am ganzen Leib und sprach kein Wort.

»Was ist los, Yvonne?«

»*Monsieur le docteur*…«, stammelte sie mit klappernden Zähnen.

Wir rannten zum Zelt. Da saß unser Herr Doktor Kwastitsch und schlief mit dem Kopf auf der Brust. Links auf dem Hemd hatte er einen großen, roten Fleck… Tot! Der einzige Schuss, der während unseres Überfalls gefallen war, der des Unteroffiziers, hatte den schlafenden Kwastitsch getroffen. Mitten ins Herz! Den riesigen, grauhaarigen, vornehmen »Doktor« hatte ein Heldentod ereilt, der seiner würdig war, und von dem der Schlafende überhaupt nicht geträumt haben wird, als die blinde, dumme Kugel abgefeuert wurde. Oder aber es war eine sehr kluge Kugel gewesen, hatte sie doch einen Mann, der ein besseres Leben verdient hätte, schnell und im Schlaf in eine ganz andere Welt befördert, die unter Umständen viel schöner ist als diese…

»Zum Wahnsinnigwerden…«, sagte ich sehr traurig, da ich diesen feinen Herrn… lieb gewonnen hatte. Meinen Kameraden war es nicht anders ergangen. Er hatte ja einiges mit uns erlebt. Er war immer ruhig und still, immer nobel und höflich.

»Wir begraben ihn«, sagte Alfons Nobody.

Und obwohl es um Leben oder Tod ging und die Patrouille bereits das Fort Lamy verlassen hatte, bereiteten wir ihm ein schönes Begräbnis, nicht anders als Lewin. Wir standen eine Weile still da, während Yvonne betete: *Sainte Marie, mère de Dieu, priez pour nous pauvres pécheurs…* Möglich, dass wir auch etwas murmelten, und die Haut auf Delles stumpfer, roter Nase zuckte, als ob sie ihm juckte…

Wieder war ein Mann von uns gegangen, der zu uns gehört hatte. Er war mir uns!

2.

Da wir regelmäßig Chinin nahmen, und Yvonne auf einem der Maultiere saß, kamen wir nicht nur schneller, sondern auch in besserer Stimmung voran, was nicht zu verachten war! Die Verfolgung bereitete uns ohnehin keine Sorgen. Sie konnten uns nur wenige Männer nachschicken. Aber das Radio war auch ein geeignetes Mittel, um uns den Weg abzuschneiden! Und in der Sahara Fangen spielen mit der Armee? Was waren das für Aussichten? Aber trotzdem vorwärts, komme, was da wolle! Seit unserem Aufbruch waren mehr als zwei Wochen vergangen; nach zehn weiteren Tagen verließen wir den Wald und erblickten aus der Ferne die erste Hügelwelle: die Sahara! Vor uns lag die Wüste, die unmöglichste Etappe unserer Mission.

»Was denkst du, wie kommen wir durch die Sahara bis Marokko?«, wandte sich Hopkins an Nobody.

»Was weiß ich«, antwortete Alfons Nobody lakonisch wie eine betagte Eidechse im Herbst.

»Hast du denn gar nicht darüber nachgedacht?«, fragte ihn Delle psychologisierend.

»Mein Alter, wenn wir in unserem Leben immer darüber nachgedacht hätten, was machbar ist und was nicht, dann würden wir jetzt Krawatten auf der Reeperbahn verkaufen, statt in diesem Weltabenteuer mitzumischen, und wir wären auch nicht Mitglieder der Ehrenlegion, dem nobelsten Verein der *grande nation*. Wir sind wahrscheinlich die einzigen Fremdenlegionäre, die gleichzeitig Ehrenlegionäre sind ...«

Das alles war sehr wahr. Yvonne wandte sich lächelnd zu uns:

»Die Drei Musketiere denken nicht nach.«

Jetzt fängt sie schon wieder damit an!

»Verehrte Mademoiselle, möchten Sie uns nicht sagen, was es mit diesen drei Rekruten, die Sie von Zeit zu Zeit erwähnen, auf sich hat?«, fragte Hopkins nervös, aber voller Selbstbeherrschung, zitternd wie der Vesuv einige Sekunden vor seinem denkwürdigen Ausbruch, den mein großer Zunftbruder Plinius anno dunnemals so farbenfroh beschrieben hat.

»Es sind die Helden eines weltberühmten Romans«, entgegnete Yvonne. »Sie haben für eine Dame ihr Leben riskiert. Es waren Männer wie Sie.«

»Und wo waren sie eingebuchtet?«

»Sie waren nicht eingesperrt, sondern wurden hoch dekoriert.«

»Und sie waren auch vortreffliche Heldentenöre«, ergänzte ich die Erzählung mit einer gravierenden Nuance.

»Behalte deine Bonmots für dich, Keule«, meinte dieser indiskrete Hopkins und wandte sich wieder zu Yvonne: »Und wissen Sie Näheres über die Klunker, die Taschenuhren und die Silbertabletts aus London, Mademoiselle? Wurde die Sache vertuscht?«

»Jetzt hört endlich damit auf!«, brüllte Alfons Nobody ganz gegen seine Art.

Der kann es nämlich nicht leiden, wenn auch andere Leute gebildet sind.

Wir lagerten am Rande des Urwalds im Schutz der Bäume. In der Ferne tauchten die ewiggleichen verwaisten Palmen und elenden Hütten einer Oase auf: Nemas-Rumba.

»Wir müssen versuchen, da hineinzukommen«, sagte Alfons Nobody entschlossen. »Ohne Kamele werden wir es in der Sahara nicht weit schaffen.«

»Einer von uns geht voraus«, empfahl ich mit nonchalanter Überlegenheit. »Wenn es Schwierigkeiten gibt, können die anderen immer noch auf und davon.«

»Ich werde gehen«, sagte Nobody.

»Das verbitte ich mir!«, protestierte Hopkins lauthals. »Spiel du mal nicht den Oberbefehlshaber, Nobody! Hältst du dich vielleicht für so vornehm, dass du einfach vorausgehst?«

»Was sollen wir sonst machen?«

Delle Hopkins nahm eine Münze:

»Wer verliert, darf gehen.«

Er warf die Münze hoch.

»Kopf!«, sagte Nobody, und gewann.

Hopkins warf die Münze wieder in die Luft, und diesmal gewann ich. Ohne ein Wort band der vierschrötige Kerl den Maulesel los, der mit Kabel beladen war, und saß umständlich auf, was das arme Tier mit einer zutiefst besorgten Miene verfolgte.

»Seht ihr dieses gelbe Haus mit den spitzen Giebeln am Rand der Oase?«, fragte der Vierschrötige mit dem Gehabe eines Feldherrn. »Wenn ich dort anhalte und winke, dann ist die Luft rein.«

Hopkins trabte davon. Wir horchten lange nervös … Nun waren die Musketiere nur noch zu zweit. Wenn ihm nur nichts zustieß … Es verging eine halbe Stunde … Beim gelben Haus mit den spitzen Giebeln rührte sich nichts …

»Es sieht nicht gut aus«, bemerkte Nobody leise. Yvonne kaute an ihrem Taschentuch.

»Wenn er in einer Stunde das verabredete Zeichen nicht gegeben hat, dann müssen wir an der Oase vorbei, ohne gesehen zu werden«, überlegte der Spanier.

»Willst du Delle zurücklassen?«, fragte ich erschüttert, da ich so etwas bei Alfons am wenigsten vermutet hätte.

»Ja! Und wenn es sein muss, werde auch ich zurückgelas-

197

sen, und sogar Yvonne. Wenn man hoffen kann, dass einer von uns mit dem Brief durchkommt, dann muss dieser eine den Befehl ausführen, auch wenn es die anderen das Leben kostet. Oder siehst du das anders?«

Er hatte wieder mal Recht.

Langsam verging die Stunde.

»Machen wir uns bereit«, sagte Nobody und stand auf. Sein Gesicht war sehr ernst, aber ohne eine Spur des Zögerns. Nur sein Mund zitterte von Zeit zu Zeit. Wir mussten den armen Hopkins seinem Schicksal überlassen. Das war ein bitterer Augenblick! Vielleicht sogar der bitterste von allen, die ich auf meinen legendären, vielbesungenen Streifzügen durch die Häfen und Gassen dieser schönen, weiten Welt erlebt hatte. Denn was können Strolche wie wir schon ihr Eigen nennen, wenn nicht einen guten Kumpan …? Ja, gibt es denn so etwas, dass wir den groben, dicken, kleinen Mann aufgeben? Mein Brustkorb bebte heroisch, während ich das sabbernde Maultier sattelte … Nobody machte sich an der Zeltplane zu schaffen und blickte starr auf das Seil. Sein Mund war blutleer, seine Haut bleich. Dann kam er zu mir und legte mir die Hand auf die Schulter. Wir schauten einander an.

»So ist es, Alter«, sagte er heiser. »Wir haben es auf uns genommen. Morgen bist du dran … oder ich …«

»Das ist die Wahrheit.«

Wir drückten einander die Hand.

»Da … Sehen Sie doch!«, rief Yvonne.

… In der gelben Glut der Sahara tauchte hinter der Lehmhütte mit dem spitzen Dach eine gedrungene Gestalt auf und winkte uns mit einem Eimer zu …

NEUNTES KAPITEL

1.

Aus der Oase von Nemas-Rumba sind über jenen denkwürdigen Tag erstaunliche Ereignisse zu vermelden. Noch lange danach zitterte der Bart des Oasenältesten, wenn er sie einem durchreisenden Wunderdoktor oder Räuberhauptmann erzählte.

Gegen zehn Uhr war ein vierschrötiger Grobian von einem Legionär hoch zu Maulesel mit allen möglichen Werkzeugen in der Satteltasche eingetroffen. Baluz, der Oasenvorsteher, ruhte gerade in seinem Schlafgemach. Er war offensichtlich ein vermögender Mann, da sich neben seinem Schlafplatz außer einem wiederkäuenden Kamel zwei Ziegen, mehrere Hähne und ein Widder befanden. Das bedeutete in diesen Gefilden ein nicht zu verachtendes Mustergut.

Am frühen Vormittag rannte ein zitternder Kameltreiber in seine Stube:

»Baluz! Der letzte Tag von Nemas-Rumba ist gekommen! Unsere schöne Oase ist verloren. Ein ungläubiger Hund von einem Soldat schlachtet unsere schönen Palmen ab.«

Baluz sprang aus dem Bett und raste, begleitet vom Stimmengewirr der aufgescheuchten Tiere, an den Schauplatz der Schreckenstat. Was er dort erblickte, hätte fast seinen Tod herbeigeführt ... Hatte sich da ein böser Dschinn einen Scherz erlaubt? In einer der Palmkronen saß ein dicker Legionär, der einem angezogenen Schimpansen ähnlich sah und schwarze Scheiben über den Ohren trug. Er hämmerte Nägel in den Baumstamm. Oh, möge er nie die Freuden des Paradieses kosten! Die feinen Triebe verbog er mit Drähten und zerbrach sie kreuz und quer. Die Baumkrone hing voller

Stränge, und in der anderen Palme steckten ebenfalls Nägel und weiße Porzellanknöpfe, die aus dem Holz ragten und die Leitung gespannt hielten ... Die Affen auf einem nahen Baum umarmten sich zitternd und beobachteten entsetzt das Geschehen, während die bestürzten Oasenbewohner mit offenem Mund dastanden.

»Herr!«, rief der Vorsteher, aber der gedrungene Kerl brachte ihn mit einem einzigen Wink zum Schweigen und zog einen kleinen, schwarzen Trichter an den Mund:

»Hallo! Hallo!«, schrie er hinein. »Sie hören Radio Nemas-Rumba und die Nebensender. Es folgen die Ergebnisse des Rennens von Ascot, und danach – gegen bescheidene Tantiemen – Schallplattenmusik aus dem Schwimmbad des Londoner Savoy-Hotels. Es ist elf Uhr zwanzig Minuten *Greenwich Mean Time*.«

... Da begannen die Oasenbewohner, mit dem Gesicht im Sand zu beten. Baluz aber richtete seine Worte zur Baumkrone:

»Was tust du da, Herr Soldat?«

»Bist du hier der Stammeshäuptling?«, fragte der grobe Mann im Baum.

»Hier ist kein Stamm, Herr ...«

»Hör zu! Die Dattelpalme dort muss man fällen! Wir errichten eine Antenne.«

»Aber Herr ...«

»Ruhe!« Er nahm den Hörer und horchte hinein. »Hallo! Ich habe die Verbindung montiert ... Hier spricht Techniker Hopkins von Palme zwei ... In zehn Minuten sage ich Herrn Major, wohin die Einheit geschickt werden muss ... Hier ist ein Waldkundschafter in der Nähe ... Jawohl ...«

Inzwischen war Baluz zu den Gendarmen der Oase gerannt. Die beiden arabischen Goumiers waren unbekleidet und dösten.

»Wacht auf! Hier ist ein ungläubiger Soldat! Er bringt unsere Palmen um!«

Der Korporal hörte aufmerksam zu.

»Närrischer Baluz! Das ist der Funker der Truppen, die in der Nähe ihre Übungen abhalten. Jetzt bekommt auch Nemas-Rumba eine Funkstation.«

»Aber Herr, das Radio lässt keine Datteln wachsen und spendet auch keinen Schatten. Uns sind die Palmen lieber.«

»Da hilft nichts. Das ist Kismet … Es ist wie mit der Impfung. Wenn ihr es nicht über euch ergehen lasst, dann kommen viele Soldaten und verprügeln jeden Einzelnen von euch.«

»Es ist aus mit uns …«

»Das habt ihr auch gesagt, als man euch ein wenig Blut abzapfte. Ich ziehe mich jetzt an und gehe hin, aber seid klug. Es ist nicht gut, wenn statt eines Soldaten fünfzig kommen und Maschinengewehre mitbringen.«

Baluz rannte zum Baum. Das Volk hatte sich inzwischen zerstreut und kehrte nun mit gespitzten Pfählen zurück. Der Soldat im Baumwipfel nahm kurze Nägel aus dem Mund und schlug sie in den Baumstamm, während er summte.

»Alle gehen in ihre Hütten«, schrie Baluz. »Wagt es nicht, dem Herrn Soldaten etwas zuleide zu tun, sonst kommen sie mit Maschinengewehren.«

»Und mit Kanonen«, bemerkte der gedrungene Funker grinsend. »Zwei Divisionen stehen im nahen Urwald bereit.«

Die Leute zogen klagend wieder ab. Der Soldat kam pfeifend vom Baum herunter, ging zur schönsten Palme, musterte fachmännisch den Stamm, zog einen langen Eisenkeil aus der Tasche und legte ihn an die Rinde.

»Herr«, wimmerte Baluz, »warum tun Sie das ausgerechnet in Nemaz?«

»Weil der Gefreite ein Lump ist. Eigentlich wäre die Oase

von Sumbi an der Reihe gewesen, aber die Einwohner haben ihn mit Knete, Fressalien und Kamelen geschmiert, damit er sie in Ruhe ließ. Es gibt nämlich auch so niederträchtige, korrupte Leute auf der Welt...«

»Und dich, Herr, kann man nicht... überreden?...«

Die Augen des feisten Technikers leuchteten kurz auf und fixierten Baluz mit den Augen:

»Versuche es ruhig!«

»Ich... ich habe so etwas noch nie getan...«

»Egal. Versuche es trotzdem. Es wird schon gehen.«

Da holten sie schnell Kleingeld, Lebensmittel, Kamele... Und es ging tatsächlich... Da sagte der Techniker zufrieden:

»Also gut... Wir ziehen weiter. Aber ich erbitte einen militärischen Abschied.«

»Wie sieht der aus?«

»Du verbeugst dich nach Osten und gibst dem Funker Schnaps...«

»Erstaunlich...«, antwortete der Vorsteher verwirrt. »Und was macht man mit dem, der keinen Schnaps hat?«

»So gut wie nichts. Man wirft einen Eimer nach ihm und Ähnliches... Aber abmurksen darf man ihn nicht.«

Baluz eilte davon und kehrte mit einem halben Liter Schnaps zurück. Der Soldat trank ihn auf einen Zug leer.

»Sehr gut. Ich brauche gar keine weiteren Kostproben. Ich bleibe dabei«, sagte er, schnalzte mit der Zunge und gab dem Vorsteher einen Tritt.

Jetzt nahte der Gendarm und fragte den Soldaten:

»Was wünschen Sie?«

»Ich soll diesen Sender montieren. Ein zweiter Techniker wartet im Wald, bis die Verbindung steht.«

Der Goumier blickte aufmerksam auf das Chaos der Drähte. Er kannte sich aus.

»Und was soll ich tun, Herr?«, erkundigte er dienstfertig.

»Singe mit mir das Lied »*Paris, tu es la ville de mon coeur!*«
Von einigen Noten abgesehen hatte der Mann dieses
ebenso herzige wie sozialkritische Chanson schnell gelernt,
nachdem er aber während des Übens immer betrunkener
wurde, versetzte er dem Vorsteher einige zusätzliche Tritte.
Später kam ein Kamerad des Funkers, ebenfalls ein sehr
fideler Junge, obwohl er dem Vorsteher auch keine Tritte
ersparte. Diese Sache kam anscheinend in Mode. Danach
tranken und sangen sie bis zum Morgengrauen.

2.

In der Frühe trabten wir hurtig weiter, um voranzukommen,
bevor die große Hitze käme. Wir ritten auf Kamelen, nachdem uns die völlig demoralisierte Bevölkerung gleich vier
Tiere aufgedrängt hatte. Delle sang und grölte mit seiner
verrauchten Brummbärenstimme, und Nobody schlug ihm
hin und wieder mit einer öligen Bratpfanne auf den Kopf.

»Was hat es gegeben?«, fragte er.

»Reisfleisch und Schnaps.«

Die Unterhaltung mit Delle fiel nicht leicht, da er auf
Schritt und Tritt zu trällern anfing. Wozu flößen sich Leute
Schnaps ein, wenn sie ihn nicht vertragen? Er brüllte im-
merfort: »... *la ville de mon coeur... la ville de mon coeur...*«

»Sprich schon! Was war denn? Sucht man uns?«, drang
Nobody auf ihn ein.

Delle konnte vor Lachen kaum antworten, sondern winkte nur, bis er endlich herausbrachte:

»Es ist aus!«

»Du, ich werfe dich vom Kamel ... Und dich auch, Keule ...«

Ich erinnerte mich sehr gut an Josephine Bakers frenetische Liebeserklärung an Paris und donnerte sie aus voller

Brust mit. Aber dieser Alfons Nobody war auch wirklich ein Nervöser. Was war denn schon dabei? Man singt halt in der Sahara. Und wenn mir dieser Ziegenbart von einem Vorsteher in den Sinn kam, da lachte ich eben. Eine komische Figur ... Als aber Alfons Nobody mit seinem Revolver zu fuchteln begann, erzählte Delle so gut wie alles. Bei den Gendarmen sei eine Art Steckbrief gewesen, um den sich diese aber nicht kümmerten. Irgendwo im Urwald hätte sich ein unerhört tollkühner Angriff ereignet. Drei Gefangene hätten mehr als ein Dutzend Legionäre im Sturm überwältigt, entwaffnet und den Großteil der Ausrüstung mitgenommen. Zwanzigtausend Francs Belohnung für die Desperados – tot oder lebendig. Nach den Anzeichen seien sie in die Wüste geflohen ... Besonderes Kennzeichen: Sie haben eine junge Frau dabei.

»Das macht die Sache nicht eben leichter«, sagte Alfons Nobody.

»Hoffnungslos«, seufzte Yvonne.

»Die Hoffnung stirbt zuletzt«, tröstete Alfons Nobody das Mädchen, schien aber selbst nicht sehr überzeugt davon.

Die Sonne näherte sich dem Scheitelpunkt ihrer Bahn und brannte uns immer unerträglicher. Unsere vom Widerschein des gelben Sands gemarterten Augen sahen nirgends einen Fleck, der sich veränderte. Der Himmel war gleichmäßig blauweiß, und braune Wellen aus Stein und Sand rollten bis zum Horizont. Eine mörderisch gelbe Glut vibrierte unter der Sonne. Wir rasteten im Schatten einer Düne, vor uns den Kompass und die Karte.

»Wir befinden uns ungefähr hier, zehn Meilen von Nemas-Rumba«, erklärte Alfons Nobody. »Wenn wir uns anstrengen, können wir bis zum Morgen in Azumbar sein ... Dort müssen wir uns dann wieder etwas einfallen lassen, um Wasser und Proviant zu beschaffen.«

»Wird man uns denn nicht sofort festnehmen?«

»Wir wollen nachts in die Oase ... irgendwie ...«

Wir schwiegen. Es bestand tatsächlich keine große Hoffnung, heil durch Azumbar zu kommen. Aber wir mussten durch. Wir brauchten Wasser und Lebensmittel ...

»Hier im Norden liegt eine Oase mit Garnison«, sagte Alfons Nobody. »Es ist das Fort Bu-Gabendi. Wir umgehen es, und bei Colomb-Béchar fährt schon die Eisenbahn.«

»Ich hör wohl nicht recht«, sagte Hopkins. »Willst du vielleicht mit der Afrika-Bahn fahren?«

»Es geht nicht anders«, entgegnete Nobody und warf Yvonne einen schnellen Blick zu. »Wir müssen über den Hohen Atlas. Und wir müssen uns geschickt anstellen ... Reichen Ihre Kräfte, Yvonne?«

»Ach, mir geht es sehr gut«, antwortete sie matt.

»Dann nichts wie weiter. Besser in der Mittagshitze. Es ist anstrengender, aber unsere Verfolger werden jetzt rasten.«

Und wir ritten geschwind voran, bei sechzig Grad Hitze. Jetzt hieß es: Vorsicht, Porzellankiste! Alfons Nobody hielt sich immer vor uns, Delle blieb zurück. Unsere vierköpfige Karawane setzte ihren Weg wie eine vorschriftsmäßige Kolonne mit Vor- und Nachhut fort. Da ich in der Mitte war, konnte ich mich endlich mit Yvonne austauschen. Sie war sicher schon ganz begierig darauf ...

»Ich kenne Ihren Brief an meinen Freund«, fädelte ich das kleine Techtelmechtel ein, wobei mir meine angeborene Diskretion sehr zustatten kam.

»Ja? Oh, ich war damals sehr verzweifelt ...«

»Ich kann es mir vorstellen. Ich bin schließlich ein empfindsamer Künstler, der viel Verständnis hat.«

»Wirklich? Spielen Sie auch ein Instrument?«

Wollte sie wieder ihre Gefühle kaschieren?

»Liebe Yvonne, Sie müssen sich nicht verstellen«, sagte

ich mit jener schwebenden, einschmeichelnden Schlichtheit, die in den Traktaten meiner Kollegen mit dem lautmalerischen Wort »Süßholz raspeln« umschrieben wird. »Alfons Nobody hat mir auch Ihren zweiten Brief gezeigt.«

»Aber ich habe doch, außer an Thorze, nur einen Brief geschrieben.«

»Verzeihung, aber Sie erinnern sich wahrscheinlich ungenau ... Sie haben Alfons Nobody einen zweiten Brief geschickt, in dem Sie mich erwähnen ... Mich und meine Werke ...«

»Ja ... ja ... Was für Motive haben Sie gemalt, Monsieur Keule?«

»Ich bin doch Romancier! Ein revolutionärer Romancier! Ich dachte, Sie wüssten dies, Yvonne!«

Parbleu! Ich war ihr gänzlich unbekannt! Sie blickte mich mit großen, geweiteten Augen an:

»Nein. Das habe ich wirklich nicht gewusst.«

Beim Zeus! Ich wollte schon zu Alfons Nobody traben, um ihn zur Rede zu stellen, als Hopkins laut schrie, sein Kamel in den Bauch gehen ließ und sich selbst flach auf die Erde warf. Wir machten es ihm sogleich nach. Er musste etwas gesehen haben. Wir duckten uns neben unseren Kamelen nervös in den Sand. Hinter den fernen Hügeln tauchte eine Truppe Spahis hervor. Sie ritten schnell in loser Formation, während Ihr Anführer mit einem Fernrohr die Sahara absuchte. Sie waren uns auf der Spur ... Aber noch lag eine ziemliche Strecke zwischen uns und ihnen, und Hopkins hatte sie rechtzeitig erspäht. Als auch der letzte Spahi verschwunden war, schwang sich Alfons Nobody sogleich in den Sattel.

»Beeilt euch! Jetzt werden wir eine Stunde lang mit vollem Karacho galoppieren, damit wir, wenn sie zurückkommen, über alle Berge sind.«

»Ganz richtig«, pflichtete ich ihm bei.

Wir trieben die Tiere in einem verrückten Tempo voran, fast eine volle Stunde lang. Auf einmal neigte sich Yvonne im Sattel vor.

»Halt!«, schrie Hopkins. Er hatte sie in letzter Sekunde davor bewahrt, vom Kamel zu fallen. Sie war bewusstlos … Ein Wunder, dass sie so lange durchgehalten hatte. Aber zum Glück waren wir schon jenseits des Wegs, auf dem die Truppe zurückreiten würde. Sie lag ohnmächtig im Staub. Wir rieben ihr Hände und Füße, flößten ihr Rum ein und sparten nicht mit dem verbliebenen Wasser, um ihr ein kühles Tuch auf die Stirn zu legen. Entweder konnten wir uns bei Azumbar neu ausstatten, oder das Spiel war gelaufen. Aber bis dahin war es noch weit, und das Wasser sehr, sehr knapp …

»Jungs! Im Laufe des Nachmittags bekommt jeder von euch einen Schluck Wasser«, sagte Alfons Nobody, während das Mädchen schlief. »Das ist mordswenig! Und diese volle Feldflasche ist für Yvonne. Es wird hart, aber wir kommen schon durch.«

»Und du?«

»Ich schaffe es auch ohne Wasser.«

»Das verbitten wir uns«, brüllte Delle Hopkins wie Potrien in seinen besten Zeiten. »Hier wird nicht aufgeschnitten! Du bist kein Deut besser als wir! Nimm das endlich zur Kenntnis, du feiner Pinkel!«

»Aber wenn ich nun mal kein Wasser brauche! In der Arena von Sevilla habe ich einmal gesehen, wie sich der beste Torero Spaniens vor Angst in die Hose gemacht hat. Aber niemand hat ihn ausgelacht, denn bei uns weiß jeder: Je besser der Torero, desto größer seine Angst und kleiner sein Durst.«

»Du und Angst!«, grölte der dralle Beutelschneider Hopkins. »Ich mach mir vor Lachen gleich auch in die Hose! Dann schütten wir eben deinen Anteil am Wasser in den Sand.«

»Und ich trinke ebenfalls keinen geschlagenen Tropfen, lass dir das gesagt sein!«, sagte ich ebenso furios wie solidarisch.

Also bekam Nobody auch etwas Wasser. Dann ritten wir in einem Höllentempo weiter. Yvonne hatte keine Ahnung, dass wir nur noch an leeren Feldflaschen nippten, damit sie uns nicht auf die Schliche kam. Sie selbst hatte noch einen halben Liter, als in der Ferne der freundliche, dunkelgrüne Palmenfleck der Oase von Azumbar auftauchte. Wir konnten kaum noch flüstern, so geschwollen waren unsere Kehlen, so wundtrocken unsere Zungen. Aber trotzdem führten wir die Feldflaschen von Zeit zu Zeit an unsere Lippen.

»Wir werden abends hier lagern«, sagte Alfons Nobody mit einer fremdartigen Reibeisenstimme.

Das Mädchen sprang frisch vom Kamel, während wir deutlich länger brauchten, um uns aus den Sätteln zu schälen. Da fiel meine Feldflasche auf den Boden, und der Stöpsel rollte davon.

»Das Wasser«, rief Yvonne, und schnappte danach.

Aber staunend sah sie, dass nichts herausgeflossen war… Mit weit geöffneten Augen hob sie die Flasche auf. Wir konnten einander nicht anschauen. Sie steckte den Finger hinein und spürte, dass sie auch innen knochentrocken war. Sie blickte auf uns, mit ihrem warmen, traurigen Blick. Ihre Augen wurden langsam feucht.

»Sie… haben mir… das ganze Wasser… gelassen?«

»Ja, dieses nur insoweit, als«, erklärte ich. »Hm… Die Sache verhält sich nämlich dahingehend so…«

Mir fiel nichts ein… Mir! Dem gurrenden Troubadour der Place Pigalle, dem feuchtfröhlichen Barden von Soho, dem strammen Minnesänger der Reeperbahn, dem Demosthenes von Panama! … Mir fiel nichts ein …

Sie ergriff meine Hand mit beiden Händen und schaute mich an.

»Wie soll ich je vergelten, was Sie für mich tun …?«

Alfons Nobody fummelte an einem Kamelsattel herum, während Hopkins etwas von einer Rechnung murmelte, die man beizeiten einreichen würde, und er sah verärgert aus, aber Yvonne ging zu ihm und berührte sein ungepflegtes, borstiges Gesicht:

»Sie sind ein echter Ritter und Musketier, Monsieur Opkins, und wenn Sie noch so viel brummen.«

»Das verbitte ich mir, Mademoiselle Yvonne! Nehmen Sie es mir nicht übel, aber ich kann es auf den Tod nicht ausstehen, wenn man hier ständig von diesen Muskeltieren schwatzt!«, schnaubte und gestikulierte Hopkins am Rande der Explosion. »Ich hab die Faxen dick! Ich werd jetzt stocknarrisch!« Aber Yvonne küsste ihn plötzlich auf die Wange, der gute, alte Delle wurde feuerrot und bekam wieder seinen akuten Schluckauf.

ZEHNTES KAPITEL

1.

Abends mussten wir irgendwie in die Oase hinein, aber diesmal warfen wir keine Münze. Bei Nemas-Rumba hatte Delle Hopkins alles riskiert, und jetzt waren wir an der Reihe. Alfons Nobody und ich würden uns die Ehre geben. Hopkins verbat es sich ziemlich energisch (ein für allemal), aber dann gab er doch Ruhe.

Yvonne umarmte mich.

»Passen Sie auf sich auf, *cher Monsieur* Keule ...«

»Dafür ist jetzt keine Zeit!«, unterbrach sie Alfons Nobody höchst ungalant. »Auf geht's!«

Während ich nachsah, ob mein Revolver geladen war, küsste Nobody Yvonnes Hand. Die Szene dauerte eine ganze Minute, und das Mädchen strich ihm über das Haar. Oho! Dafür war Zeit?! Als wir zur Oase gingen, brachte ich die Sache zur Sprache.

»Sag mal, Nobody ... Was hast du mir in Manson über Yvonne erzählt? Und diesen Brief, indem sie mich erwähnte?«

»Dass ich was? ... Bitte?«

»Sie sagt, sie habe dir nur einen Brief geschrieben.«

»Tatsächlich?«, fragte er völlig überrascht. »Also wirklich, diese Frauen!«

»Rede offen mit mir. Hast du mich zum Narren gehalten? Deinen alten Kameraden?«

»Du bist dumm! Glaubst du, Yvonne ist eine von denen, die im ersten Augenblick zugeben, dass sie sich für einen Kerl begeistern?«

»Wie meinst du das?«

»Als Poet, dem nichts Menschliches fremd ist, solltest du

wissen, wie zurückhaltend die Damen der besseren Kreise sind.«

Als weltgewandter *homme de lettres* wusste ich dies natürlich genau …

»Stellst du dir etwa vor, dass sie ihre Liebe sofort eingesteht und dir um den Hals fällt? Nimm bitte zur Kenntnis, dass sie mich heute Nachmittag mit bitteren Vorwürfen überhäuft hat, weil ich ihr Geheimnis ausgeplaudert habe.«

»Tatsache?«

»Na und ob! Es war aber nicht gerade schön von dir, dass du ihr davon erzählt hast. Wie konntest du nur so indiskret sein?«

Ich schämte mich, weil ich mir diese Dinge von Alfons Nobody sagen lassen musste. Ich hätte von selbst draufkommen können. Solche Dinge muss man als Schriftsteller einfach wissen.

»Denkst du, sie kokettiert nur?«

»Aber woher denn! Nein, aber sie will dich genau kennen, bevor sie dir Zutritt zu ihrem Herzen gewährt.«

»Aber mir kommt es so vor, als ob sie sehr lieb zu dir wäre …«

»Ein schöner Dichter bist du! Hast du noch nie gehört, dass eine Frau ihren Geliebten eifersüchtig machen will? Wenn sie mich lieben würde, dann wäre sie zu dir lieb. Ist doch klar wie Schuhwichse, oder?«

Ja, das leuchtete mir ein.

»Wir müssen uns ducken«, sagte er plötzlich. »Wir sind ganz nahe.«

Die nächtliche Stille der Wüste wurde nur von den abscheulichen Hyänenschreien gestört. Die Tiere umlungerten zu zweit oder zu dritt die Oase. In Azumbar war anscheinend alles ruhig. Irgendwo sang ein Muezzin die Mitternachtssure. Wir erreichten kriechend die erste Lehmhütte. Uns vorsichtig an die Mauer schmiegend gingen wir weiter. Vor der nächsten Hütte saß ein Araber und murmelte ohne Ende eintönig vor sich hin. Dann warf er sich aufs Gesicht.

»Du…«, flüsterte der Spanier. »Hier ist ein Toter im Haus.«

»Na und?«

»Man könnte etwas machen … Aber man muss es sicher wissen.«

Wir spähten durch das Seitenfenster. Ein Leuchter hing vom Dachbalken, und auf dem Tisch stand ein Sarg…

»Warte …«, sagte er nur und handelte unverzüglich, wie es seine Gewohnheit war. Er stieg durch das Fenster. Ich drückte mich währenddessen ans Tor und beobachtete die andere Türe der Hütte. Der Araber saß immer noch vor ihr und betete leise. Wenn er sich umdreht, um in das Haus zu gehen, dann schlage ich ihn nieder. Aber es war nur ein harmloser Greis, und Alfons Nobody ist lautloser als eine Katze. Nach einige Minuten berührte jemand meine Schulter. Eine verhüllte Gestalt stand hinter mir! Ich wollte schon zuschlagen, als ich Alfons Nobody erkannte.

»Was hast du da um den Leib?«, fragte ich außer Atem.

»Nur den Leichenburnus, Keule«, antwortete er.

Nach allem, was ich im Laufe meines Reiseberichts erzählt habe, wird mir der geneigte Leser kaum unterstellen wollen, ich hätte in meinem Leben oft Beruhigungsmittel gegen nervöses Flattersausen genommen, aber jetzt fühlte ich doch einen eiskalten Schauer.

»Ich hoffe«, flüsterte Alfons Nobody, »sie öffnen den Sarg nicht mehr, und ich hoffe ebenfalls, dass der Tote nicht an einer ansteckenden Krankheit gestorben ist. Aber selbst wenn er Lepra gehabt hätte, wäre mir nichts anderes übrig geblieben.«

»Was hast du vor?«

»Siehst du die kleine Fahne da? Die Gendarmerie. Wir beschaffen uns dort alles, was wir brauchen. Leg dich auf den Bauch und warte.«

Er ließ mich dort zurück. Was hätte ich sonst tun sollen? Ich legte mich auf den Boden. Nobody klopfte am Fenster der Hütte mit der Fahne. Nach kurzer Zeit öffnete ein Goumier das Fenster.

»Räuber, Herr!«, begann Nobody mit klagender Stimme und in einem komischen arabischen Dialekt. »Ich bin sechs Meilen zu Fuß gelaufen … Sie haben die ganze Karawane niedergemetzelt … Ich fürchte, ich bin der einzige Überlebende … Ich habe mich tot gestellt und bin so lange gelegen, bis ich die Hufe ihrer Kamele nicht mehr hörte.«

»He, Baldur! Razim!«, rief der arabische Gendarm, dann wandte er sich an Nobody: »Waren es viele Räuber?«

»Vierzig, Herr … Ich bin ein Halbblut, aber die anderen, die sie getötet haben, waren alles Araber …«

Inzwischen waren die beiden anderen Gendarmen schläfrig herausgekommen.

»Ein Überfall in der Wüste … Baldur, du kommst mit mir … Wo ist es gewesen?«

»Sechs Meilen von hier … gegen Osten … beim Wadi …«

»Ich weiß schon.«

Zwei arabische Gendarmen rüsteten sich mit Wasser und Proviant aus, setzten sich auf Kamele und galoppierten nach Osten davon, zum Wadi, das Alfons Nobody auf der Karte gesehen hatte. Sie wollten nachsehen, ob sie noch Überlebende fänden. Von den angeblichen Wegelagerern drohte ihnen keine Gefahr, weil diese aus Furcht vor den Seelen der Opfer nie an den Ort ihrer Untat zurückkehren …

»Von wo seid ihr gekommen?«, fragte der zurückbleibende Gendarm.

»Aus Timbuktu«, antwortete Nobody. »Oh, Herr, gib mir ein Glas Wasser und lass mich ausruhen.«

»Komm rein. Du kannst Wasser und eine Decke haben.« Sie betraten das Haus.

Ich eilte ihnen nach. Als ich drin war, lag der bewusstlose Goumier bereits gefesselt auf dem Boden.

»Machen wir schnell!«, sagte mein burnusverhüllter Kumpan.

»Warum? Die beiden Gendarmen werden erst am Nachmittag zurück sein.«

»Aber da will ich schon weit weg sein. Nimm alle Lebensmittel, die du findest, und fülle zwei Schläuche mit Wasser.«

»Sieh mal!«

Überrascht zeigte ich auf eine gelbe Zeitung. Auf der ersten Seite stand ein Bericht über uns. Mein Name in gigantischen Lettern! Aber mit keinem Wort wurde erwähnt, dass ich der Autor bedeutender Erziehungsromane bin ... Über dem Bericht prangten an die zehn große Überschriften:

»ZU DRITT GEGEN DIE KOLONIALARMEE«
»DIE TOLLKÜHNEN ANGREIFER
DER TECHNISCHEN EINHEIT
IMMER NOCH AUF FREIEM FUSS!«
»SIE HABEN SICH BEI
NEMAS-RUMBA MIT BEISPIELLOSER
FRECHHEIT BEDIENT!«
»DREI ABGEORDNETE HABEN EINEN MISS-
TRAUENSANTRAG EINGEBRACHT!«
»ZWANZIGTAUSEND FRANCS BELOHUNG
FÜR DEN ENTSCHEIDENDEN HINWEIS!«
»SIND SIE GEFASST?« ...

Entsetzt begann ich zu lesen. Gütiger Himmel! Hat man uns etwa festgenommen? Aber nein ... Beruhigt erfuhr ich

Gegenteiliges. Die Zeitung schrieb über die hilflose Kolonialarmee in solch spöttischem Ton, dass die zuständigen Stellen
sehr verbittert sein mussten. So viel Staub aufgewirbelt! Sogar
der Kolonialminister hat sich geäußert. Dass er sich nämlich
nicht äußern könnte, solange die Untersuchungen liefen.

Plötzlich hörte ich ein Krachen ...

»Was machst du da«, fragte ich Nobody.

»Ich habe die Funkapparatur zerbrochen. Sie haben einen
Sender. Diese Oase ist besser ausgerüstet als Nemas-Rumba.«

»Das will ich meinen. Hier trinken die Gendarmen sogar
Rum«, erwiderte ich und stellte die Flasche wieder ins Regal.

Alfons Nobody steckte Kleidungsstücke, Waffen und
manches andere in ein Bündel.

»Los! Geh voran! Ich will mich noch mal umschauen«,
sagte er. »Aber das Mädchen und Hopkins sollen sich keine
Sorgen machen. Und der dicke Mann könnte Durst haben.«

Hinter dem Haus ergänzte ich die Ausrüstung mit zwei
Schläuchen Wasser, band alles auf das Kamel, und hielt auf
das Dickicht zu. Bald war ich an unserem Lagerplatz. Delle
reichte ich die Rumflasche, während ich noch im Sattel saß.
Die Hälfte goss er sich sofort hinter die Binde.

»Ein heilsamer Herzkräftiger«, grunzte er zufrieden und
ließ die Augen rollen.

Yvonne griff krampfhaft nach meinem Arm. Aber ja, sie
liebte mich!

»Wo ist Ihr Freund?«, fragte sie aufgeregt.

Sie tat wirklich so, als ob sie sich nur für Alfons Nobody
interessierte.

»Alles in Ordnung. Er wird gleich hier sein!«

Wir verstummten. Von der armseligen Oase her näherte
sich ein ruhiger Kamelreiter mit mehreren Tieren. Sicher
Nobody ... Aber nein! Ein goldener Knopf glänzte in der
Dunkelheit! Ein Goumier ...

2.

Hopkins und ich zogen unsere Revolver.

»Auf den Bauch!«, sagte Hopkins zu Yvonne.

Aber das Mädchen schrie:

»Er ist es ... Legen Sie die Waffen weg! Er ist es ... Ja ...
Er ...«

Jetzt erkannten wir ihn auch. Der Goumier war kein
anderer als Alfons Nobody! Er sprang vom Kamel, rannte
geradewegs zu Yvonne und küsste ihre Hände. Yvonne lachte
und weinte. Ja so ein gutherziges Mädel aber auch!

»Woher hast du das?«, fragte Delle Hopkins und zeigte
auf die Uniform.

»Ich habe den Goumier ausgezogen, bevor ich ihn in die
Futtergrube legte.«

»Und jetzt?«

»Wenn wir die Oase Timbak erreichen, bevor man aus
Azumbar über unsere Durchreise berichtet, dann können
wir hoffen.«

»Das können wir. Sie sind nicht vor Mittag zurück, und
ihr Sender ist schwach. Wenn sie morgens in die nächste
Oase gehen, um die Nachricht durchzugeben, sind das mindestens zwei Tage!«

»Ja, das denke ich auch. Kommen Sie, Yvonne! Haben
Sie noch Hoffnung oder nicht?«

»Weder ... noch, Monsieur Alfons«, sagte das Mädchen.
»Ich weiß nur, dass ich nicht einmal die Hölle fürchte, wenn
ich bei Ihnen bin ... Ich meine, bei Ihnen dreien natürlich.«

Sicher hatte sie ausschließlich mich gemeint, aber die
anderen nicht kränken wollen. Ein famoses Seelchen ...

Wir rasteten bis zum Sonnenuntergang in der Wüste. Alfons Nobody hatte ein Patent gegen die gehäuft auftretenden
Jagdflieger (wendige Doppeldecker der Marke Nieuport-

Delage), die uns suchten und Funkverbindung zu unseren Verfolgern hielten. Das Patent sah so aus: Wir bedeckten uns mit einer Plane, die wir mit einer dicken Sandschicht bestreut hatten. Genauso die Kamele. Das ist zwar ein wenig unbequem, aber die Piloten sehen nur gelben Sand und lassen uns in Ruhe.

Sobald die Dunkelheit einbrach, ging es in wahnsinnigem Trab weiter. Wir hatten zwei Leitkamele, so dass wir sie häufig wechseln konnten, und reichlich Wasser und Lebensmittel. In dieser Nacht waren alle Myrrhenbüsche der Wüste erblüht, und wir begegneten der mysteriösen Karawane ein drittes Mal. Vorne stampften Elefanten mit vergoldeten Stoßzähnen, und die Mahouts, die auf ihnen saßen, trugen perlenbestickte Gewänder und Turbane. Ein langer Zug von hundert Kamelen folgte ihnen, und auf jedem der Kamele saß ein Knabe, und die Knaben trugen silberne Federbüsche mit einem Taubenei aus Rubin auf dem Turban, und ihre Kaftane waren mit Diamanten, Smaragden und Saphiren reich geschmückt. In der Mitte ritten wieder die drei mächtigen Gestalten, und sie saßen in geschnitzten Sätteln aus Elfenbein, und ein alles durchdringender Glanz ging von ihnen aus. Die Nacht war weihrauchgeschwängert und die Sterne leuchteten so hell, als wollten sie auf die Erde niedersteigen. Im Nu, wie sie erschienen war, entschwand die Karawane wieder unseren Augen, und wir trabten weiter ...

Es war ein Wettrennen mit einem Gendarmen, der zu irgendeinem Sender unterwegs war, um Nachricht von uns durchzugeben. Trotz ihrer guten Kondition war Yvonne sehr mitgenommen. Sie war solches Galoppieren nicht gewohnt, aber sie musste durchhalten.

»Nur noch ein bisschen«, flüsterte Alfons Nobody.

»Es geht ...«, keuchte sie halb ohnmächtig.

Die letzte Meile über stützten wir sie von beiden Seiten, damit sie nicht vom Kamel fiel. Aber im Morgengrauen erblickten wir Timbak. Wir hoben Yvonne aus dem Sattel, legten sie auf den Boden und wuschen ihr Gesicht. Da kam sie wieder zu sich.

»Und jetzt?«

»Als Erstes will ich mich abbürsten«, antwortete Alfons. Er hatte doch tatsächlich eine Kleiderbürste aus der Wachstube mitgehen lassen. Einen schönen, stattlichen Gendarmen hätte unser Alfons Nobody abgegeben. Nicht einmal ich hätte ihm in Uniform den Rang abgelaufen.

»Jetzt beginnen wir ein gefährliches Spiel. Alles hängt davon ab, wie lange es dauert, bis sie einen Sender gefunden haben.«

Alfons Nobody erläuterte seinen Plan, und wir saßen lange wortlos da. Es war das riskanteste Vorhaben, das ein Mensch je in diesem Erdteil ausgetüftelt hatte.

3.

Die Bevölkerung der Oase von Timbak wurde von einer Riesensensation geweckt. Im Morgengrauen erschien ein hübscher Goumier, die drei Deserteure im Schlepptau. Was für ein Glückspilz! Die fahnenflüchtigen Legionäre hatten sich, am Ende ihrer Kräfte, dem jungen Gendarmen, der einen Streifgang in der Wüste machte, gestellt. Nun saßen sie gebrochen und traurig auf der Wachstube von Timbak. Einer dieser Galgenvögel war ein zarter, junger Bursche, der andere ein feister, kleiner Halunke, der auf keinem Steckbrief fehlen durfte, und der dritte ein intelligenter Kerl mit einem anmutigen Gesicht und jenem melancholischen, für die Dichter so typischen Schatten auf der Stirn.

Das Oasenvolk, an die zwanzig Araber, stürzte zu den

Fenstern. Die berühmt-berüchtigten Deserteure saßen still und niedergeschlagen in der Wachstube. Der vierschrötige Tunichtgut wandte sich verdrossen an den Korporal und bat ihn um Schnaps und Zigarren (»um der Barmherzigkeit willen«). Er bekam alles. Niemand hier war böse auf diese armen, verrückten Legionäre. Im Fort würde man ihnen bald den Marsch blasen.

»Du bist ein Hans im Glück«, sagte ein dicker Gendarm zu seinem gutaussehenden Kollegen, der die Deserteure gebracht hatte. »Wo ist das Fräulein, von dem die Rede ist?«

»Es heißt, dass sie vor zwei Tagen gestorben ist.«

»Das ist auch gar kein Wunder! Aber du hast das große Los gezogen, was?!«

»Ach, ein armer Gendarm darf auch mal zwanzigtausend Francs haben, oder? Trinkt, Jungs! Gibt es hier eine Brasserie?«

Da meldete sich einer der neugierigen Beduinen am Fenster:

»Ich bin hier die Brasserie, Effendi. In meinem Zelt steht eine Korbflasche mit Reisschnaps ...«

»Her damit!«

»Nimm derweil Kontakt mit der Garnison von Aut-Aurir auf«, sagte der Gendarm zum dicken Feldwebel.

»Richtig! Wir haben Befehl, das Fort zu verständigen, sobald wir etwas über die Deserteure erfahren.«

Inzwischen wandte sich der Ausreißer mit der roten Knollennase an den Gendarmen der Wache und bat ihn um etwas zu essen (»die Mildtätigen mögen lange leben«), fügte aber mit einem gequälten Seufzer hinzu, dass er kaltes Lammfleisch verabscheute. Man bediente ihn gern. In Aut-Aurir wird man ihm das Fasten schon lehren ...

»Hier ist der Schnaps!«, rief der Wirt, der genau wie ein Pferd aussah.

»Trinken wir«, prostete der Glückspilz seinen Kollegen anfeuernd zu.

Dann verständigten sie das Fort, dessen Kommandeur sie beglückwünschte und anordnete, die Gefangenen sofort zu ihm zu bringen. Wenn sie sich beeilten, schafften sie es bis zum Abend. Die Gefangenen waren ganz zermürbt. Sie hörten nur zu, sagten aber nichts.

…Dann nahm sich der stämmige Schurke mit dem Stoppelgesicht wieder zusammen und verlangte brummend nach einer Tageszeitung und Süßigkeiten, aber der Feldwebel schrie:

»Auf geht's! Los! Vorwärts!«

Sie kauften dem Wirt, der einem Pferd täuschend ähnlich war, seinen Schnaps ab, stiegen unverzüglich auf die Kamele und brachen mit den gründlich gefesselten Gefangenen auf, die außer dem glücklichen Gendarmen von dem dicken Feldwebel und zwei anderen Goumiers eskortiert wurden. Die Bevölkerung jubelte und schwenkte Tücher.

Es herrschte eine Hundehitze, aber die Gendarmen unterhielten sich trotzdem fröhlich! Was für ein Tag! Sie begossen den Erfolg der Wüstengendarmerie sogar mit einigen Gläsern, und der Feldwebel sang mit seiner besonders schönen Baritonstimme eine Arie aus »Carmen«. Der fleischige Tunichtgut mit der flachen Säufernase bat ihn um alles in der Welt, es gefälligst sein zu lassen.

»Eine Hundehitze«, sagte einer von ihnen. »Kein Wunder, dass das Mädchen gestorben ist.«

Er ahnte gar nicht, dass das Mädchen gefesselt hinter ihm saß.

»Ruhen wir uns eine Stunde aus«, sagte der beneidenswerte Goumier, »wenigstens bis der Mittag vorbei ist.«

»Wir müssen uns beeilen«, erwiderte der Feldwebel mit milder Strenge.

»Ach was! Mittags marschiert nicht einmal der Soldat.«

Wir stiegen ab. Alfons Nobody, der Glückspilz, brachte den Schnaps und goss, während ihm die drei Gendarmen von Timbak den Rücken zudrehten, etwas von der moskitostichlindernden Ammoniaklösung dazu, obwohl Reisschnaps schon stark genug ist. Sie aßen, während sie lagerten, und taten sich reichlich am Schnaps gütlich. Nur Alfons Nobody vergoss den seinen geschickt über dem Sand.

… Abends meldeten sich die drei Goumiers in Aut-Aurir beim Kommandanten des Forts. Sie hatten die drei Deserteure dabei. Aber diese waren bewusstlos und schnarchten. Einem stand der Schaum vorm Mund.

»In diesem Zustand habe ich sie vorgefunden«, meldete der Feldwebel. »Ich nehme an, sie hatten nur noch Schnaps, den sie dann vor lauter Durst tranken.«

Er übergab die Papiere der Gefangenen. Alles stimmte. Die drei Deserteure von Igori! Laut Aussage des Militärarztes hatten sie eine Alkoholvergiftung dritten Grades, oder irgendeine andere Vergiftung dritten Grades. Es würde mindestens vierundzwanzig Stunden dauern, bis man sie verhören könnte.

»Ihr seid brave Jungs!«, lobte sie der Kommandant. »Diese drei Männer hier haben uns viel Kummer bereitet.«

Sie bewirteten die drei Gendarmen und brachten sogar dem blassen Jungen, der draußen die Kamele bewachte, ein Abendessen. Dann zahlten sie ihnen die Belohnung von zwanzigtausend Francs aus. Zufrieden machten sich die Gendarmen auf den Rückweg nach Timbak, denn sie hatten es eilig …

Hinter einer Düne stiegen sie von ihren Kamelen ab und begannen zu tanzen, was man aber aus dem Fort nicht mehr sehen konnte. Das war unerhört in der Sahara! Sie hüpften und sprangen umher wie die berauschten Faune und Ziegenböcke des Dionysos und umarmten einander lachend, auch den Kameltreiber mit der zarten Figur. Dann saßen sie wieder auf und galoppierten in die Wüste hinein.

4.

In den nächsten vierundzwanzig Stunden würde uns niemand suchen, das war ganz klar doch. So lange schliefen sie sicher, die betrunkenen Gendarmen, denen wir unsere Unformen angezogen hatten. Wir trabten geschwind. Sobald Colomb-Bechar, der erste größere Ort, hinter uns lag, konnten wir uns mit allem Notwendigen ausstatten. Aber unsere Kamele wurden immer schwächer. Im Osten tauchte der Bahndamm auf, wo die befestigte Saharastraße verlief, die irgendwo entlang der Ausläufer des Atlas in die große Karawanenstraße mündete und an der Saharabahn nach Norden führte. Alfons Nobody blickte lange in die Ferne.

»Abmarsch«, sagte er dann. »Dort nähert sich etwas von Süden.«

Wir holten aus den erschöpften Tieren heraus, was noch möglich war. Als wir endlich auf dem Bahndamm standen, bemerkten wir in der Ferne einen mächtigen Tourenwagen, der sich geräuschlos näherte. Der grauhaarige englische Gentleman am Steuerrad stutzte, als ihm drei Goumiers den Weg verstellten. Er hielt mit quietschenden Bremsen.

»Was wollen Sie?«, fragte er unwirsch.

»Wir verfolgen einen gemeingefährlichen Wegelagerer! Bitte überlassen Sie uns Ihr Fahrzeug! In Colomb-Béchar bekommen Sie es auf der Gendarmerie wieder. Im Namen des Gesetzes!«

»Na hören Sie mal, ich bin Lord Geoffrey, der elfte Earl of Montmorency ...«

»Es ist uns gleich, Sir, wer Sie sind. Gesetz ist Gesetz. Wir warten keinen Augenblick länger.«

Jetzt erschien auch der junge Kameltreiber auf dem Bahndamm. Der Engländer machte eine zögernde Bewegung, aber der »Feldwebel« zog den Revolver:

»Sir, wenn Sie den Motor anlassen, muss ich Sie erschießen!«

»*Well*, hoffentlich können Sie mit einem solchen Auto überhaupt umgehen.«

»Keine Sorge, Sir, wir können es!«

»Und wie komme ich jetzt nach Colomb-Béchar?«

»Sie finden neben dem Bahndamm fünf Kamele, aber wir haben keinen Augenblick Zeit mehr.«

Der Lord stieg aus und trottete zu den Kamelen ... Zu seinem größten Erstaunen setzte sich auch der Kameltreiber in den Rolls-Royce und schwebte zusammen mit den Gendarmen davon.

»Was jetzt?«, fragten wir Alfons Nobody gleichzeitig.

»Wir werden sehen. Wenn wir nur Colomb-Béchar hinter uns haben, bevor die Goumiers im Fort zu sich kommen.«

So schlimm unsere Lage auch war, weil nach der kurzen Unterbrechung zu einer noch unbarmherzigeren Verfolgungsjagd geblasen würde, so sausten wir doch stolz dem Abenteuer entgegen! Wie viele hätten es den Jagdfliegern, Soldaten, Gendarmen, Krokodilen und allen anderen Gefahren zum Trotz vom Kongo bis hierher geschafft?!

Nachmittags ging der Kraftstoff zur Neige, er würde aber vielleicht reichen ... Der Anzeiger stand knapp über null ... In der Ferne erblickten wir zwischen weißen, verstreuten Häusern und grünen Palmenkronen Colomb-Béchar! Hinter der Stadt auf einem Hügel das Fort. Wenn aus Timbak die Nachricht eingetroffen war, dass man die drei Abenteurer gestellt hatte, dann würde sich hier niemand um uns kümmern. Nobody bremste so plötzlich, dass wir nach vorne flogen. Er hielt neben einem zerlumpten Einheimischen.

»He! Wo können wir tanken?«

»Vor der Stadt. Dort, nach der Unterführung. Aber du musst laut schreien, Herr, weil der Tankwart taub ist.«

»Danke.«

Wir rasten weiter, obwohl sich unter der Motorhaube beunruhigende Geräusche bemerkbar machten und zu befürchten stand, dass die Kolben verbrannten, da auch der Ölanzeiger auf null wies. Aber es ging noch mal gut, und wir kamen an. Alfons Nobody schrie aus vollem Hals:

»Tankwart! He!«

Ein weißhaariges Mütterchen kam, und nach einem grauenerregenden Geschrei hatten wir uns mit genügend Sprit und Öl eingedeckt. Dann ging es weiter... Immer vorwärts!

»Wir lassen aber eine Menge Spuren zurück... Was, wenn sie uns wieder suchen?«, fragte ich vorausschauend.

Hopkins zuckte mit den Achseln und schob seine untragbar riechende Zigarre mit der Zunge in den Mundwinkel:

»Dann machen wir eben wieder drei Gefangene. Das beruhigt die Polizei, und wir kommen nebenbei zu einem hübschen Haufen Silbermünzen.«

Yvonne sprach kein Wort. Sie saß vorne neben Alfons Nobody, und ihr Kopf fiel von Zeit zu Zeit auf seine rechte Schulter. So erschöpft sie auch war, so wollte sie doch ihre wahren Gefühle zu mir immer noch verbergen.

...Endlich! Abends gegen acht waren wir in Colomb-Béchar! Noch war die Stadt rege. Wenn sie aus Timbak informiert worden waren, dann war es um die drei Goumiers im Rolls-Royce bald geschehen. Aber das war gar nicht möglich. Unsere Saufkumpane, die alkoholisierten Gendarmen von Timbak, schnarchten noch in ihren Zellen. Sie waren nicht zu beneiden! Jetzt aber schnell durch die Stadt!

Yvonne wurde ohnmächtig!

Alfons Nobody bremste augenblicklich und sagte: »Aussteigen!«

»Denkst du wirklich?«

»Ach! Wir müssen ausruhen, und wenn die ganze Hölle tobt. Eine Stunde können wir uns wohl gönnen.«

Die drei Goumiers im luxuriösen Flagschiff erregten großes Aufsehen. Bald erschien ein Gendarm.

»Wie kommt ihr zu der Karosse?«, fragte er neugierig.

»Wir fanden sie in der Wüste«, entgegnete Alfons Nobody seelenruhig. »Dieser Knabe war auch dabei. Er sagt, das Fahrzeug gehöre Lord Geoffrey. Der hat dem Jungen befohlen, darauf aufzupassen, und ging mit dem Gewehr weg. Er ist seit dem Morgen nicht zurückgekommen. Er hat auch gesagt, er wäre aus Ain-Sefra gekommen.«

»Hm … Peinlich …. Es sind keine fünf Tage her, dass der Lord hier durchgefahren ist. Ein guter Freund des Gouverneurs.«

»Wir haben nach ihm gesucht, aber nirgends eine Spur von ihm gefunden. Wasser hat er nicht mitgenommen. Folglich muss er in Schwierigkeiten sein, so viel ist sicher.«

»Was willst du machen?«, fragte der »Kollege«.

»Wir fahren das Auto nach Ain-Sefra.«

Im Gasthof legte sich Yvonne in einem Zimmer hin. Ausgelaugt, wie sie war, konnte sie nichts essen. Wir Männer aßen in der Schenke zu Abend. Gemächlich und gemütlich, wie das bei Gendarmen üblich ist. Alfons Nobody hielt sogar sein Glas gegen das Licht. Hopkins sandte das Fleisch zurück, damit es besser durchgebraten würde. Ich verlangte eine Tageszeitung. Auf der Titelseite stand:

»DIE DREI DESERTEURE VERHAFTET!
DIE RAFFINIERTEN ABENTEURER
FOPPEN DIE GANZE ARMEE!
WER IST SCHULD AN DER BLAMAGE?«

Aus dem Artikel wurde mir klar, dass sich die Presse seit Tagen ausschließlich mit uns beschäftigte. Es wurden sogar Wetten abgeschlossen, und das Volk stand klammheimlich auf unserer Seite, denn die tollkühnen Männer imponierten ihm. Der Stuhl des Kolonialministers wankte, Beamte und Offiziere wurden versetzt, und die süßen Schmollmünder in den Pariser Bistros stimmten muntere Chansons über uns an. Wenn sie erst wüssten, wo wir gerade zu Abend speisten! Eine andere Meldung:

»MARQUIS DE SURENNE IM HAUPTQUARTIER VON MAROKKO.«

»Das ist unser Mann! Ihm müssen wir den Brief übergeben«, freute sich Alfons Nobody.

Jetzt kamen fünf Soldaten herein. Legionäre. Sie sprachen laut und bestellten Wein. Einer von ihnen war klein und stämmig, mit einem Schnurrbart.

»Ich sage euch, Freunde, das sind ganze Kerle! Klare Sache und marsch!«, sagte der Dicke und rieb sich vergnügt die Hände.

»Ich hoffe, Sie haben Glück und entkommen! Das haben sie verdient!«

»Vom Kongo bis Timbak! Eine Einheit entwaffnet! Im Nahkampf… Halb Afrika gefoppt!«

»Ich sage dir, Thorze, ein guter Soldat desertiert nicht.«

5.

Thorze!

Delle Hopkins bekam Augen wie ein magenkranker Wasserbüffel und erhob sich, aber Alfons Nobody griff nach seinem Arm:

»Pst! Mach kein Heckmeck! Du hast wohl nicht mehr alle Tassen im Spind! Wir haben Wichtigeres zu tun …«

Die Soldaten unterhielten sich weiter. Der Mann mit dem amerikanischen Bürstenschnitt war anscheinend Thorze. Er widersprach seinem Kameraden:

»Du irrst dich! Ich war auch einmal Deserteur und bin doch ein guter Soldat! Sie haben mich im Sudan ausgezeichnet. Als ich unlängst bei der I. Kompanie diente, haben sie mich auch in Padomir dekoriert. Wer ist ein guter Soldat, wenn nicht ich? Klare Sache und marsch!«

»Wieso bist du bei der II. Kompanie von Meknès?«

»Als wir ins Senegal gingen, verletzte ich mich am Fuß und kam ins Spital. Als ich wieder gesund war, wurde ich nach Meknès versetzt …«

Delle Hopkins musste sich enorm zusammenreißen. Endlich! Das hier war der echte Thorze, an dessen Stelle er seit Jahren die Legionärsfron ertrug. Und doch musste er ihn gewähren lassen. Dann sagte er:

»Jungs! Ich habe einen Plan!«

»Und zwar?«

»Unser Auto ist bekannt, so dass man uns bald auf die Spur kommt.«

»Nun?«

»Wenn sich einer von uns opfert, dann kommen die anderen davon. Ich fahre mit dem Rolls weg, und ihr geht zu Fuß weiter. Bis man mich einfängt, vergeht ein halber Tag.«

Wir blickten ihn gerührt an.

»Hopkins!«, sagte Alfons Nobody mit einem strahlenden Lächeln. »Jetzt weiß ich, wie du wirklich bist. Edel und heldenhaft ist dein Charakter!«

»Darauf kannst du Gift nehmen, Nobody. Und mir kann auch gar nichts zustoßen«, erwiderte Delle.

»Wieso?«

»Hier ist doch dieser Thorze, die Nummer 71 im Bataillon von Oran. Folglich kann ich nicht Thorze sein. Als Zivilist kann mir niemand was anhaben, nur weil ich vom scheußlichen Kongo nach dem malerischen Casablanca unterwegs bin. Habe ich gestohlen? Habe ich betrogen? Habe ich jemanden überfallen?«

»Und ob!«

»Na ja … Aber das wissen die doch nicht. Das war nicht am Kongo, sondern in meiner Zeit als Privatier. Klare Sache und marsch!«

Wir weckten Yvonne, und fünf Minuten später huschten wir im majestätischen Automobil mit der soliden Schnauze aus schwerem Sterlingssilber auf und davon.

ELFTES KAPITEL

1.

Alarm in Timbak! Wir hatten die Stadt noch gar nicht hinter uns gelassen. Entweder war der Lord eingetroffen, oder aber die Gendarmen von Timbak waren ausgenüchtert, und die Funker fleißig am Werk.

Unser vierschrötiger Chauffeur neigte sich aufmerksam nach vorn, das Benzin strömte durch die edle Maschine, und wir rasten wie von Sinnen durch die Nacht … Wir hatten gerade die Stadt verlassen, als Delle nach einer Kurve anhielt.

»Raus mit euch!«, gebot Delle Hopkins mit dem gönnerhaften Gesicht eines Walrosspaschas.

Hastiges Händeschütteln … Dann sprangen wir in den Straßengraben … Der Rolls-Royce glitt mit Hopkins wie ein Geist in die Finsternis hinein. Wir stapften eilig über unwegsames Gelände und Felder. Nach zehn Minuten sahen wir Armeefahrzeuge auf der Landstraße, hörten Pferdehufe … Wie weit würde unser Freund kommen? Dann pfiff ein Zug von der Stadt her. Der Scheinwerfer leuchtete weit in die Nacht …

»Der Zug …«, sagte Nobody. »Er fährt über den Atlas … Nach Marokko …«

»Ja und?«

»Schnell!«

Er rannte aber nicht zur Stadt, sondern zum Steinbruch von Colomb-Béchar, wo um diese Zeit alles still war. Die Sträflinge arbeiteten nämlich nur in der entsetzlichen Tageshitze. Manchmal standen dort Lastzüge, die noch beladen werden sollten. Die Signale und Relais wurden von einer kleinen Wächterbude aus bedient.

»Warten Sie hier«, sagte Alfons Nobody zu Yvonne. »Keule, du kommst mit.«

Wir klopften beim Bahnwächter und positionierten ihn dann gefesselt in eine Ecke. Wir stellten das Signal auf »HALT« und rannten hinaus. Alfons Nobody beruhigte das aufgeregte und zugleich völlig erschöpfte Mädchen mit einigen Worten. Klar, das wäre eigentlich meine Aufgabe gewesen, aber ich mochte nicht diskutieren. Wir warteten eine gute halbe Stunde. Auf dem fernen Damm war keine Spur von unseren Verfolgern. Hopkins hatte einen Vorsprung, und das Fahrzeug mit seinen fünftausend Kubikzentimetern war uns im Bestzustand überlassen worden...

Der Zug... Er verlangsamte... Dann stand er still und paffte an seiner dicken, schwarzen Pfeife... Der Lokomotivführer und der Heizer lehnten sich heraus, aber wir waren schon auf die Lokomotive aufgesprungen. Sie blickten in die Mündungen unserer Revolver.

»Fahrt los! Vorwärts!«

Hier in der Sahara sind Angreifer nicht zu Späßen aufgelegt, und das wussten auch der Lokomotivführer und der Heizer. Wir halfen Yvonne die Stufen hinauf... Der Lokomotivführer machte sich an den Hebeln zu schaffen.

»Was wollen Sie?«, fragte der Heizer.

»Wir wollen über das Gebirge. Wir kommen vom Kongo! Wie viele Stationen sind es?«

Der Lokomotivführer rief:

»Sie sind das?! He, Junge! Gib Dampf, und wenn du das Feuer direkt aus der Hölle holen musst!... Also Sie sind das?...«

Er musterte uns mit einem zufriedenen Lächeln, während er behände die Hebel bediente, und bald raste der Zug, dass er fast aus den Gleisen sprang. Der Heizer schüttelte uns die Hände:

»Jungs«, sagte er begeistert, »alle Franzosen drücken euch die Daumen! Was seid ihr doch für tolle Kerle!«

»Jetzt haben sie auch noch den Zug entführt!«, sagte der Lokomotivführer mit strahlenden Augen.

Die Volkstümlichkeit ist ein mächtiger Verbündeter! Nunmehr waren alle einfachen Leute auf unserer Seite und freuten sich, uns helfen zu können. Yvonne setzte sich zuerst, dann streckte sie sich auf dem Kohlehaufen aus und schlief ein. Der Lokomotivführer und der Heizer arbeiteten so eifrig, als wollten sie den afrikanischen Geschwindigkeitsrekord aufstellen. Sie boten uns Wein an und holten ihren Proviant hervor. Wir fühlten uns wie Robin Hood, den das Volk ins Herz geschlossen hat.

Im Morgengrauen erklomm der Zug die karge Felsenwelt des Hohen Atlas, und der Vormittag sah uns bereits auf den Anhöhen des Gebirges. Wir schliefen abwechselnd, denn – Popularität hin, Popularität her – wir mussten auf der Lauer sein … Nachmittags begrüßte der übermütige Pfiff unserer braven Lokomotive bereits die Ausläufer des Atlas! Wenn wir es bis Rabat schaffen, zu De Surenne, dann haben wir gewonnen!

»Anhalten!«, sagte Alfons Nobody. »Aber nur so kurz, dass wir abspringen können!«

Der Lokomotivführer bremse sachte, und wir sprangen hinunter. Yvonne landete in Alfons Nobodys Armen. Das Mädchen schlief auch im Springen! Der Zug ratterte weiter. Rundherum in den grünen Hängen lagen Weinberge und kleine Ortschaften, die mit ihren weißen Würfelhäusern, deren Dächer sich zu halbrunden Kuppeln wölbten, wie Schafherden wirkten. Mein Gott! Marokko!

2.

Mitten in einem gepflegten Hain mit köstlich süßen Grenachetrauben ruhten wir uns aus.

»Jetzt müssen wir diese Kleidung loswerden, denn bald wird man uns überall in der Gegend suchen«, sagte Nobody.

In der Ferne sahen wir ein Häuschen und eine Herde äsender und blökender Schafe.

»Los!«, befahl Alfons Nobody. »Vorwärts!«

Der Hirte saß mit seinem Freund bei einem Gläschen Wein. Wir klopften an und verstauten die beiden, nachdem wir sie gefesselt hatten, unter dem Tisch. Dann zogen wir als Hirten verkleidet weiter, mit genau vierzig Schafen. Ja, ich habe sie gezählt, denn ein Realitätsroman wie dieser muss hieb-, stoß- und kritikerfest recherchiert sein; alles andere ist Pipifax und hat überhaupt keine Aussicht auf den Nobelpreis!

Nach einigen Tagen durch unwegsames Gelände erblickten wir kurz vor der Hauptstadt Militärpersonen, denen ein Sirenenwagen vorausfuhr ... Ich legte mich sofort auf den Boden, aber Alfons Nobody ging ruhigen Schrittes weiter und trieb die Herde wie ein akkurater Patriarch vor sich her. Sie würdigten uns keines Blickes, so ferne war ihnen der Gedanke, dass wir die spektakulären Ausbrecherkönige sein könnten ... Wir befanden uns nur noch einige hundert Meter vor der Stadt, als uns dämmerte, dass wir keine Chance mehr hatten. Die Straßen wimmelten von Polizisten und Gendarmen.

»Jetzt heißt es Abschied nehmen, Yvonne«, sagte Nobody. »Sie haben doch Verwandte in Rabat ... Und benützen Sie fortan wieder Ihren richtigen Namen ...«

»Und Sie? ...«

»Wir marschieren weiter.«

»Jungs ... O Gott ... O Gott ...« Ihre Stimme versagte, und sie begann zu schluchzen. Plötzlich umarmte sie Alfons Nobody. Dann trat sie unvermittelt zu mir, hielt mit beiden Händen mein Gesicht und meine Stirn fest, und küsste mich. Na bitte! Wer sagt's denn? Klar liebt sie mich! Sie nickte uns noch einmal zu, die holde Maid, und schon war sie verschwunden ...

Soweit das Auge sehen konnte, überall Waffen aller Art und Bajonettgewehre. Und es hätte auch niemanden verwundert, wenn die Republik wegen unseres unerhörten Jahrhundertkleeblatts die allgemeine Mobilisierung anordnet und den Belagerungszustand verkündet.

Vor einer Raststätte warteten zwei Autos, aber weit und breit keine Passagiere. Die Besitzer waren sicher abgeführt worden, damit sie sich auswiesen. Offensichtlich war alles, was eine Uniform am Leib trug, auf den Beinen ... Weiter weg stand ein drittes Fahrzeug, dessen Fahrer es sich im Schatten des Gebäudes bequem gemacht hatte und eine Zeitung las. Alfons Nobody winkte mir zu. Dann ging er hin und sprach den Fahrer an. Ich näherte mich von der anderen Seite. Geknebelt und gefesselt legten wir ihn unter ein Gebüsch. Währenddessen warteten vierzig blökende Schafe auf uns.

»Setz dich in den Karren«, sagte Nobody, »und fahr ihn gegen den Baum dort neben dem Wirtshaus. Spring aber rechtzeitig ab.«

Er ließ mich stehen. Ich wusste, dass er selten Dummheiten beging, und tat, was er wünschte. Das Auto stürzte mit großem Lärm um, nachdem ich mich mit einem graziös halsbrecherischen Salto vom Trittbrett entfernt hatte. Dann betrat ich die Schenke. Es war ein Affenstall! Da drin musste eine engagierte Keilerei ausgetragen worden sein. Alles Mögliche war auf dem Boden verstreut, überall Glassplitter, zerbrochene Stühle und – ein wenig zusammengeschlagen – der Besitzer und der Kellner.

»Was war hier los?«, fragte ich Alfons.

»Nichts. Ich habe nur mal kurz telefoniert. Und jetzt genehmigen wir uns einen Schluck!«

Nach einigen Minuten hörten wir eine Sirene heulen.

»Schon wieder ein Polizeifahrzeug!«, sagte ich warnend.

»Nein. Die Ambulanz. Ich habe sie wegen deines Unfalls gerufen …«

Der Arzt und sein Fahrer wunderten sich, dass niemand im Wrack lag. Noch mehr wunderten sie sich, als sie bewusstlos zu Boden sanken. Da das Rettungsfahrzeug bereitstand, schoben wir sie auf Tragbahren hinein und fuhren los.

Alfons trug die Mütze und den weißen Kittel des Fahrers und raste mit heulender Sirene auf die Absperrung zu, während ich mich über die beiden Unfallopfer beugte, wie das bei der Ambulanz üblich ist, da sie ja wieder zu sich kommen und unruhig werden könnten … Wenn sie das taten, verabreichte ich ihnen das bewährte Hausmittelchen meiner guten, alten Berliner Großmutter Charakter-Käthe, die es auf ihre putzige Art einen »verzögerten Narkoseklaps« nannte. Meine Patienten wussten es ebenfalls zu schätzen und schliefen wie glückliche Babys wieder ein.

Der Kordon öffnete sich, das Fahrzeug fuhr mit einem Mordsgetöse in Rabat ein und hielt direkt vor dem Palast der Oberkommandantur. Unser Rettungswagen erregte natürlich allgemeines Aufsehen … Alfons Nobody sprang heraus und eilte zum Wachposten.

»Wir haben einen schwer verletzten Offizier«, meldete er. »Er muss unbedingt mit dem Marquis De Surenne sprechen. Militärische Geheimsache. Schnell! Er liegt im Sterben.«

Der Posten rannte weg. Ich behandelte inzwischen meine unruhigen Patienten weiter und stieg dann ebenfalls aus.

Da waren wir! Vom Kongo bis Marokko! Geschafft! Das soll uns einer nachmachen …

»Im Namen des Gesetzes!«

Polizisten umringten uns mit gezückten Revolvern.

»Halt!«, rief Nobody kaltblütig. »Wir haben einen wichtigen Befehl mitgebracht!«

»Los, oder wir schießen!«

»Nein!«

Das sagten wir gleichzeitig. In diesem Augenblick betrat der Marquis De Surenne die Szene. Er sah sehr überrascht aus. Der Wachtmeister salutierte stramm.

»Exzellenz! Das sind die Deserteure von Igori!«

»Wie um alles in der Welt haben Sie es bis hierher geschafft?!«, fragte uns der hohe Offizier in einem beinahe freundlichen Ton.

»Mit der Ambulanz, Exzellenz.«

»Ich kenne Sie«, sagte der Marquis streng und musterte uns. »Ich bedaure, dass es mit Ihnen so weit gekommen ist.«

Alfons Nobody salutierte:

»Herr Admiral! Ich muss Ihnen einen Brief übergeben …«

Er überreichte den Brief dem Adressaten!

»Hm …«, sagte der Marquis. »Was soll ich mit diesem Kochbuch?«

»Verzeihung …«

Aber einen Augenblick später … Ja! Da fühlten wir stolz bebenden Brustkorbs, dass es sich gelohnt hatte, auf der Welt zu sein. Wir übergaben den echten, fünffach versiegelten Brief mit dem Bericht des Generals unversehrt!

Während dieser Szene hatte sich eine gigantische, frenetische, sensationslüsterne, entfesselte Menschenmenge vor dem Palast zusammengerottet. Tosender Lärm, blindes Geschrei, erbarmungslos niedersausende Gummiknüppel …

Einige Leute kreischten vor taumelnder Begeisterung und

wurden unverzüglich verhaftet... Rabats sonst so orientalisch quirliges und buntes Straßenleben war definitiv zum Stillstand gekommen. In der Innenstadt verbreitete sich die bestürzende Nachricht von unserer spektakulären Ankunft, und jeder wollte uns sehen. Aber auch wirklich jeder. Uns!

»Wer hat diesen Brief geschickt?«

»Über den Brief dürfen wir Eurer Exzellenz nichts sagen.«

»Warum nicht?«

»Wir sind Soldaten. Befehl ist Befehl.«

... Jetzt durchbrach die hysterische Menschenmenge die herzlose Absperrung... Scharfe Schwerter blitzten, harte Knüppel schlugen, heisere Kehlen johlten... Wir wurden gegen das Tor gedrückt...

De Surenne steckte den Brief in die Tasche.

»Führen Sie diese Leute zum Kommandanten von Fort Gueliz.« Dann wandte er sich zu uns:

»Erhoffen Sie sich von diesem Schreiben mildernde Umstände?«, fragte er in einem unerbittlichen Ton.

»*Oui, mon excellence.*«

»Wenn dem so ist, dann will ich mit Rücksicht auf Ihre früheren Verdienste das Militärgericht darauf hinweisen. Aber was Sie getan haben, ist kaum zu entschuldigen... *Mon dieu,* dass es so weit mit Ihnen gekommen ist...«

Er drehte sich um und ging kopfschüttelnd weg. Inzwischen hatte die Polizei militärische Verstärkung erhalten und drängte den ungestüm-idealistischen Mob brutal in die Seitenstraßen.

ZWÖLFTES KAPITEL

1.

Der Korporal legte uns Handschellen an, und wir ließen
es ruhig geschehen. Dann stießen sie uns in ein wuchtiges,
rattengraues Militärfahrzeug und transportierten uns ab ...
Nach einer Minute standen wir im kahlen Hof des Fort
Gueliz. Zuerst führte man uns auf die Wache und durchsuchte unsere Taschen.

»Solche Gauner aber auch!«, schimpfte der Feldwebel.

Allerdings sind vier, fünf Revolver, einige hundert Pa-
tronen, mehrere Messer und Totschläger ein ziemlich be-
fremdlicher Anblick, wenn nur zwei Männer sie mit sich
herumtragen.

»Und was soll das hier sein?«, lautete die nächste barsche
Frage.

Er hielt Lewins Kochbuch in Händen.

»Verzeihung«, sagte Alfons Nobody, »das ist ein wichtiges
Beweisstück. Bewahren Sie es gut auf.«

»Sieh mal einer an! ...«, staunte der Soldat. »Ich will mein
Käppi essen, wenn das nicht Lewins Kochbuch ist!«

»Das ist Lewins Kochbuch!«, sagte ich.

»Tatsächlich?!«, rief er verzückt und entdeckte das Grup-
penbild. »Sehen Sie, der da auf dem Stuhl ist Lewin ... Und
hier bin ich, zu seiner Rechten. Ich war sein Lieblingsschüler,
hehehe ...«

Nicht zu fassen! Endlich werden wir in das Geheimnis
eingeweiht! Konnte es wahr sein?

»Herr Feldwebel! Sie sind ein Schüler Lewins gewesen?«,
fragte Nobody.

»Ja und ob!«

»Mein Beileid, Herr Feldwebel! Der Meister ist leider von uns gegangen.«

»Oh, das sind aber sehr traurige Nachrichten«, klagte der Offizier, der bei Lewin das brutzelnde und knisternde Handwerk gelernt hatte.

»Aber sagen Sie, wer ist er eigentlich gewesen?«, fragte Nobody.

»Wollen Sie mich für dumm verkaufen?! ... Wollen Sie mir etwa weismachen, dass Sie nicht wissen, wer der große Lewin war? ... Was erzählen Sie da für Geschichten?«, herrschte ihn der Offizier an und machte ein Gesicht, das jeder Beschreibung spottet.

»Ich weiß es aber wirklich nicht ...«

»Machen Sie keine dummen Witze, Mann! Lassen Sie mich in Ruhe oder ich mache Hackfleisch aus Ihnen!«

Da fiel ich kurzerhand auf beide Knie und flehte ihn händeringend an:

»Herr Feldwebel! Glauben sie mir, ich bin nahe daran, wahnsinnig zu werden. Bitte ersparen Sie mir dieses elende Los! Ich habe seit Monaten Höllenqualen erduldet, weil Meister Lewin, mit dem ich zu meinem Leidwesen eingelocht war, von allen erwartete, dass man von ihm gehört hatte! Ich gestehe hier und jetzt feierlich, und schwöre sogar, wenn Sie wollen: Ich weiß nicht, wer Lewin war. Lachen sie über meine Unwissenheit, verachten Sie mich, spucken Sie auf mich, aber sagen Sie mir, wer er war!«

Der Feldwebel erfüllte meinen so sehnlichen Wunsch und spuckte auf mich. Dann erzählte er, wer Lewin war.

Der große Lewin hatte seine Karriere als blutjunger Hosenschneider im malerischen Kapstadt begonnen. Sein Herz jedoch glühte schon damals für die erhabene Kochkunst. Mit zwanzig Jahren ahnte er noch gar nicht, welch bedeutende Wendung das nächste Weihnachtsfest in sein Leben bringen sollte. Am Heiligen Abend wurde er bei einem Einbruch erwischt. Mitten in Kapstadt. Als er gefragt wurde, zu welcher Arbeit er eingeteilt werden möchte und wozu er Talente hätte, antwortete er:

»Koch möchte ich werden. Denn es ist meine Überzeugung, dass es keine Verbrecher gäbe, wenn jeder Mensch von den Früchten seiner Talente leben könnte.«

»Was waren Sie vorher?«

»Hosenbügler! Und das war mein Unglück, denn zum Hosenbügeln habe ich mich nie berufen gefühlt.« Mit beiden Fäusten auf die Brust schlagend rief er mit der idealistischen Inbrunst eines selbsternannten Messias: »Lasst mich nur kochen! Dann wird die Menschheit den kosmischen Evolutionsgipfel einer nie geahnten Vielfalt an Toleranz und Solidarität erklimmen und sich mit Lichtgeschwindigkeit in die pulsierende Quantenküche des Universums, ins ultimative Schlaraffenland katapultieren, wo sich alle Völker, Individuen und Schleckerzungen umschlingen und zum köstlich duftenden Pudding der vibrierenden Weltwonne verschmelzen! Vom Urknall zum Eierknall! Seid nett zueinander! *Power to the flower!* Alle Macht dem Mehl!«

Dieser arme Lewin hatte wirklich einen Knall!

Seinem Wunsch wurde nicht stattgegeben. Vielmehr musste er jeden Abend Brom einnehmen, damit sich seine Nerven erholten, bevor sich seine Theorie zu einer ausgewachsenen Paranoia entwickelte. Doch nach einer Woche besuchte der Prinz von Wales auf der Durchreise auch das Gefängnis, und Lewin ergriff die Gelegenheit, indem er sich (trotz der regelmäßigen Dosen Broms) dem Thronerben zu Füßen warf und ihn mit Tränen in den Augen anflehte:

»Durchlaucht! Ich will kochen! Warum dürfen Häftlinge jedweden Beruf erlernen, nur nicht das Kochen?!«

Der Prinz hörte sich das an und fand Gefallen an der

Theorie, nach der es keine Verbrecher gäbe, wenn jeder Mensch von den Früchten seiner Begabung leben könnte.

»Herr Direktor«, sagte der Prinz von Wales, »im Gefängnis von Cape Town sollen die Häftlinge auch kochen lernen dürfen.«

»Aber Sir, wer soll der Ausbilder sein?«

»Kein Problem. Ich überlasse Ihnen für einige Monate meinen Schiffskoch, einen Meister seines Fachs.«

Nach zwei Monaten kehrte der herzogliche Koch in den gewohnten Dienst zurück, und Lewin übernahm den Unterricht im Knast für ein ganzes Jahr. Seine Majestät hielt es, sooft er nach Kapstadt kam, für seine Pflicht, sein Essen aus dem Kittchen bringen zu lassen. Aber nur maliziöse Elemente verbreiteten das Gerücht, dies wäre der Grund für die seltenen Besuche des Prinzen am Horn der Guten Hoffnung gewesen.

Dann wurde der große Mann aus der Haft entlassen, es erschien ein langer Artikel über den Fall, und das Londoner Hotel Savoy nahm Lewin unter Vertrag. Indessen wurde er nach sechs erfolgreichen Monaten im Hotel wieder zu längerem Zwangsunterricht in einem Kochkurs abgeführt. Der Name Lewin aber wurde zum Begriff! Einmal befand er sich in Folge eigenartig zu nennender Zufälle für längere Zeit auf freiem Fuß, und der Prinz lud ihn auf die Jacht »Britannia« ein, um die auserlesene Gästeschar mit einem Lewin-Menü zu verwöhnen. Danach erschien Lewins Konterfei in allen großen Zeitungen: Er wartet in Gesellschaft eines Kalbsfrikando und eines Adjutanten auf seinen blaublütigen Wohltäter, den Prinzen von Wales ...

»Dieses Bild hier«, schloss der Feldwebel, »entstand in Südafrika, und zwar in der Haftanstalt von Johannesburg, wo ich zu Lewins glücklichem Schülerkreis gehört hatte, infolge schwerer Schmuggelei.«

»Sagen Sie bitte«, meldete sich Alfons Nobody zu Wort und zeigte auf einen der Häftlinge in Kochschürze. »Kennen Sie diesen Kollegen?«

»Ja natürlich! … Das ist Brigeron! Ein gestandener Kriminaler und gewalttätiger Einbrecher!«

Mir blieb die Spucke weg. Der Lewinschüler mit dem üblen Leumund war niemand anderer als der einäugige Ingenieur von Igori, der dämonische Zyklop des Straflagers!

2.

Nobody lächelte, während ich wie blöde dastand.

»Begreifst du nicht? Am ersten Tag, als wir in Igori ankamen, bestellte Lewin einen marinierten Fisch und erkannte seinen ehemaligen Schüler an Stil und Geschmack des aufgetischten Gerichtes! Später wurde er aufgestuft … zum Ingenieur. Das verdankte er seinem Schüler, der den Fisch zubereitet hatte …«

»Von Fisch hatte dieser Brigeron nicht viel Ahnung«, bemerkte der Feldwebel. »Tresorspechte verstehen sich nur auf leichtes Grillen. Fisch hingegen ist die Spezialität der Schieber und Diebe. Der große Lewin hatte einen Blick für Talent und wusste die schweren Jungs genau einzuschätzen. Hühnersuppe und Tafelspitz ist die Domäne der Erpresser und Schleichhändler, während Mehlspeisen und Sahnetorten besonders gut schmecken, wenn sie von Fleischfahrern und Sackgreifern gebacken werden.«

Nach diesen kurzen, aber aufschlussreichen Ausführungen aus der Welt kulinarischer Personalpolitik wurden wir in eine schmale Zelle geführt.

»Sag mal, wie lange weißt du schon, dass der Einäugige im Kochbuch abgebildet ist?«, fragte ich Alfons Nobody.

»Seit ich im Trog Lewin gefragt habe, wem er seine Karriere in Igori verdankte. Er sagte, er habe dort einen ehemaligen Schüler, der ihm unter die Arme griff.«

»Ja, ich erinnere mich!«

»Na also ... Da fiel mir das Foto im Kochbuch ein: Lewin im Kreise seiner Schüler. Als ich das Bild sah, erkannte ich sofort den einäugigen Halunken.«

»Wie mag es dem Türkischen Sultan ergangen sein? Er müsste längst hier sein.«

»Ich weiß es nicht. Verdächtige Sache.«

»Denkst du, der Admiral hat den Brief noch gar nicht gelesen?«, fragte ich später beunruhigt.

»Ich fürchte, es wird uns nichts nützen, auch wenn er ihn gelesen hat.«

»Wieso nicht?«

»Vielleicht geschehen in Igori Dinge, die man ... wie uns Yvonnes Vater sagte, um jeden Preis vertuschen muss! Und dann wird man uns eben opfern. Man lässt den Brief wieder verschwinden und wirft uns als Deserteure mitten in die Sahara.«

Möglich, dass uns Alfons Nobody wieder einmal den Nagel auf den Kopf getroffen hat ...

3.

... Dann wurden wir zum Kommandanten geführt. Das große, elegante, mahagonigetäfelte Büro war voll neugieriger Offiziere: Generale, Majore, ein Spahikapitän, der Adjutant des Gouverneurs ... Alle in Marokko stationierten Offiziere der höheren Riegen waren anwesend.

»Bringen Sie auch diesen feisten Ganoven mit dem abgebröckelten Gesichtserker«, befahl der Kommandant dem Unteroffizier.

Hopkins war auch da!

»Ihr seid ja tolle Haudegen, aber ihr habt die Armee bloß-gestellt, und dafür werdet ihr sehr hart bestraft werden!«, drohte der Befehlshaber der Festung.

Ein Oberleutnant trat uns frech vors Gesicht:

»Wo ist das Mädchen, das ihr in Colomb-Béchar bei euch hattet? … Was?!«

»Über die Identität der jungen Dame müssen wir schweigen«, antwortete Alfons Nobody selbstbeherrscht. Da schüttelte der hochmütige Offizier seine Faust vor unserer Nase:

»Schön aufpassen, ja? Euer vierschrötiger Komplize hat bereits alles gestanden!«

Billige Tricks hat der auf Lager! Ausgerechnet Hopkins wird gestehen! Und obendrein alles! Da brachten sie ihn auch schon. Er wirkte ein bisschen verprügelt, denn Mund und Nase waren ihm geschwollen. Aber was ist da los?! … Wie stolziert er denn eigentlich daher? Er lächelt, zieht die Mütze und verbeugt sich galant:

»Zu Ihren Diensten, *mon commandant!*«

»Rekrut!«, brüllte der Leutnant. »Sind Sie verrückt geworden?!«

»Danke der Nachfrage …«

»Eine Frechheit!«, herrschte ihn der Leutnant an und baute sich vor ihm auf: »*Canaille!* Simulant!«

»Ich simuliere nicht. Ich bin ein Zivilist, der zu Unrecht inhaftiert ist!«

Ein Offizier trat zum Leutnant:

»Ich bitte dich, das hier ist ein ganz besonderer Fall. Allem Anschein nach handelt es sich wirklich um einen Zivilisten. Wir haben nämlich einen Soldaten Thorze mit gleichlautenden Angaben beim II. Regiment von Meknès …«

»Und Sie wollen ebenfalls Zivilisten sein, was?!«, fragte uns der Kommandant.

»Nein, *mon commandant*…«

Der Leutnant hob drohend seinen Stock:

»Wo ist das Mädchen?!«, fragte er mit blitzenden Augen.

»Wenn uns der Herr Leutnant etwas zuleide tut, wird er es bald bereuen«, sagte ich verwegen.

»Was?! Du willst mir drohen, du ausgemachter Galgenstrick?!«

»Nicht doch…«, unterbrach ihn der Kommandant. Er schien aus dem Fall Hopkins gelernt zu haben.

Aber der Leutnant wollte nicht klein beigeben:

»Was willst du damit sagen, dass ich es noch bereuen werde?«

Aber eine Antwort war nicht mehr möglich. Die Tür sprang auf, und der Marquis De Surenne eilte in den spannungsgeladenen Raum.

DREIZEHNTES KAPITEL

1.

Seine Exzellenz höchstpersönlich ... Und wie er aussah! Das Gesicht hochrot. Er bebte und strahlte vor Zorn, Freude, Erleichterung und Stolz. Die Offiziere im Raum schlugen ihre Hacken gleichzeitig zusammen. Der Regierungskommissar schritt an uns vorbei und musterte uns lange Zeit nachdenklich. Dann wandte er sich den Offizieren zu:

»Meine Herrn! Es ist mein Wunsch, dass es über diese drei Männer fortan überall heiße, sie seien die tapfersten, selbstlosesten, treuesten Soldaten unserer großen, über alles geliebten Nation!«

Eine Sekunde lang war alles sprachlos, nur Hopkins murmelte leise:

»Man soll auch erwähnen, dass ich ... Zivilist bin.«

»Des Weiteren verfüge ich«, fuhr De Surenne mit feierlicher Stimme fort, »dass im morgigen Tagesbefehl sämtlicher Regimente und Kompanien unserer glorreichen Armee diese drei Männer, denen ich nun die Hand drücke, mit allergrößtem Respekt erwähnt werden.«

Der Reihe nach schüttelte er jedem von uns die Hand. Admiral De Surenne wird auf diesen dreifachen Händedruck sein Leben lang stolz sein. So ein Mann war das! Ohne mit der Wimper zu zucken ließ er einen feigen Soldaten an die Wand stellen, aber eine besondere Leistung wurde von niemandem höher geschätzt als von ihm. Alfons Nobody trat stramm vor.

»Raus mit der Sprache!«, ermutigte ihn der Admiral.

»Exzellenz, wir sind Ihnen sehr dankbar. Wir haben nur unsere Pflicht getan, wie es sich für gute Soldaten geziemt. Das ist alles.«

Jetzt richtete der Marquis wieder einige Worte an seine Offiziere:

»Diese drei Männer haben den scheußlichsten Verrat am Vaterland entlarvt und den schwierigsten militärischen Auftrag aller Zeiten erfüllt, als sie durch Feuer und Wasser gingen, um ein geheimes Memorandum von allergrößter Bedeutung direkt dem Generalstab zu überbringen…«

Nach dieser Erklärung musterte er uns noch einige Augenblicke lang von Kopf bis Fuß. Dann lachte er und rief in den Raum: »Was für… Kerle!« Aber seine Augen glänzten sonderbar…

2.

Die Urwaldgarnison von Fort Lamy und ihre hundert Mann starke Besatzung wurden von einer Überraschung geweckt. Auf dem kleinen Flugplatz landeten nacheinander drei Maschinen. An Bord waren Offiziere. Man konnte nichts Genaueres erfahren. Der Fortkommandant und der Funkoffizier wurden abgesetzt. Sie verließen Fort Lamy mit dem Flugzeug. Der Kommandant hatte unterwegs einen Unfall. Er war irgendwie aus dem Flugzeug gefallen. Es ging sogar das Gerücht, er hätte sich umgebracht. Die Garnison erhielt unverzüglich Marschbefehl. Am Ufer des Kongos bogen sie plötzlich nach Osten ab. Sie machten einen Gewaltmarsch direkt auf Igori. Gleichzeitig erschien ein Fluggeschwader über dem Lager… Ein fürchterliches Sausen und Summen erfüllte die Luft, und dem »Hauptmann« wurde eine Funknachricht vorgelegt:

Innerhalb von zehn Minuten haben sich alle Häftlinge, Eingeborenen und Aufseher im Fort zu versammeln. Unser Befehl: Wenn auch nur ein einziger Mann versucht, aus Igori zu fliehen, wird das Fort bombardiert und zerstört werden! Die Kommandanten von Fort Lamy sind abgelöst worden, und die Garnison hat Verstärkung erhalten. Sie werden Igori innerhalb von drei Stunden besetzen. Wer sich außerhalb des Forts aufhält, wird sofort erschossen.

Nach zehn Minuten wurde das Gebiet von Tieffliegern unter Beschuss genommen. Nachmittags um sechs ergab sich Igori ohne Widerstand. Um sieben war die erste Untersuchung abgeschlossen, und hinter dem Fort wurde sechzehn Männern ziemlich ohne Umschweife in den Kopf geschossen. Unter ihnen Brigeron und Zwirn, der summende, halbblöde Korporal. Pittman aber wurde mit Handschellen nach Oran gebracht …

Der ganze Fall wurde in den Zeitungen nur mit wenigen Zeilen erwähnt:

In Igori haben die Häftlinge einen Aufstand versucht, der von der Garnison aus Fort Lamy im Keim erstickt wurde. Die drei Deserteure, unter ihnen ein Zivilist, waren im Auftrag des Geheimdienstes nach Igori gegangen. Ihre Verhaftung wurde von der Kolonialarmee absichtlich verzögert.

Das war eine Art Wundverband für die Behörden, die wir übertölpelt hatten. Die wahren Hintergründe ihrer »Verzögerungstaktik« waren uns besser bekannt…

3.

Die Bewohner der Hütte im Fluss befanden sich zweifellos in schlechter Verfassung, als Hauptmann Perret mit seiner Einheit bei ihnen ankam. Auf der Schwelle erwartete sie Potrien. Das Gesicht unseres leidgeprüften Sergenten war gelb und verwelkt, und die Nase sowie der üppig sprießende Bart stachen hervor. Aber er stand wie eine Eins vor Perret.

»Sergent Potrien zum Rapport, Herr Hauptmann!«

Der Hauptmann drückte ihm die große, knochige, runzlige Hand.

»Sie sehen nicht gut aus, *mon chef*…«, sagte er besorgt und klopfte dem Sergenten auf die Brust, dort wo die rostigen Knöpfe des schimmelnden Mantels lose herunterhingen. »Ist Ihnen der Proviant ausgegangen?«

Jetzt sah Potrien leicht gerötet aus, und auch seine Augen wurden durch die Berührung rege.

»Die Sache hat mich ein klein wenig mitgenommen. Ich glaube, ich werde drei Tage Urlaub beantragen. Aber ins Lazarett gehe ich nicht.«

Der Hauptmann lachte und tätschelte das wunde, von Entsagungen überschattete, magere Gesicht:

»*Alors!… Tout va bien… mon chef!*«

Potrien schlug die Hacken zusammen:

»*Oui! Mon commandant!*«

Der Hauptmann wollte weitergehen, aber der Sergent stellte sich ihm in den Weg.

»Vorsichtig, *mon commandant*. Ein Leibwächter ist beim General, da wir befürchteten, diese Gauner würden den wichtigen Belastungszeugen umbringen.«

»Ein Leibwächter? Wer ist es denn?«

»Ein Mithäftling. Ein sehr braver Junge«, und er rief ins andere Zimmer: »He, Sie Schurke! Die Unseren sind da!«

»Ja, und?«, hieß es von drüben. »Muss man deshalb gleich grantig tun? Sind wir vielleicht in der Börse?«

In der Tür erschien der Türkische Sultan. In der Rechten fuchtelte er mit einem Küchenmesser.

4.

… Unser kolbennasiger, verdächtiger Kumpan war noch am Abend unseres Aufbruchs aus Igori daselbst steckengeblieben. Das war so: Der kleine Werkszug wartete mit rauchender Lokomotive auf die Abfahrt, und der Türke begann ein hastiges Flüstern mit dem Lokomotivführer:

»Hier sind fünftausend Francs. Ich verstecke mich auf dem Waggon, und Sie schaufeln Kohle auf mich …«

»In Ordnung …«

»Schnell!«

Der Sultan verbarg sich auf einem winzigen Schmalspurwaggon, und der Lokomotivführer schaufelte Kohle auf ihn … Zehn Minuten später fuhr die Bahn los … Aber der Kohlewagen bewegte sich nicht. Man hatte ihn abgehängt! Der blinde Passagier steckte den Kopf aus dem Haufen und sah einen unerwarteten Anblick vor sich: Zehn Soldaten mit schussbereiten Gewehren. In ihrer Mitte stand Zwirn, der »Korporal«.

»Aussteigen! …«

Sie nahmen ihn in die Mitte und führten ihn ins Büro. Der Hauptmann empfing ihn lächelnd:

»Wir waren uns von Anfang an im Klaren über Sie, Wertester. Ihr medizinischer Freund Dr. Kwastitsch hat Sie nämlich verraten.«

»Das ist nicht wahr!«

»Doch. Glauben Sie mir. Der Mann redet im Schlaf und hat einiges über Ihre verdächtigen Machenschaften ausgeplaudert. Sie kommen jetzt zu Ihren Gesinnungsgenossen. Schade, denn ich habe mich viel über Sie amüsiert. Durchsucht ihn!«

… Als man ihm den Fernglasköcher abnehmen wollte, wehrte er sich wie ein Tiger. Er versuchte, den Brief zu zerreißen. Man brach ihm das Nasenbein, jemand stieß ihm den Gewehrkolben ins Kreuz, aber er wehrte sich und erwischte den kleinen Korporal so am Mund, dass dieser drei Zähne verlor … Trotzdem nahmen sie ihm den gelben Köcher ab. Der Hauptmann öffnete ihn.

»Hm… Was haben Sie sich dabei gedacht, *old chump,* Zigarrenstummeln zu sammeln…?«

Der Türkische Sultan machte große Augen und schließlich eine überraschende Aussage:

»Oha! Dieser… verflixte… Langfinger!«

5.

Seitdem ist nun schon ein halbes Jahr vergangen, so dass ich meine flinke Feder frank und frei gewähren lassen darf…

Pittman gab alles unumwunden zu, da er wenigstens keinen mickrigen Charakter besaß. Lächelnd erzählte er alles, und lächelnd schritt er im Morgengrauen zur Hinrichtung. Er winkte dem Unteroffizier ab, der sich mit einer Augenbinde näherte. Er blickte den zwölf Schüssen unverwandt entgegen.

Worin die Hochstapelei bestand? Pittman war als Oberleutnant Fleurien nach Igori gekommen. Damals wurden am Kongo Vermessungen durchgeführt, und die Abgesandten der großen, internationalen Firmen machten sich an die Fachleute heran. Wichtigste Person war der Kontrolloffizier Fleurien, für den sich Pittman ausgab, hatte er doch dessen Papiere. Von seinen Meldungen hing vieles ab. Pittman sah seine Chance gekommen und ließ sich von den Unternehmen bestechen: Wer besser bezahlte, erhielt bessere Gutachten. Später baute er die Bestechungen zum systematischen Betrug aus. Die ehrlicheren unter den Offizieren und Ingenieuren verschwanden nach und nach. Es war am Kongo nichts Verdächtiges, wenn jemand der Malaria, dem Typhus oder einem Sonnenstich erlag. Igori war viel zu weit weg, als dass man sie hätte überwachen können. Ein offizieller Besuch am Kongo ist heute noch unglaublich teuer und verwickelt.

Stufe um Stufe wurde das teuflisch verlogene System ausgebaut und vervollkommnet. Der Ingenieur einer insolventen Gesellschaft für den Eisenbahnbau bot der belgischen Kongobahn Materiallieferungen an. Das äußerst günstige Angebot wurde angenommen. Später stellte sich heraus, dass sie auch bei den Belgiern Komplizen hatten, und sie transportierten alles für die französische Bahn bestimmte Material über eine Entfernung von zweihundert Kilometern zu den Belgiern weiter. Die enorm hohen Summen steckten sie sich einfach in die eigene Tasche. Einen geringen Teil des Materials verwendeten sie dazu, an der französischen Strecke weiterzubauen, die nichts weiter als eine bessere Attrappe war. Durchreisende oder Piloten im Überflug konnten nicht erkennen, dass der Bahndamm, die Brücke, das Zementfundament dünn wie Karton waren. Die Gleise verliefen nur auf kurzen Strecken und endeten gleich hinter dem Waldrand.

… Für den flüchtigen Blick sah alles täuschend echt aus. Nach wenigen Jahren war ein perfekter Abschnitt der belgischen Bahnstrecke dank dem unterschlagenen Material der Franzosen fertiggestellt! Gleichzeitig hinterlegten die Schwindler Einlagen in Millionenhöhe in ausländischen Geldinstituten.

Es war eine Kleinigkeit, das »Paradies der Legionäre« zu betreiben. Was zählten Waggonladungen von Havannas, Champagner und Naschwerk, wo ganze Bahnlinien, Tunnel und Brücken unterschlagen wurden? Wenn manchmal dennoch eine Untersuchungskommission anreiste, so wurde man aus Fort Lamy gewarnt, und die Häftlinge begannen zu arbeiten, verbargen den auffälligsten Luxus in einem Hangar und schickten die einheimischen Arbeiter nach Hause. Womit sie gar nicht gerechnet hatten: Die Sauberkeit, Disziplin und Gesundheit der Sträflinge machten den allerbesten Eindruck auf die Kommission, so dass »Oberleutnant Fleurien« zur Beförderung vorgeschlagen wurde.

Der Rekrut Zwirn war als Deserteur nach Igori geschickt

worden und erkannte Pittman natürlich sofort, hatten sie doch beide in der Oase von Rachmar gedient. Zwirn verständigte seinen guten Freund Brigeron, den einäugigen Einbrecher, der in Rachmar das Restaurant betrieb. Brigeron wusste die Situation besser zu nützen als der schwachsinnige Zwirn. Und auch der trunksüchtige Bahnwärter der Oase von Okbur war am Ende dort gelandet, nachdem Fleurien von den Männern des Scheichs getötet worden war, so dass Pittman wieder frei war. Um sein Schweigen zu erkaufen, ließ ihn Pittman nach Igori versetzen, wo ihm der spielerisch veranlagte Engländer einen Traumbahnhof hinstellte. Jetzt konnte er nach Herzenslust trinken, kommandieren, toben, wobei keine Katastrophe zu befürchten war, da Züge nur in den Delirien des Bahnhofsvorstehers vorkamen.

Als alles vorbei war, musste man feststellen, dass die ausländischen Bankeinlagen der Kongo-Mafia nicht einmal zehn Prozent des riesigen Schadens deckten. Trotzdem wurde der französische Geldmarkt dadurch, dass dem Verbrechen ein schnelles Ende bereitet wurde, vor dem Zusammenbruch bewahrt. Natürlich hatte es auch in den höchsten Stellen Komplizen gegeben, aber einige unerwartete Versetzungen, Pensionierungen und zwei, drei mysteriöse Selbstmorde verwischten auch noch die letzten Spuren der Schande, so dass die näheren Umstände für immer verborgen bleiben.

Unser Ruhm aber ist immer mehr in die Öffentlichkeit durchgesickert, und die Drei Musketiere von Afrika erhielten alle möglichen Begnadigungen, Straferlasse und Amnestien von ihren früheren Spitzbübereien. Alfons Nobody war kein staatenloser Weltvagabund mehr. Nein, er war jetzt ein amtlich registrierter Schneckenfresser und nannte sich wieder wie früher: Don José Carlos de Bourbon y Selva de Bourbon!

6.

Paris! Die Stadt meines Herzens! Ach, mein geliebtes Paris!
Deine einladenden Cafés, die weisen Bouquinisten der Sei-
ne, deine herrlichen Boulevards und Jugendstilpissoirs! Die
Frühlingssonne strahlt aus Leibeskräften und überflutet die
Weltstadt der Poesie! Ein Admiralswetter! Zwischen dem Gare
St. Lazaire und dem Élysée-Palast kommt unser Auto nur mit
Schrittgeschwindigkeit voran. Was für Menschenmassen! Was
für eine frenetisch tosende, hysterisch heulende, entfesselt
wogende Menge begeisterter, verzückter, freudetrunkener
Menschen, die alle einen Blick von uns erhaschen wollen. Wie
sie jubeln! Millionen und Abermillionen roter Luftballons
fliegen uns huldigend zum Himmel empor. Ein Kameramann
und sein dreibeiniger Apparat werden beinahe zertrampelt
und gnadenlos plattgewalzt. Da fällt mir ein, dass Leute, die
in der Wochenschau zu sehen sind, immerzu winken und in
die Linse starren. Ich hebe die Hand, aber General Potrien,
mit dem nagelneuen Orden der Ehrenlegion auf dem Rock,
sitzt da wie ein Buddha in der Glasvitrine und ruft mich zur
Ordnung:

»Benehmen Sie sich anständig, Sie abgeschmackter Kaf-
feehausliterat … Was glauben Sie, was ich antworte, wenn
mich der Präsident fragt: ›Sagen Sie, lieber Potrien, wie war
Ihre Fahrt durch die Straßen von Paris?‹«

»Sie werden antworten, *mon chef* …«

»Wagen Sie es ja nicht, Sie kleinkarierter Fahrraddieb,
oder ich haue Sie in Stücke!«

Delle Hopkins sitzt als Zivilist erhobenen Hauptes neben
Alfons Nobody. In einem dunklen Gehrock, mit schwarzer
Melone und weißen Handschuhen. Er sieht aus wie ein
Scharfrichter am Morgen einer wichtigen Exekution. Ge-
mildert wird der feierliche Eindruck nur durch das rot-weiß
gestreifte Unterhemd …

Wir fahren im Hof des Élysée-Palasts vor und steigen aus. Wir gehen hinter General Monte-Duron die Marmortreppe hinauf und betreten einen riesigen Ballsaal, in dem viele vornehme, in Gala gekleidete Damen und Herren warten. Sicher sind Derer zu Krethi und Plethi auch anwesend! Wir stehen stramm. Ein Unteroffizier, zwei Legionäre und ein Scharfrichter. Alle Augen blicken auf uns. Der Präsident der Republik drückt uns der Reihe nach die Hand, und Potrien erlebt das Wunder, das er seit vielen staubigen Jahren immer wieder beschworen hat! Die so hochgestellte Persönlichkeit fragt ihn:

»Sagen Sie, mein lieber Potrien, hatten Sie eine angenehme Fahrt durch Paris?«

Aber keine der vorbereiteten Antworten fällt ihm ein. Stattdessen glüht sein ehrliches, grundanständiges Gesicht feuerrot.

7.

Alfons Nobody bekommt sehr oft Urlaub, den er auf dem herrschaftlichen Feriensitz der Monte-Durons bei Antibes verbringt. Allmählich wird mir die Sache verdächtig! Kann eine junge Frau so weit gehen, nur um ihre Gefühle zu verheimlichen?! Sie hat mich zwar aufgesucht, um mir eine goldene Uhr zu schenken, aber Hopkins hat sie auch eine verehrt. Und Alfons trägt seit einiger Zeit eine bei ihm ungewohnte Verklemmung zur Schau, wenn wir uns begegnen. Was steckt denn da bloß wieder dahinter? Delle Hopkins darf mich jeden Tag in der Kaserne besuchen, und Potrien grüßt er immer mit einem überaus jovialen und artigen »Habe die Ehre!«.

»Ich bin für Sie kein ›Habe die Ehre‹, Hopkins«, wird er angeschnauzt, »sondern Herr General! Verstanden?! Sie sind und bleiben ein Erzschurke!«

»Ich bin für Sie kein Erzschurke, sondern Herr Zivilist!«

»Sie sind immer noch derselbe arme Sünder wie in der Legion. Gehen Sie mir aus den Augen! Dieser intellektuelle Popanz erwartet Sie in der Kantine.«

Der Popanz bin ich. Ein etwas trauriger Popanz…

»Was ist mir dir?«, fragt Delle. »Komm abends ins Café! Die Gehörnte Ratte gehört jetzt mir und dem Türkischen Sultan. Aber ich fürchte, dieser Bauernfänger wird bei der Abrechnung mogeln. Er ist so verdächtig! So überaus verdächtig!«

»Ist mir schnuppe… Aber hast du schon gehört, dass Alfons Nobody die Uniform an den Nagel hängt?«

»Was du nicht sagst!«

»Er hat sich zur Untersuchung gemeldet, und der Militärarzt besteht darauf, dass Alfons wegen seiner bresthaften Physis frühzeitig verabschiedet werden müsse.«

»Dieser Quacksalber scheint zu phantasieren.«

»Ganz und gar nicht. Soviel ich weiß, ist General Monte-Duron bei ihm gewesen. Kurz und gut: Alfons Nobody verlässt die Legion, und zwar mit einem Zapfenstreich.« Mit einem männlich verhaltenen Seufzer füge ich hinzu: »Dieser Lackaffe und Yvonne werden schon sehr bald vor den Altar treten! In der Notre-Dame. Wir sind eingeladen, auch zum anschließenden Bankett im Palais Bourbon. Hier, deine Einladung. Und eine für den Türkischen Sultan.«

Hopkins blickt sich verschmitzt um und flüstert mir ins Ohr:

»Nimm's dir nicht zu Herzen, Keule! Fräulein Yvonne heiratet den Tölpel doch nur, um die Leidenschaft, die sie schon seit langem für dich hegt, unter den Teppich zu kehren…«

ENDE

Die Große Ballade vom Wüstenhund

Ich bin ein Legionär und ein Wüstenhund,
Dies tu ich hiermit allen kund.
Doch ist dies Leben schön und bunt
Und aufregend von Stund zu Stund.

Drei Freunde sind wir durch dick und egal,
Und bergen Diamanten aus dem Senegal.
Delle Hopkins hat ne eingedatschte Visage,
Doch bei dem Kerl ist das keine Blamage.

Der dritte im Bund ist Alfons Nobody,
Ein Schönling und ein Frauenschwarm.
Der ist eiskalt, den ficht nix an,
Und hat Manieren wie ein Edelgarn.

Ich bin ein Legionär und ein Wüstenhund,
Halt die Klappe, halt den Mund!
Doch früher, da fuhr ich zur See,
Das war mein Ding, das war schä.

Lulu, wenn wir uns auf Fidschi wiedersehen, ahoi,
Da spiel ich dir die Jukulele auf, ahoi,
Und der Haifisch tanzt mit dem Tintenfisch, ahoi, Lulu,
Und die Segel blähen sich im Wind, ahoi!

*(Auszug aus John »Keule« Fowlers in Entstehung
begriffener »Großer Ballade vom Wüstenhund«)*

VORBESTELLUNGEN NIMMT DER
VERLAG GERNE ENTGEGEN !!!